IMPOSTORE

UN ROMANZO DI ASH PARK

MEGHAN O'FLYNN

CAPITOLO 1

La morte. Era una cosa incredibilmente rumorosa, un silenzio acuto e inquietante che dominava persino il chiacchiericcio delle persone sul marciapiede appena fuori. Poteva sentirla pesare sulle sue spalle. Poteva assaggiarla, dolce e metallica sulla lingua, sovrapposta al tanfo di merda. Aveva visto centinaia di cadaveri, e ognuno lo colpiva ancora allo stomaco, specialmente quando il defunto era un bambino.

Petrosky si fermò vicino al centro del soggiorno, una stanza come tante altre nel quartiere, se non fosse stato per il cadavere appeso alla trave del soffitto. Il ragazzo non poteva avere più di quindici anni: magro, con i pantaloncini neri da ginnastica che gli cascavano sui fianchi ossuti, una maglietta verde finto-sbiadita che gli pendeva dalle spalle come un poncho. La sua corporatura esile lo rendeva in qualche modo peggiore, come se l'universo stesse attivamente attaccando i vulnerabili. E la sua testa... Folti capelli scuri, occhi marroni socchiusi ora deturpati da vasi sanguigni rotti che lo facevano sembrare sul punto di piangere lacrime cremisi.

Povero ragazzo. «Chi l'ha trovato?» Petrosky lanciò un'occhiata alla viscida pozza di fluidi corporei, principalmente il contenuto intestinale del ragazzo, che ora si stava rapprendendo sul pavimento sotto le dita nude dei piedi. Lo stomaco di Petrosky si contrasse, caldo e dolorante.

«I genitori» disse Jackson, inginocchiandosi vicino al pavimento alla destra del corpo, ben lontano dalla scura pozza. Era qui da mezz'ora, ma la sua partner era ancora fresca e stirata come se fosse appena uscita da un manuale "Come fare il detective": tailleur grigio su misura, scarpe sensate, i suoi stretti riccioli neri rasati vicino al cuoio capelluto, ancora più corti dei suoi diradati capelli sale e pepe. Scrutò il pavimento dove Jackson stava guardando. Era quello un minuscolo graffio nel legno lucido? Ma no, questi pavimenti avevano graffi ovunque - "pavimenti in legno graffiato a mano", ecco come li aveva chiamati la sua vicina, Billie, quando scherzosamente cercava di convincerlo a installarli a casa sua. Petrosky pensava che le assi volutamente rovinate fossero una moda strana quanto i vestiti sbiaditi.

Jackson si raddrizzò. «I genitori e il fratello minore sono tornati questa mattina da una visita di due giorni dalla sorella della madre a Lansing. Pensavano che sarebbe stato bene da solo per un paio di notti, ma...» Scrollò le spalle, con la bocca rilassata, il viso inespressivo - professionale. Ma i suoi occhi scuri erano tesi quanto le spalle di Petrosky.

Una brezza gli solleticò il collo, e si voltò verso il ronzio di voci che filtrava dal cortile, come il chiocciare di galline - ora più forte. «La finestra era aperta quando sei arrivata?» Detroit e la metropoli circostante erano sempre afose in agosto, ma questa settimana Ash Park era stata particolarmente appiccicosa anche qui nel quartiere storico. Non

2

riusciva a immaginare che qualcuno avesse lasciato la finestra aperta durante la notte.

«Sì. Uno dei primi soccorritori l'ha aperta a causa del...» Fece un gesto verso la patina di sporcizia sul pavimento. Un divano bianco a forma di L si ergeva dietro la pozza, dietro il corpo oscillante. Non una singola goccia viscida su di esso. Almeno il ragazzo non stava ancora scalciando quando si era sporcato. La poltrona beige con schienale alto da cui probabilmente era sceso - il suo ultimo atto pienamente cosciente - non era stata altrettanto fortunata; giaceva capovolta, due delle sue gambe di legno imbrattate di fluidi. Così come le gambe del ragazzo, la carne intorno ai talloni macchiata di viola, le dita dei piedi rigide, gocce di nero e marrone essiccate in strisce fetide dal bordo dei suoi pantaloncini da allenamento fino alla pianta dei piedi. Ma si poteva ancora vedere l'angioma color vino porto su una coscia pallida e bianca, rosso-marrone scuro e in netto contrasto con la sua carne altrimenti grigiastra. «A giudicare dal sangue che si è depositato e dal rigor mortis, è successo meno di ventiquattro ore fa, probabilmente ieri sera o questa mattina presto.»

Jackson annuì. «Lo sapremo con certezza una volta che arriverà il medico legale.»

Petrosky grugnì in assenso, gli occhi fissi sul viso del ragazzo. Sul suo collo. Di solito, le vittime di impiccagione avevano momenti di difesa istintiva una volta che il soffocamento iniziava sul serio - una lotta contro la legatura. La maggior parte presentava segni di unghiate sulla gola.

Ma non questo ragazzo. Il bambino mostrava i lividi previsti intorno alla corda stessa, linee di un blu-nero rabbioso, ma nessuno dei graffi simili ad artigli che Petrosky si aspettava. *Mhm.* Aveva preso qualcosa per attutire il dolore prima di infilare la testa nel cappio e scendere da quella sedia?

3

Il suono di schiocco si ripeté, dall'esterno: il ronzio delle voci. I vicini? Sembravano più delle poche donne di mezza età inorridite che aveva visto bighellonare sul marciapiede - il tipo che sembrava dovesse avere dei Chihuahua nelle borse. Ma con un caso come questo, ci sarebbero stati presto degli estranei là fuori, a ficcare il naso in ogni piccola crepa come uccelli spazzini che straziano un procione in decomposizione. «Dov'è la famiglia ora?»

«Sono con degli amici qualche casa più in là - il vicino li stava radunando quando sono arrivata io. Quel tizio non ha visto né sentito nulla di insolito, non che ci si potesse aspettare il contrario.»

Giusto - il suicidio era spesso una faccenda silenziosa. Come la depressione. Petrosky annuì, ma non riusciva a distogliere lo sguardo dal viso del ragazzo. Gli occhi insanguinati. La linea viola sul collo. La brezza sospirò, e Petrosky si ritrovò il naso pieno di merda - merda e morte. Non ci si abituava mai a quello. Mai. Tossì.

«Stai morendo, vecchio mio?» La sua voce echeggiò sulla scala di legno curva alla sua destra. Le tende beige sulle finestre a bovindo in fondo e il soffice tappeto bianco sul pianerottolo esposto del secondo piano assorbivano il sibilo del suo respiro, ma non i suoni della stanza.

«Non oggi.» *Probabilmente.* Ma avrebbe dato il suo testicolo sinistro per un barattolo di VapoRub, non che li stesse usando molto al momento. Finalmente distolse lo sguardo dal ragazzo e lo rivolse alla corda, una corda nuova dalla treccia lucida. Per quanto tempo il ragazzo aveva lottato prima di arrendersi? Forse Petrosky non voleva saperlo. «E Scott?»

«Sta arrivando. Ho già detto agli agenti fuori che nessuno deve entrare in questa stanza tranne Scott e il medico legale.»

Bene. Evan Scott era il miglior esperto forense che avessero, ancora praticamente un ragazzino, ma un ragazzino genio. Petrosky strinse gli occhi un'ultima volta verso le travi, seguendo la corda sopra la trave, poi fino alla ringhiera di legno dove era assicurata, quindi si voltò di nuovo verso il corpo. Una lingua di un viola intenso sporgeva tra le labbra del ragazzo, così gonfia che non sembrava potesse mai essere stata contenuta nella sua bocca.

«Maledizione,» mormorò Jackson dall'altro lato della stanza, dietro il divano, con la mano su una delle tende dal pavimento al soffitto del colore del pallido sedere di Petrosky. Aggrottò le sopracciglia attraverso la fessura che aveva aperto nelle tende. «Abbiamo compagnia.»

Petrosky si spostò intorno al divano per sbirciare oltre la sua spalla nel cortile sul retro: erba rigogliosa circondata da una recinzione alta due metri e mezzo, e bordata all'interno da spessi coniferi e querce, con una piscina scintillante al centro. Sopra la recinzione, apparve la faccia paffuta di qualcuno, ma l'uomo si abbassò quando incrociò lo sguardo di Petrosky. Se i curiosi pensavano di arrampicarsi sulla recinzione per entrare nel cortile, si sbagliavano di grosso. E dalla strada...

Dall'altro lato della stanza, le finestre pesantemente protette da tende davano sul vialetto a lato della casa. Petrosky scostò una tenda in tempo per vedere una Range Rover di vecchio modello frenare bruscamente accanto al marciapiede, con le portiere posteriori che si aprivano ancor prima che fosse parcheggiata. Un uomo con una pancia come un pallone da basket sotto la camicia si gettò un'enorme telecamera sulla spalla e scese sul prato color smeraldo.

«Ah, ecco gli avvoltoi.» Ma se lo aspettava. Quando un ragazzo di un quartiere benestante si toglieva la vita, dovevano almeno ottenere una dichiarazione per il telegiornale della sera. O più di una dichiarazione, perché si trattava di *questo* ragazzo.

E improvvisamente tutto diventò troppo rumoroso, troppo vivido. Piccoli aghi gli pungevano la base del cervello e formicolavano lungo la schiena e le braccia come un ricordo che cercava di sfuggire dalla sua prigione. *Concentrati, Petrosky. Non c'è tempo per sciocchezze.* Ma è quello che si era detto anche ieri. Si schiarì la gola. «Pensi che Acharya stia arrivando?»

«Se c'è una storia, sì. Quel tipo è passato al prime time dopo il nostro ultimo caso.» Jackson alzò un sopracciglio. «*Vuoi* parlare con i giornalisti adesso?»

«Col cavolo.» Petrosky sbuffò. «Ero solo curioso.»

Jackson lasciò cadere la tenda e sospirò. «Andiamo a parlare con i genitori. Ci incontreremo con Scott e il medico legale più tardi oggi, dopo che avranno setacciato la camera da letto. Non ho lo stomaco per farlo adesso».

Almeno non dovevano fare la notifica del decesso. Quelle conversazioni gli riportavano sempre alla mente il giorno in cui era stato lui a riceverla, e Julie... Sua figlia aveva più o meno la stessa età di questo ragazzo quando era morta. Quando era stata assassinata. Deglutì a fatica.

«Perché ci hanno chiamato?» disse Jackson. «Nessun segno di legatura ai polsi o alle caviglie, nessun livido aggiuntivo che indichi una colluttazione... probabilmente un suicidio standard».

«È un po' più complicato di così». Petrosky lasciò vagare lo sguardo di nuovo verso il corpo, quella lingua orribilmente viola.

«Perché?»

Finalmente incontrò i suoi occhi. «Questo è Gregory Boyle, il ragazzo rapito e miracolosamente ritornato».

CAPITOLO 2

Il quartiere era eccentricamente ricco e uniformemente anticonformista - mattoni o stucco, ampi portici o uscite moderne, gigli tigrati o tulipani, o siepi arrotondate - ma tutti mantenevano quella pretenziosità che pervadeva ogni piccola città che ospitava fiere d'arte. O mercati contadini. Caffetterie artigianali che vendevano sottaceti biologici fatti da qualcuno nel proprio seminterrato. Ma oggi il marciapiede davanti era soffocato dagli stivali eleganti e dai tacchi alti dei migliori giornalisti televisivi, che si erano abbattuti come locuste mentre Petrosky e Jackson mettevano piede sul prato.

Una bionda con l'eyeliner blu spinse un microfono in faccia a Petrosky. Quando il metallo gli sfiorò le labbra, lui lo colpì con il dorso della mano, e le sue nocche dolenti valsero bene la pena per l'espressione sul viso della giornalista quando l'attrezzatura volò via, mancando per un pelo di colpire un altro reporter sulla sua bocca untuosa.

«Ehi!» strillò lei.

«Andate al diavolo» sbottò Petrosky. «Tutti quanti.»

7

Un altro reporter - un uomo dai capelli scuri con altrettanto trucco - gridò: «Il piccolo Greggie è davvero morto?»

Il piccolo Greggie. La stampa lo aveva chiamato così -
cavolo, sette anni fa? - quando era scomparso per la prima
volta. In realtà, erano stati i suoi genitori a coniarlo; la
madre di Gregory Boyle si era lasciata sfuggire il sopran-
nome al telegiornale delle sei, e gli era rimasto appiccicato.
Ma ora quelle parole erano oscene. Gregory non era
piccolo; pesava sessantatré chili ed era alto un metro e
sessantasette. Ed era morto, i suoi genitori in lutto si
nascondevano da questi stronzi a casa dei vicini - dove
Petrosky e Jackson stavano andando ora.

Il reporter maschio si lanciò in avanti, e Petrosky fece
una smorfia al tizio che brandiva il microfono, gli occhi del
reporter spalancati, eccitato di ottenere una risposta alla
sua domanda, anche se fosse stata una brutta notizia. Forse
soprattutto se fosse stata una brutta notizia. «Abbiate un
po' di maledetto rispetto, figlio di-»

La pressione costante della mano di Jackson sul suo
braccio lo allontanò dalla folla. Grazie a Dio, c'era l'auto di
Scott - una Cadillac usata, un po' pretenziosa, ma almeno
aveva comprato un marchio nazionale. I reporter si ritira-
rono e si diressero verso Scott mentre usciva dal suo
veicolo, apparentemente decidendo che il ragazzo sarebbe
stato più propenso a parlare con loro rispetto a Petrosky. Si
sbagliavano su questo. Scott era semplicemente più
elegante nella sua evasività.

Jackson lanciò un'occhiata a Petrosky mentre si dirigevano lungo il vialetto verso la casa dei vicini, verso una
famiglia che non sarebbe mai più stata la stessa. «Qual è il
tuo problema oggi?»

Petrosky scosse la testa. «Sto bene.» Non era vero. Il
suo petto era teso - una pressione costante e feroce da
quando si era svegliato. Forse era iniziata ieri. O addirit-

tura la settimana scorsa. «Sto decisamente meglio di Scott in questo momento.»

«Cosa pensi che farà Scott per toglierseli di torno?» chiese Jackson quando furono fuori portata d'orecchio.

«L'ultima volta ha finto di parlare solo spagnolo e si è accidentalmente imbattuto in qualcuno che lo parlava fluentemente. Probabilmente userà il francese.»

«Di tutte le lingue-»

«Vuoi scommetterci? Chi perde deve mettere delle api nell'auto di Decantor.» Il detective Decantor era un bravo ragazzo, ma se non avesse smesso con i riferimenti a J-Lo e alla cultura pop, il culo "thicc" di Petrosky avrebbe "fatto saltare il tappo". O qualcosa del genere.

«Api? Ma che-»

«Odia le api. Però ama quel rapper, e quel tipo ha una faccia piuttosto insettoide. Abbastanza ironico, se me lo chiedi.»

«*Io* odio le api, Petrosky.»

I loro passi risuonavano tap-tap-tap sul marciapiede. Lui inarcò un sopracciglio.

«E no, non metterai delle api nell'auto di quell'uomo.»

Petrosky aggirò un idrante color acquamarina. *Chi dipinge un idrante di acquamarina?* «Sicuramente sta imparando il francese. Ho visto l'app sul telefono di Scott.»

«Stavi scommettendo con informazioni privilegiate? Sei un dannato imbroglione.»

Il brusio dei giornalisti si era attenuato con la distanza, così come la tensione tra le spalle di Petrosky. Lanciò un'occhiata in fondo all'isolato in tempo per vedere Evan Scott alzare le mani, la bocca che si muoveva rapidamente, e i giornalisti che inclinavano la testa confusi. *Bravo ragazzo.* Petrosky tornò a guardare il marciapiede e socchiuse gli occhi per scrutare la strada davanti a sé. Dov'era la casa del vicino dove stavano i Boyle? Erano già cinque case più avanti.

«Gregory Boyle... era quello tenuto in un magazzino?» chiese Jackson.

Petrosky annuì. «Credo di sì.» Gregory Boyle aveva sette anni quando era scomparso mentre tornava a casa da scuola un pomeriggio. Era stato tenuto prigioniero per cinque anni, e poi, *puf*, era riapparso. Petrosky non ricordava molto altro del caso, anche se all'epoca era stato su tutti i giornali. «Il ragazzo è tornato a casa... due anni fa, se la memoria non mi inganna.» Ma ultimamente la sua memoria era confusa. Di solito di proposito. «Ad essere onesto, ho sempre pensato che avesse fatto arrabbiare i rapitori, e quindi lo avessero buttato fuori.» Sorrise, ma si sentì vuoto anche lui. *Fingi finché non ci credi* era un buon consiglio solo per le persone brave a fingere di essere felici. Nel suo giorno migliore, Petrosky sembrava più propenso a soffocare qualcuno che a chiacchierare. Che era come preferiva.

Jackson si fermò bruscamente, e Petrosky fece lo stesso, socchiudendo gli occhi verso la casa che si ergeva davanti a loro. La casa dei Boyle era moderna - angolare e dura all'esterno nonostante le travi in tronco d'albero e la morbida moquette beige sulle scale. La casa del vicino era un bungalow in stucco che era facilmente cinque volte più grande della casa di Petrosky, con un balcone superiore arrotondato e un'enorme veranda semicircolare al piano terra che rispecchiava il secondo piano. Nessuna scala frontale per l'ingresso, solo un'enorme porta doppia con cornici intagliate alle finestre che la facevano sembrare come se gli alberi fossero diventati senzienti e stessero cercando di divorare l'edificio.

Petrosky lasciò cadere il batacchio e ascoltò l'eco riverberare nell'atrio.

«Odio questa parte,» mormorò Jackson. La sua bocca era tesa, ancora più tesa di quando erano stati in presenza del ragazzo morto. Lui diede un'occhiata oltre la spalla alla casa dei Boyle - *giornalisti di merda, tutti quanti* - otto case più su nell'isolato. Sì, questa casa era decisamente troppo lontana perché gli abitanti qui avessero sentito qualcosa, anche se il ragazzo avesse lanciato sedie a destra e a manca invece di limitarsi a rovesciarne silenziosamente una.

Tonf. Petrosky si voltò.

Un uomo nero alto e magro aprì la porta - occhiali sottili e testa calva abbastanza lucida da riflettere la luce del sole. Il suo viso era tirato.

Petrosky mostrò il suo distintivo. «Stiamo cercando-»

«Kennedy, Damon Kennedy». L'uomo fece un passo indietro e li fece entrare nell'atrio con un gesto. «Prego».

Petrosky e Jackson varcarono la soglia entrando in un atrio dal soffitto alto, con una lunga panca di legno sulla parete sinistra e l'enorme specchio sopra di essa che rifletteva... piante? Guardò attentamente la parete alla sua destra. Vegetazione dal pavimento al soffitto, una sorta di pianta rampicante vivente. Una cucina luminosa e spaziosa oltre l'atrio di fronte a loro. Un corridoio a destra, oltre le piante, conduceva in un punto non immediatamente visibile - forse a Narnia con tutta questa roba da serra.

«Da questa parte, Detectives», disse Kennedy. «I Boyle sono in soggiorno».

Lo seguirono su un pavimento di legno rustico, non lucido, non pretenzioso come i pavimenti della casa dei Boyle - il legno qui era brutto e segnato e in qualche modo più fiero per questo. Kennedy li lasciò all'ingresso del soggiorno e tornò indietro lungo il corridoio verso la cucina.

L'aria si tese nel momento in cui varcarono l'arco. La signora Boyle era seduta con un ragazzo di circa dodici anni sul divano del soggiorno, il divano curvato all'angolo esatto delle finestre a bovindo e tutto imbottito con bottoni color fulvo dello stesso tessuto rustico del resto. Il signor Boyle stava in piedi, con le braccia incrociate, gli occhi a fessura strizzati per l'agitazione o il dolore, accanto a un enorme tavolino da caffè che sembrava legno trasportato dal mare. Ruvido, come se potesse darti una scheggia se ne toccassi la superficie. Abrasivo. A Petrosky piaceva.

Il signor Boyle si avvicinò quando mostrarono i loro distintivi. «Ron Boyle, mia moglie, Adrian». Fece un cenno alla donna, ma le sue braccia rimasero incrociate, la fronte corrugata sotto i capelli neri che si diradavano - i suoi baffi ispidi compensavano ciò che gli mancava in testa. «L'avete già tirato giù?» Praticamente sputò le parole, più arrabbiato che triste.

Interessante. «La squadra forense e il nostro medico legale sono lì ora, esaminando la scena, assicurandosi di avere tutti gli elementi necessari. Vi hanno detto che potreste dover prendere una camera d'albergo per la notte?»

Ron annuì, gli occhi scuri attraversati da ragnatele color rubino. «Damon ha detto che possiamo stare qui finché questa... faccenda sgradevole non sarà sistemata».

Faccenda sgradevole? Che modo di riferirsi al suicidio del proprio figlio adolescente. Jackson si era irrigidita accanto a lui - chiaramente non le piaceva l'atmosfera qui più di quanto piacesse a Petrosky.

«Che tipo di prove potreste mai avere bisogno?» chiese Adrian Boyle, con voce bassa e ferma dal divano. Capelli biondi sabbia, lentiggini sul ponte del naso, mento con fossetta, mascella quadrata. Li fissava con occhi asciutti, le dita come artigli sulle ginocchia. «Si è ucciso, tiratelo giù così possiamo seppellirlo». Non un'oncia di inflessione nella

12

sua voce. Shock, sicuramente, ma a lui non piaceva il modo in cui le sue narici si dilatavano, o lo sguardo del ragazzino pre-adolescente al suo fianco - sopracciglia leggermente alzate come se stesse cercando di non alzare gli occhi al cielo, il volto di un bambino che ascolta una lezione di algebra di un'ora. Petrosky aggrottò le sopracciglia.

«Faremo trasferire il corpo all'impresa di pompe funebri dal medico legale dopo che l'autopsia sarà completata», disse Jackson. «Ma in un caso come questo, aspetterei prima di fare i preparativi».

Adrian scosse la testa. «Non vogliamo un'autopsia».

Petrosky e Jackson si scambiarono uno sguardo.

«Perché no, signora?» chiese Jackson.

«Perché ho detto di no!» Gli occhi di Adrian lampeggiarono di rabbia, la sua voce un aspro latrato forzato, come se avesse difficoltà a pronunciare le parole. «È mio figlio, e posso rifiutare».

Col cavolo che puoi. E la rabbia sul suo viso, la saliva sul labbro... La reazione al lutto era complicata, ma la maggior parte dei genitori non passava direttamente all'aggressività ferina. «Le assicuro che la nostra squadra sta lavorando il più velocemente possibile», disse Petrosky invece di contestare il punto.

Il membro più giovane della famiglia Boyle - ora il loro unico figlio - sospirò.

Ron Boyle scosse la testa e borbottò: «Abbiamo avuto una settimana lunga, Detective, vogliamo solo... non lo so». Alzò le mani e si voltò verso il camino, stringendo e aprendo i pugni.

Che diavolo hanno queste persone? Le spalle di Petrosky si irrigidirono. Non pensava che l'uomo avrebbe tirato un pugno, ma la schiena di Ron era così tesa sotto la sua maglietta bianca che sembrava che i suoi tendini potessero spezzarsi. Tutta questa interazione era stata un esercizio di stranezza.

«Abbiamo solo alcune domande di routine», disse lentamente Jackson, con gli occhi sulla schiena di Ron. «A che ora siete tornati a casa?»

L'uomo si voltò, la mascella più rilassata - rassegnata. «Verso le otto».

«È piuttosto presto per lasciare una vacanza. Avete dovuto alzarvi a che ora? Alle cinque e mezza?»

«Sì, ho... *avevo* una riunione di lavoro questo pomeriggio, e allora?»

Jackson annuì. «La porta d'ingresso era sbloccata?»

Ron strinse gli occhi e scosse la testa. «No, ho dovuto sbloccarla».

Quindi Gregory si era chiuso dentro prima di mettersi il cappio intorno al collo, non che questo fosse insolito - la maggior parte delle persone chiudeva a chiave quando era sola in casa. «Nessun segno di effrazione?» chiese Petrosky. «Niente che mancasse, da quello che ha visto?»

«Ho visto solo lui», disse Ron. «Non ho guardato nient'altro».

«Ha toccato qualcosa?» Spesso i genitori correvano verso il corpo, afferravano il figlio - facevano un casino sulla scena. Se dovevano affrontare una contaminazione forense qui, era meglio sapere dove cercarla.

Ma Ron stava scuotendo di nuovo la testa. «No. Era ovviamente morto. Sono appena entrato nella stanza». Tirò su col naso. «Ho aperto la porta, l'ho visto, Adrian ha urlato, e ci siamo voltati e abbiamo chiuso la porta prima che Stevie potesse vedere. Vi abbiamo chiamato dal prato davanti. Ci avete messo abbastanza per arrivare, tra l'altro». La sua mascella si indurì ancora una volta, gli occhi brillanti di furia come se avessimo cercato di farlo arrabbiare con il nostro ritardo. *Mah.*

«Lo state facendo solo perché era Greg, vero? Il piccolo Greggie?» Il fratello, il dodicenne, arricciò il naso con disgusto e si voltò verso sua madre, gli occhi scintillanti. «Non ti importerebbe se lo facessi *io*».

Adrian si voltò verso il ragazzo al rallentatore, con la bocca aperta in una piccola *o* di stupore. «Certo che lo faremmo, Stevie, certo». Gli avvolse un braccio intorno, lui cercò invano di scansarsi, e ora i suoi occhi si riempirono di lacrime come se fosse più commossa dall'accusa di Stevie che dalla morte dell'altro figlio. Si rivolse a Petrosky e Jackson. «Gregory era... aveva alcuni problemi. Ovviamente, abbiamo dei sentimenti... complicati da elaborare».

Complicati? Tutto qui? I peli sulla nuca di Petrosky si rizzarono, anche se il fatto che il ragazzo avesse dei problemi avrebbe dovuto rendere più facile confermare il suicidio. Jackson estrasse il suo taccuino dalla giacca. «Che tipo di problemi, signora Boyle?»

«Solo... sembrava più turbato... si è messo in alcune risse a scuola». Adrian Boyle si raddrizzò, con Stevie ancora stretto al suo fianco, e si passò una mano tra i capelli color sabbia come se il braccio pesasse una tonnellata. «I suoi voti erano buoni, ma aveva smesso di preoccuparsene tanto, soprattutto negli ultimi... sei mesi. Passava molto tempo... da solo».

Petrosky annuì, il *chht-shh* della penna di Jackson era un ronzio costante nelle sue orecchie, ma molto meglio dei giornalisti che schiamazzavano sul prato dei Boyle. Ron Boyle si grattò il folto baffo e si appoggiò al camino.

«Quando è iniziato tutto questo?» chiese Jackson. «Questo cambiamento di personalità?»

«Forse... un anno fa?» disse Adrian. Il suo sguardo cadde di nuovo in grembo. «Era stato felice per così tanto tempo. Quando è tornato a casa, era solo contento di essere qui con noi... entusiasta di giocare con suo fratello... e poi...» Deglutì a fatica.

Jackson prese nota sul suo taccuino. «C'è stato un fattore scatenante di cui siete a conoscenza? Qualcosa che è cambiato per Gregory?» Stava facendo le solite domande, ma le sue parole oggi sembravano diverse. Esitanti. Non stavano solo cercando di confermare un suicidio - dovevano escludere l'omicidio a causa della storia di Gregory con alcuni seri rapitori, anche se Petrosky non riusciva a immaginare un rapitore che si presentasse per uccidere una vittima due anni dopo averla lasciata tornare a casa. Probabilmente era una perdita di tempo, ma il modo in cui si stavano comportando i Boyle...

Adrian strinse le labbra e alzò le spalle. Movimenti lenti come se fosse bloccata in sabbie mobili invisibili. «Nessun fattore scatenante... non credo. Era solo... turbato, come ho detto. Un po' ritirato. Ma abbiamo fatto tutto il possibile... lo abbiamo mandato dallo psicologo scolastico... l'ho iscritto ai club 4-H, agli Scout... a tutto quello che mi veniva in mente. Attività sane. Si rifiutava di andare a qualsiasi di queste. E continuava a... essere turbato».

Sì, continuava a essere turbato perché gli Scout non curano la depressione. E nemmeno un qualsiasi numero di attività sane. Gregory doveva essere stato gravemente traumatizzato dal suo rapimento e dai cinque anni di prigionia, e la pubertà potrebbe aver peggiorato le cose - non importa come apparisse subito dopo il suo ritorno, il trauma a volte si manifesta in modi inaspettati. Come potevano ignorarlo, far finta che fosse qualcosa che si potesse curare con un campeggio? «Definisca turbato», disse ora.

«Proprio quello che vi ho detto», rispose lei.

«Piangeva?» chiese Jackson.

«No».

«Incubi?» disse Petrosky.

Adrian aggrottò la fronte. «Non che io sappia».

Dal caminetto, Ron scosse la testa. «Non ha mai parlato di nulla di tutto ciò», disse l'uomo. «Non ci ha mai detto niente».

Quindi o i Boyle avevano permesso al loro figlio traumatizzato di tenersi tutto dentro, o stavano trattenendo qualcosa ora, probabilmente entrambe le cose. Si vergognavano della sua depressione? Si sentivano in colpa per non essere stati in grado di aiutarlo? Entrambe le reazioni erano comuni dopo il suicidio di un figlio, non necessariamente sospette. Non voleva immaginare questo ragazzo sprofondare sempre più nella disperazione fino a pensare che il suicidio fosse l'unica via d'uscita, ma succedeva. Petrosky ci era passato lui stesso, pericolosamente vicino a penzolare dalle proprie travi... beh, se le travi fossero state pistole e la corda un proiettile dritto nella sua materia grigia. Se solo avesse potuto ricostruire un'escalation, vedere uno schema nel peggioramento della depressione di Gregory, avrebbe potuto archiviare il caso con la coscienza pulita. Eppure...

Petrosky si concentrò di nuovo su Ron Boyle: l'uomo aveva le braccia incrociate di nuovo, la mascella rigida. *Bastardo sfuggente.* «L'avete mai curato con dei farmaci?»

«Oh, ne faceva già abbastanza da solo», sbottò Ron. «L'ho beccato una volta a bere la mia birra».

Birra? Era questo il grande episodio di devianza di Gregory? «Non intendo la birra. Qualcosa prescritto da uno psichiatra che avrebbe potuto effettivamente alleviare la sua depressione?»

«Non era depresso», disse Adrian e sbatté le palpebre, troppo lentamente. Per un momento, non fu sicuro che avrebbe riaperto gli occhi. *Ti stiamo annoiando?*

Petrosky alzò un sopracciglio. «Penso che la maggior

parte degli psichiatri non sarebbe d'accordo su questo punto».

«Ovviamente, era triste», disse Ron ad Adrian. La sua voce era più bassa ora, anche se manteneva il suo tono duro e arrabbiato, un tono che suonava quasi come un'accusa. Ma chi accusava: se stesso, sua moglie o Gregory? «Ricordi quando diceva cose... che si sentiva diverso? Che non era più se stesso?»

«Stava scherzando», disse Adrian, con voce tagliente ma assonnata, i contorni sfumati come se avesse delle biglie in bocca. Ma macchie rosa brillante le salirono alle guance. Quindi alla fine aveva delle emozioni, anche se c'era una disconnessione. Doveva aver preso una pillola per smorzare la tensione.

Jackson abbassò il blocco notes. «Ha mai fatto dichiarazioni che suggerissero che avesse pensieri di farsi del male?»

Il silenzio riempì la stanza e premette contro la cassa toracica di Petrosky finché Ron sospirò. E annuì.

«Cosa ha detto?» chiese Jackson.

Ron aggrottò le sopracciglia guardando sua moglie, che teneva gli occhi fissi sulle sue ginocchia. Mantenne lo sguardo su di lei e alzò la voce: «Ha detto: "Il piccolo Greggie è morto"».

Ecco un bel presagio.

«Sì, perché era *arrabbiato*», disse Adrian, e improvvisamente, la sua fronte si corrugò, come se avesse appena ricordato qualcosa di cruciale. I suoi occhi si schiarirono. «Io... non si comportava come se fosse depresso... non c'era modo di saperlo. Ma deve esserlo stato, immagino... visto che ha fatto questo». La donna era passata direttamente all'accettazione. A meno che ignorare il suo ruolo nella morte del figlio non fosse la sua versione della negazione.

«Era semplicemente cattivo», disse Stevie, fissando

Petrosky dritto negli occhi. *Ma che diavolo...* Petrosky aspettò che la madre o il padre intervenissero, che mostrassero un minimo di compassione per il loro figlio maggiore, ma Adrian si limitò a guardare il suo grembo. Ron Boyle alzò una mano carnosa e si massaggiò il collo. Da qualche parte, un orologio suonò.

Nemmeno una parola di disaccordo? Questi stronzi si comportavano come se fosse un sollievo che il loro figlio "cattivo" se ne fosse andato. Il suo respiro diventò improvvisamente troppo rumoroso. «Con il suo abuso di alcol, la sua depressione e la sua storia di *cattiveria*», disse Petrosky, la parola amara sulla lingua, «credevate comunque che fosse opportuno lasciarlo solo a casa questa settimana?»

Ron abbassò la mano. «Erano solo pochi giorni, e aveva detto che doveva studiare».

Petrosky socchiuse gli occhi guardandolo, notando il piccolo tic all'angolo delle sue labbra. *Bugiardo*. «Siamo all'inizio di agosto, signore. Frequentava i corsi estivi?»

La mascella di Ron si abbassò, ma fu Adrian a rispondere. «Niente corsi estivi. Ma lui... gli piaceva imparare cose. Era bravo in scienze». Tirò su col naso.

Stronzate, stronzate, stronzate. I peli sulla nuca gli si rizzarono furiosamente. «E gli amici? Qualcuno con cui usciva, che potrebbe essere venuto mentre eravate via?» Forse un amico avrebbe potuto far luce sugli ultimi giorni di Gregory.

Adrian e Ron scossero di nuovo la testa. Ron disse: «Non aveva amici che vedeva regolarmente. Nessuno veniva mai qui. Chiunque conoscesse dalla scuola... non saprei nemmeno darti un nome».

«Sembra un po'»-*lassista*-«disinteressato per qualcuno che ha già perso un figlio una volta».

«Era un adolescente», disse Adrian. «Non potevamo... costringerlo a dirci le cose».

«Vostro figlio vi ha detto qualcosa prima che partiste? Qualcosa che potesse indicare le sue intenzioni?» *Forse semplicemente non volevate più avere a che fare con il suo essere "turbato".*

Adrian fissò Petrosky. «Pensa che l'avremmo... lasciato solo se avessimo pensato che si sarebbe fatto del male?» Ma la sua voce era bassa, troppo calma, e non sembrava devastata come avrebbe dovuto essere. Come lo sarebbe stata qualsiasi persona normale.

Il viso di Petrosky bruciava - avrebbe dato qualsiasi cosa per riavere sua figlia. I Boyle erano completamente fuori di testa, e Petrosky non si fidava dei fuori di testa quando il defunto era un bambino, e le persone che avrebbero dovuto preoccuparsi per lui non riuscivano nemmeno a versare qualche lacrima triste dopo aver trovato il suo cadavere sporco di merda penzolante dal soffitto del soggiorno. Fissò lo sguardo su Ron Boyle. «Evitamento passivo, negligenza: è un modo per sbarazzarsi di un bambino cattivo».

Ron Boyle si staccò dal caminetto e si avventò, gli occhi che sputavano fuoco - ecco l'emozione. Per la perdita o per l'accusa? Jackson si frappose tra lui e Petrosky, una mano alzata. «Ascolti, signor Boyle, non stiamo cercando di insinuare nulla di sconveniente. Ma abbiamo bisogno di sapere tutto ciò che può ricordare. Queste sono domande di routine in modo che possiamo tornare dal nostro capo e dirle che abbiamo indagato al meglio prima di chiudere il caso. Non vorrà che questa faccenda riemerga tra qualche mese perché non abbiamo fatto il nostro dovere».

Le narici di Ron erano ancora dilatate, ma si allontanò da Jackson. Le sue spalle si rilassarono. «Fate quello che dovete. Ma se mai osate-»

«Messaggio ricevuto», disse Petrosky, ma non era minimamente dispiaciuto. C'era qualcosa di seriamente sbagliato in questa famiglia. Indietreggiò verso la porta. «Lascerò che la detective Jackson concluda, e faremo sapere dai tecnici della scientifica quando potrete tornare in casa».

«Quanto ci vorrà?» chiese il ragazzo, Stevie. «Tutti i miei videogiochi sono di sopra, e qui non c'è niente di altrettanto figo».

«Ve lo faremo sapere», disse Petrosky, con gli occhi fissi su Stevie. *Completamente sballato, proprio come i suoi genitori.* Il ragazzo aveva incrociato le braccia come suo padre e stava fulminando Petrosky con lo sguardo. Agitato, irritato. E decisamente non triste, nemmeno un po'. «Anche se potreste avere un po' di pulizie da fare prima di giocare ai videogiochi, ragazzo. A meno che i tuoi genitori non vogliano strofinare il soggiorno da soli».

Adrian trasalì. Il viso di Ron arrossì. Petrosky girò sui tacchi e uscì nell'atrio, guardandosi intorno in cerca di Kennedy. Forse Kennedy sarebbe stato più normale, forse avrebbe potuto far luce su qualunque diavolo fosse questa situazione. Il proprietario di casa non era nell'ingresso pieno di piante, ma Petrosky poteva sentire la sua voce bassa provenire da qualche parte nelle vicinanze: la cucina. La voce di Jackson mormorava sullo sfondo, cercando di calmare la famiglia fuori di testa nel soggiorno. Probabilmente sarebbe finito nell'ufficio del capo entro la fine della giornata.

Un ragazzo dell'età di Gregory era seduto all'isola della cucina, Damon Kennedy di fronte a lui davanti al lavello, intento a versare qualcosa in una tazza da una teiera blu. Gli occhi del ragazzo erano rossi: un amico di Gregory? Se così fosse, potrebbe sapere qualcosa sulle circostanze che circondano la sua morte, o almeno se Gregory fosse stato infelice, o più infelice, nelle ultime settimane. Petrosky aveva abbastanza elementi per chiudere il caso come suicidio, a patto che le analisi forensi lo confermassero, ma sarebbe stato più facile archiviarlo come suicidio se altri avessero corroborato la storia. Soprattutto perché i genitori del piccolo Gregory Boyle sembravano preoccuparsi meno della sua morte di quanto avessero fatto per trovarlo quando era scomparso. Tutte quelle conferenze stampa all'epoca, appelli emotivi per riportare il loro bambino a casa, e ora, nemmeno una lacrima. Che Dio lo aiutasse, se le analisi forensi avessero indicato qualcosa di sospetto, sarebbe tornato qui con le manette.

Petrosky bussò sulla parete all'ingresso della cucina, e Kennedy senior annuì in direzione di Petrosky. «Va tutto bene, detective?»

«Avevo solo alcune domande, se ha un minuto».

Kennedy ripose la teiera sul fornello e indicò gli sgabelli del bancone. «Certamente». Lanciò un'occhiata al corridoio, dove le voci nel soggiorno si alzavano e si abbassavano per poi alzarsi di nuovo.

«Conoscevate bene Gregory, voi due?» chiese Petrosky.

Kennedy scrollò le spalle. «Solo da quello che mi ha raccontato suo padre».

Petrosky si rivolse al ragazzo. «E tu, giovanotto? Tu e Gregory eravate amici?»

Il ragazzo sorrise, il più piccolo e triste dei sorrisi e disse: «Non proprio. Passava la maggior parte del tempo in casa sua. Credo che giocasse online e cose del genere». Giochi online? Avrebbero dovuto indagare su questo. Forse aveva incontrato la persona sbagliata in un mondo virtuale, o quanto meno, forse qualcuno lì lo conosceva meglio di quanto sembrasse conoscerlo la sua famiglia.

Il vecchio Kennedy si schiarì la voce. «Era un ragazzo problematico, Detective. Malik sta lontano dai guai, non gli piacciono i drammi. Come suo padre.»

Petrosky mantenne lo sguardo sul bambino. «Gli altri

ragazzi a scuola la pensavano allo stesso modo su di lui?»
La solitudine era un altro fattore scatenante del suicidio.

Malik scrollò le spalle. «Non andava alla mia scuola.»

Kennedy intervenne: «Malik va al Sacro Cuore, come
la maggior parte dei ragazzi del quartiere. I Boyle frequentano la scuola pubblica, la Anderson.»

Se le altre famiglie del quartiere mandavano i figli
alla scuola privata... era un simbolo di status, una sciocchezza pretenziosa, o c'era un motivo? «È strano per la
zona?» chiese Petrosky. «La Anderson è di alto livello, o
cosa?»

«No... Io...» Kennedy fissò la sua tazza di tè come se
qualunque cosa vi galleggiasse contenesse la chiave della
vita eterna. Alla fine, sospirò. «Hanno problemi economici,
da alcuni anni dopo la scomparsa di Gregory. Avevano
assunto detective privati e tutto il resto.» Incontrò lo
sguardo di Petrosky. «Non che possa biasimarli. Se Malik
scomparisse, se gli succedesse qualcosa...» Rabbrividì, il
viso improvvisamente sciupato come se fosse incapace di
immaginare un tale orrore, come se sapesse che lo avrebbe
distrutto. Le sue mani scure tremavano intorno alla tazza
di tè.

Ecco la reazione corretta.

Malik allungò il braccio attraverso l'isola e toccò il
braccio di suo padre, e Kennedy diede una pacca alle dita
del ragazzo. Cercando di ricomporsi. «Scusate. Non riesco
nemmeno a immaginarlo.» Si schiarì la voce. «Comunque,
per rispondere alla sua domanda, i Boyle hanno usato le
scuole pubbliche per evitare di indebitarsi ulteriormente.
Ora però non possono più nasconderlo.»

«Perché, signore?»

«Stanno dichiarando bancarotta: la loro concessionaria
sta chiudendo. Greg me ne ha parlato la settimana scorsa,
mi ha chiesto se conoscevo qualche buon avvocato.»

Gregory stava aiutando suo padre a sistemare la banca-rotta? «Greg era responsabile dei suoi genitori...»

«Greg senior. Il padre di Gregory.»

Il tizio non aveva detto che si chiamava Ron?

Come se percepisse la sua confusione, Kennedy precisò: «Usa Ron per gli affari fuori dalla comunità, il suo secondo nome, per accordarsi con la concessionaria: era di suo padre prima di essere sua.»

Tum, tum, tum: passi con suole di gomma dal corridoio. Petrosky si voltò per vedere Jackson entrare in cucina, le labbra una linea sottile, gli occhi fiammeggianti come se volesse prenderlo a pugni in gola. Si girò di nuovo verso Kennedy.

«Sua moglie è in casa, signor Kennedy? Sarebbe utile parlare con lei, chiederle se ha visto o sentito qualcosa di insolito.» Probabilmente era inutile, ma Petrosky non riusciva a liberarsi della sensazione che i Boyle stessero nascondendo qualcosa.

«Mia moglie è morta cinque anni fa,» disse Kennedy, e Petrosky si concentrò di nuovo sul suo viso. «Siamo solo noi qui.»

Sono sempre i buoni che se ne vanno giovani. Deglutì a fatica. Aveva la bocca troppo secca per parlare.

Malik si pulì il naso, e Kennedy passò al bambino un tovagliolo di carta. «Se avete altre domande, Detective, non esitate.»

Petrosky annuì e finalmente si schiarì la gola. «Grazie, signor Kennedy». Stavano per essere congedati, ma avevano finito anche con i Boyle, almeno fino al ritorno dei risultati forensi. «Ci accompagniamo da soli all'uscita».

CAPITOLO 3

Bussarono alla porta di ogni vicino che aveva una visuale diretta sulla casa dei Boyle – una dozzina di proprietari con occhi spalancati che brillavano di qualcosa troppo simile all'eccitazione – ma nessuno aveva visto o sentito nulla di strano. Nessun rumore durante la notte. Nessun disturbo emotivo o comportamento insolito da parte di Gregory nei giorni precedenti. Una di loro menzionò di aver visto un piccolo camion parcheggiato davanti alla casa dei Boyle mentre tornava dal lavoro quattro giorni prima, ma non era riuscita a distinguerne la marca o il modello – era troppo buio fuori per vedere bene – e nessuna delle telecamere dei campanelli dei vicini l'aveva ripreso. Un camion sul marciapiede non significava necessariamente nulla, ovviamente. Avrebbero dovuto chiedere ai Boyle. Ma non oggi. Avrebbero aspettato i risultati della scientifica prima di tornare a vedere quei rompiscatole irritabili.

Jackson rimase in silenzio al suo fianco, professionale e risoluta, ma la sua energia gli pungeva la pelle come piccole scariche di elettricità. Era arrabbiata con lui. A suo merito, non lasciava mai che ciò interferisse quando avevano una missione da compiere; se l'avesse fatto, probabilmente avrebbe passato un giorno sì e uno no a saltare il lavoro solo per prendere a calci il culo di Petrosky.

Quando finirono di interrogare i vicini, il sole splendeva alto, le loro ombre erano pozze scure intorno ai loro piedi – ora di pranzo. Lo stomaco di Petrosky brontolò. Dal marciapiede di fronte alla casa dei Boyle, una sola reporter – quella con l'eyeliner blu e il microfono eccessivamente invadente – gli lanciò un'occhiata.

Petrosky fece un passo sulla strada e si fermò alla portiera del guidatore della sua Caprice. «Fermiamoci da Rita sulla strada del ritorno in centrale. Ho bisogno di un po' di-»

«Era davvero necessario quello che hai fatto ai Boyle?» sbottò Jackson dal marciapiede; aveva parcheggiato il suo SUV più vicino alla casa, come una sciocca. «Stanno soffrendo, questo è il giorno peggiore della loro vita e tu... li hai tormentati.»

Ecco qua. Meno male che aveva deciso di guidare la sua auto invece di andare con Jackson oggi. Il suo piano di comprare un nuovo rubinetto per le ragazze del vicinato stava per rendere la sua pausa pranzo molto più piacevole.

Petrosky lasciò la maniglia della portiera e disse al di sopra dell'auto: «Li hai visti? Il loro figlio è morto, e non sembravano nemmeno turbati tranne che per dirci che non volevano l'autopsia – e qualsiasi genitore dovrebbe volere quell'esame fatto». L'aveva visto centinaia di volte, genitori che aspettavano i risultati dell'autopsia come se potesse aiutarli a dormire meglio, tutti disperati di sapere che il loro figlio se n'era andato nel modo meno doloroso possibile. Lui era stato uno di loro, anche se i risultati di Julie non avevano fatto nulla per calmare i suoi peggiori timori.

Incontrò gli occhi di Jackson. «Vogliono solo metterlo sottoterra così possono dimenticarsene».

«Erano abbastanza turbati, e il dolore si manifesta in modi strani, così come la depressione; rabbia, agitaz-»

«Erano agitati perché eravamo lì, non perché lui fosse morto. È fottutamente strano». Petrosky guardò oltre Jackson. La reporter li stava ora fissando con intensità: fece un passo avanti. Poi un altro.

Non oggi, signora. Petrosky spalancò bruscamente la portiera dell'auto. «Ci vediamo alla centrale, Jackson».

La sua commissione per il rubinetto andò liscia, così come la sua rapida sosta al diner di Rita, e quando arrivò alla centrale, i suoi nervi si erano calmati. Forse Jackson aveva ragione; forse era stato troppo duro. Era stato un po' nervoso questa settimana - "ipersensibile", lo chiamava lei - anche se non riusciva a capire bene il perché.

L'ufficio era il solito vivace miscuglio di inchiostro, vecchi fascicoli, frustrazione e il burrito di qualcuno riscaldato al microonde. Oltre il pilastro che ancorava il centro della stanza a forma di L, poteva vedere Decantor che batteva furiosamente sulla tastiera, e il suo basso partner irlandese, Sloan, alla scrivania adiacente. Ma Jackson... era alla scrivania di Petrosky, anche se sul lato corto. Probabilmente perché sapeva che lo infastidiva, ma forse lo stava aspettando per strigliarlo. Di nuovo.

Posò i caffè da asporto sulla scrivania, uno davanti a lei. Lei alzò lo sguardo, accigliata, ma prese il caffè. «È andato tutto bene?» chiese.

Lui socchiuse gli occhi osservando le sue labbra serrate, la posizione rigida delle sue spalle, la sorprendente dolcezza del suo sguardo. Lo aveva perdonato? O era cambiato qualcosa? Annuì, poi afferrò la sua sedia e indicò il fascicolo del caso che lei aveva aperto sulla scrivania. «Cosa abbiamo?»

«Stavo dando un'altra occhiata al vecchio caso di rapimento di Gregory. Avevi... ragione. C'è qualcosa di strano riguardo ai Boyle».

Lui inarcò un sopracciglio. «Ripetilo».

«Non entusiasmarti troppo. Il modo in cui hai trattato i Boyle era assolutamente sbagliato, ma-»

«Ma avevo ragione, hai detto che avevo ragione. Questo potrebbe essere il giorno migliore della mia-»

«Sta' zitto, burbero bastardo. E ascolta».

Lui lo fece, sorseggiando il suo caffè mentre lei batteva sulle pagine davanti a loro. «Dunque, Gregory è scomparso dopo la scuola un giorno, sette anni fa - nessun testimone del rapimento. Nemmeno una pista. La polizia ha fatto il sopralluogo, ha diffuso la sua foto, ma il caso si è arenato. Così i genitori hanno preso in mano la situazione. Hanno assunto un investigatore privato, hanno iniziato a tenere conferenze stampa - hanno avuto l'attenzione dei media per sei mesi, il che è un tempo terribilmente lungo per una cosa del genere».

Petrosky annuì. Di solito questi casi di rapimento perdevano interesse mediatico nel giro di poche settimane, a meno che non ci fosse qualcosa di particolarmente scandaloso. *Se c'è sangue, fa notizia.* «I giornalisti sono un branco di stronzi volubili». *Soprattutto Acharya.*

«Lo sono. E una volta che gli articoli hanno smesso di essere pubblicati, Gregory Boyle è scomparso nel database. I Boyle avevano ancora l'investigatore privato, però, e tutte le informazioni del PI sono nel fascicolo; sembra che chiamasse regolarmente, almeno fino a quando non hanno trovato Gregory che vagava per il cimitero».

Ah, il cimitero. Aveva quasi dimenticato quella parte.

28

Tanto sangue in quel terreno, e non si riferiva ai cadaveri sepolti ordinatamente sotto le lapidi.

Jackson si chinò più vicino, strizzando gli occhi per leggere la minuscola scrittura ai margini del fascicolo del caso. «Gregory all'inizio non riusciva a ricordare il suo cognome», disse, «ma la voglia sulla coscia superiore è stata una prova inconfutabile una volta arrivati in ospedale».

L'ospedale. Quindi avevano fatto un esame completo. Petrosky allungò la mano per prendere il fascicolo. Niente di droghe nel suo sistema, quindi il vuoto di memoria del ragazzino era probabilmente indotto dal trauma - o il risultato di un lavaggio del cervello. «Nessun sospetto, nessun arresto, giusto?»

Lei scosse la testa. «Ma la faccenda del rapimento... era strana». Jackson si sporse sulla scrivania verso di lui e tirò fuori alcune pagine. «Ha detto di essere stato strappato dalla strada da un uomo con la barba e portato in un magazzino, da qualche parte nelle vicinanze perché non era stato in macchina a lungo. La polizia gli ha mostrato le foto di ogni magazzino possibile nel raggio di sessantacinque chilometri - niente. Gregory ha detto che l'uomo barbuto portava un sacco di cibo ogni mattina, tutti i suoi pasti in una volta, ma che per il resto del tempo era solo».

Petrosky cercò di immaginare un bambino di sette anni seduto in un angolo buio... per tutte le sue ore di veglia. Gli si rivoltò lo stomaco. «Quindi, cosa faceva tutto il giorno?»

«Ha detto che cantava. Il ragazzino si era messo in testa che sarebbe stato il prossimo vincitore di *America's Got Talent*, ma non è in grado di tenere il ritmo neanche per salvarsi la vita, almeno secondo l'ultimo detective del caso».

Petrosky strizzò gli occhi per leggere la minuscola scrittura. Detective Harris. Il nome gli suonava vagamente familiare, ma non riusciva a collegarlo a un volto. «Andremo a far visita a Harris, vediamo cosa ricorda».

«Non si può fare».

«Cazzo, è morto? Perché tutte le persone di cui abbiamo bisogno sono morte?»

«Cosa?» I suoi occhi si strinsero. «Intendi Gregory? Chi altro è morto?»

«Io... scusa, non so da dove sia venuto fuori.» Prese la tazza di caffè, la mano tremante mentre la portava alle labbra. *Che diavolo sta succedendo?* Era il suo cuore? Il petto non gli faceva male... non proprio. «Allora, perché non possiamo parlare con Harris?»

«Oh, possiamo parlare, ma non possiamo fargli visita: il tipo si è ritirato alle Hawaii, quel fortunato bastardo.»

«Quello non è fortunato.»

«Solo perché il tuo culo polacco diventerebbe più rosso di un'aragosta in circa cinque minuti.»

«Esatto.» Mandò giù il caffè: acido. Bruciante.

Lei aggrottò la fronte e si appoggiò allo schienale del sedile. «E senti questa: c'è una chiamata dell'investigatore privato registrata sei mesi fa. Ha smesso di chiamare dopo che Gregory è tornato a casa, nessuna chiamata per un anno e mezzo, e poi all'improvviso ha alzato il telefono per chiedere se avessimo nuove piste. Sembra che sia ancora sul libro paga, forse alla ricerca dei rapitori.»

Ma anche Petrosky starebbe ancora cercando, se fosse suo figlio, o il suo caso. D'altra parte... lui non aveva continuato quando si trattava di sua figlia. Si era arreso finché l'assassino di Julie non aveva ucciso un'altra donna e lo aveva trascinato di nuovo nella mischia contro la sua volontà. Forse, nonostante la loro intrinseca stranezza, i Boyle erano genitori migliori di quanto lui fosse mai stato.

Eppure... Sorseggiò di nuovo il suo caffè, forzandolo oltre il nodo in gola, l'acido che gli ribolliva nelle viscere.

«C'è qualcosa che non va qui, Jackson. Non so esattamente cosa sia, ma lo sento.»

I suoi occhi si strinsero, pensierosi. «È strano che i Boyle non si siano preoccupati di rivelare il loro investigatore privato anche se il rapimento non è il caso che stiamo attivamente indagando. Voglio dire, hanno speso soldi che non avevano per l'investigatore e neanche un centesimo per la terapia del loro figlio? E l'altro figlio, Stevie... Cristo Santo, quel ragazzo è uno psicopatico se mai ne ho incontrato uno.»

Sì, cazzo, lo è. Petrosky chiuse il fascicolo del caso. «Iniziamo da un anno fa quando i genitori dicono che l'atteggiamento di Gregory è cambiato. Parleremo con i suoi amici, la scuola. E il ragazzo vicino di casa ha detto che era spesso solo, probabilmente giocava online... sono sicuro che Scott prenderà il suo laptop da casa, prenderà qualsiasi altra cosa utile dalla stanza di Gregory.» Non pensava che avrebbero trovato capsule di detersivo o parafernalia di qualche sfida di morte su internet, ma non si poteva mai sapere. Petrosky ne aveva sentite di più strane. E aveva sicuramente visto di peggio.

CAPITOLO 4

Venti minuti dopo, erano nel SUV di Jackson diretti verso Anderson, con Petrosky che sorseggiava gli ultimi fondi del suo caffè freddo e amaro di Rita's. La sua sensazione che qualcosa non andasse nei Boyles cresceva con ogni minuto che passava, appesantendo la sua carne come cemento, facendo pulsare il suo mal di testa.

«Allora, cosa ha detto Harris?» chiese Jackson, armeggiando con il GPS.

Una telefonata sprecata, dannazione. «Quel cretino non sa un cazzo. Ha detto di aver preso appunti accurati, di aver annotato tutto, persino le sue impressioni sulla famiglia. L'unica cosa che ha aggiunto è che c'era qualcosa di strano nella madre dopo che Gregory era tornato a casa - quando ha ripreso le indagini. Come se avesse perso la voglia di vivere durante il periodo in cui Gregory era scomparso. Lui pensa all'uso di droghe». Petrosky sbuffò. «Io penso che ci sia qualcosa che non va in tutti loro». Diede un'occhiata fuori dal finestrino all'auto accanto a loro, una Chrysler decappottabile con la capote abbassata. Il giovane tipo metrosexual all'interno stava guidando con le ginocchia, il telefono in mano, digitando con i pollici.

Idiota. Petrosky scrutò il pavimento di Jackson - immacolato. Poteva quasi vedere i segni freschi dell'aspirapolvere. Gli occhi di Jackson erano fissi sulla strada, concentrati sul traffico, su idioti come il tipo accanto a loro. Petrosky abbassò il finestrino, strinse gli occhi nello specchietto laterale - via libera - e lanciò il suo bicchiere di caffè contro il parabrezza del vicino.

L'uomo sbandò, pericolosamente vicino al molto più grande Escalade di Jackson, e fece cadere il telefono sul pavimento ai suoi piedi. *Ecco cosa ti meriti, testa di cazzo.* Alzò occhi furiosi e un dito verso Petrosky, urlando qualcosa, ma le sue parole furono risucchiate dal vento sull'autostrada e dal sibilo della gomma sull'asfalto.

Petrosky alzò il distintivo, con la mano a metà fuori dal finestrino, e lo agitò. Poi il finestrino si richiuse da solo; Petrosky ritrasse rapidamente le braccia all'interno per evitare di perderle sulla strada. «Ehi!»

Jackson rilasciò il pulsante del finestrino elettrico. «Avevamo un accordo, Petrosky. E se fosse andato a sbattere?»

Petrosky sbuffò e si rimise il distintivo in tasca. «Un idiota in meno nel pool genetico».

«Solo clacson. Falli sbavare il rossetto, falli far cadere il cellulare, ma non puoi-»

«Va bene, va bene». Petrosky si passò una mano sul viso flaccido. Si era rasato quella mattina? E la pelle sul suo viso era tesa, sensibile - il solo toccare la barba faceva cantare le sue terminazioni nervose. Era stato preoccupato che qualcosa non andasse nella famiglia Boyle. Forse c'era qualcosa che non andava in lui.

Meno male che stiamo andando a vedere uno strizzacervelli.

33

L'edificio era carino per essere una scuola: una lunga linea di mattoni rossi ramificati, nessuna finestra sulla facciata, porte a vetri doppie al centro come un occhio ciclopico e spento. Forse una ventina di auto nel parcheggio: insegnanti e amministratori che si preparavano per il prossimo anno scolastico. Ancora qualche giorno e il piazzale di cemento sarebbe diventato un groviglio di acciaio e genitori stressati che cercavano di prendere il piccolo Gianni o la piccola Giulia per portarli alle loro attività dopo la scuola.

L'ufficio della consulente era un'aula riconvertita sul retro dell'edificio, completa di finestre che si affacciavano su un soleggiato parco giochi, con uccellini che cinguettavano sul davanzale. Durante l'anno scolastico, sarebbe stato il posto perfetto per tenere d'occhio individui sospetti. O per spiare i bambini in cerca di segni di disagio così da poterli attirare nella sua stretta da strizzacervelli.

Ma non sembrava affatto il tipo da spiare. Nancy Holloway era bassa ma robusta, con una camicetta a fiori che gli ricordava le lenzuola che la sua ex moglie metteva sul loro letto: come dormire in un dannatissimo giardino. Capelli color zenzero chiaro con radici scure. Era immersa fino ai gomiti in una scatola di cartone marrone quando Jackson bussò alla porta. «Signora Holloway?»

Lei sorrise. Denti anteriori storti appena un po' ingialliti, labbra carnose, occhi blu così scuri da sembrare quasi viola. O erano davvero viola? «Sì, sono io. Entrate pure e accomodatevi. Sto solo preparando le cose per lunedì mattina». Fece scivolare la scatola ormai vuota sul pavimento accanto alla scrivania. A giudicare dall'aspetto della stanza - alcune foto, due quaderni, nessun soprammobile - era l'unica scatola che aveva portato.

«Lei viaggia leggera», disse Petrosky.

«Sono qui solo due giorni a settimana. La contea ha

fondi limitati, quindi devo spostarmi un po'». Si mise dietro la scrivania e si sedette sulla sedia con movimenti sorprendentemente agili, come se in un'altra vita fosse stata una trapezista.

Si sedettero di fronte alla sua scrivania di noce segnata. «Andremo subito al punto, signora», disse Jackson. «Cosa può dirci di Gregory Boyle?»

«Ah, Gregory». Sospirò, guardando il muro: una foto di lei e un uomo magro come un chiodo con la faccia di uno scoiattolo, entrambi con delle vivaci ghirlande floreali. Amava davvero i fiori. «È vero quello che ho sentito al telegiornale questa mattina?»

Petrosky si appoggiò allo schienale della sedia. «Dipende da cosa ha sentito».

Lei aggrottò la fronte. «Che è... morto?»

Petrosky annuì.

Lei si portò una mano all'ampio petto: se avesse indossato una collana di perle, le avrebbe strette da morire. «Povero caro. E sì, l'ho incontrato circa due anni fa, qualche mese dopo... sapete. Dopo che è tornato a casa».

«Sa perché hanno mandato Gregory da Lei invece di portarlo da un altro professionista?»

I suoi occhi si strinsero. Decisamente viola. Innaturali. La gente faceva cose strane in nome della bellezza. «Che intende dire?»

Petrosky alzò una mano. «Nulla contro di lei; so che fa un buon lavoro qui. Ma i nostri fascicoli dicono che dopo essere stato riportato a casa, non ha visto subito uno psicologo nonostante la raccomandazione dell'ospedale di farlo, nonostante un trauma così importante. Hanno aspettato specificamente l'inizio dell'anno scolastico per mandarlo da lei».

Holloway li valutò entrambi a turno, con uno sguardo neutro - mossa da vera psicologa. «Non posso davvero dire perché abbiano fatto quella scelta. Di solito non mi preoc-cupo del motivo per cui i genitori preferiscono un tera-peuta piuttosto che un altro; mi interessa solo che siano presenti. Che il bambino sia felice. Il suo benessere è la mia unica preoccupazione... *era* la mia unica preoccupazio-ne». Il suo labbro tremò, ma si fermò altrettanto rapi-damente.

Petrosky osservò le sue dita, una mano che massaggiava l'altra - dita corte, ma dall'aspetto forte. «E Gregory era felice, signora Holloway?»

Il suo sguardo si posò sul suo viso. «Sa... era felice, almeno per quel primo anno. Sembrava adattarsi così bene alla scuola, ha fatto grandi progressi in tutte le sue classi».

Jackson inclinò la testa. «Si è integrato direttamente nelle classi normali della scuola media?»

Strinse le labbra. «Ha ottenuto ottimi voti, A e B, anche se era un po' lento nella lettura. Questa era spesso la sua principale lamentela, in realtà - che la sua insegnante d'inglese fosse troppo dura con lui, troppo esigente, che avrebbe dovuto lasciarlo un po' più tranquillo, quel genere di cose».

Mh. A e B nelle classi normali sembravano insoliti per un ragazzo che era stato rinchiuso per cinque anni senza nemmeno una vera conversazione, figuriamoci un libro. Petrosky si avvicinò e appoggiò i gomiti sulle ginocchia. «Le ha mai detto di aver avuto una pausa dall'istruzione? Che non aveva mai avuto alcuna scolarizzazione nei cinque anni in cui era stato via?» I fascicoli del caso dice-vano che avevano chiesto a Gregory di questo - nessun libro di testo, nessun materiale di lettura di alcun tipo, niente. I rapporti erano sbagliati, o Gregory aveva mentito sui suoi rapitori e su ciò che gli avevano fornito? O il ragazzo era un genio?

Lei stava già annuendo. «Sì, niente scuola, questo è

quello che mi ha detto, ma non sono sicura di avergli creduto».

Neanch'io, sorella. Petrosky attese che continuasse, e quando abbassò lo sguardo sulle sue mani, Jackson la incalzò: «Signora? Perché non gli ha creduto?»

«Beh... piccole cose, in realtà». Alzò la testa. «Disse che non aveva letto un solo libro in quei cinque anni, ma conosceva *Romeo e Giulietta,* qualcosa che non si studia alle elementari. Conosceva *Furore* abbastanza bene da darne una sinossi di base. E anche se la sua scrittura non era eccezionale, era in grado di mettere insieme un saggio piuttosto bene, nulla di simile a ciò che ci si aspetterebbe da un ragazzo che non ha avuto un'istruzione formale dall'età di sette anni. A sette anni, leggono a malapena - di certo non scrivono saggi comparativi».

«Hai sollevato questa questione con i precedenti detective?» Harris aveva riaperto il caso quando Gregory era tornato due anni fa, ma non era arrivato da nessuna parte. La descrizione - un uomo barbuto - non era stata sufficiente per restringere il gruppo dei sospetti, soprattutto quando avevano già esaminato tutti quelli della scuola e dei quartieri circostanti.

«Io... no, in realtà non l'ho fatto. Era strano quanto fosse stato facile per lui reintegrarsi, ma pensavo che forse non volesse parlare del suo rapitore - forse per non dare loro alcun credito se lo avessero educato. Supponevo che avremmo iniziato ad affrontare questi problemi quest'anno.»

Jackson sbuffò. «Sembra un lungo periodo per trattare un ragazzo senza una svolta.»

Ma Petrosky sapeva quanto fosse difficile aiutare qualcuno, specialmente se il cliente non collaborava. Non era sicuro di come il dottor McCallum, lo psicologo del distretto, avesse avuto a che fare con lui tutti questi anni, ma ne era grato. Senza il dottore, Petrosky sarebbe sicuramente finito in un fosso da qualche parte... o peggio.

«La guarigione è un processo», disse Holloway, riportandolo alla realtà. «Quando ha iniziato a venire, aveva difficoltà a ricordare le cose più basilari. Non era sicuro di come fosse l'auto che lo aveva portato via, cambiava versione sul rapitore; a volte diceva che l'uomo aveva una barba rossa, a volte nera. Penso che fosse diviso tra il tentativo di dimenticare per andare avanti e l'esprimere quei ricordi come modo per liberarsene - ammettendo che fosse realmente accaduto.»

«Ha fatto progressi nell'affrontare questi problemi - nell'esprimerli?» O l'incapacità di dimenticare il suo dolore aveva finalmente divorato Gregory?

Lei scosse tristemente la testa. «I progressi possono essere lenti con le vittime di traumi, specialmente se stanno cercando di dimenticare un evento traumatico. Anche quando parlava del suo tempo da solo nel magazzino, cantando, i dettagli cambiavano spesso - a volte cantava una canzone, a volte un'altra. Confuso. Ma...» Ora i suoi occhi si annebbiarono. «Non aveva realmente i sintomi tradizionali del trauma, non quelli che ci si aspetterebbe da un bambino tenuto in prigionia per cinque anni.»

Il mondo si zittì - persino il sottile cinguettio degli uccelli svanì. Petrosky poteva sentire il *tum-tum* del proprio cuore.

«Pensa che non sia stato rapito?» chiese finalmente Jackson.

Lei esitò. «No, naturalmente non penso che stesse mentendo. Sto semplicemente sottolineando che la sua reazione non seguiva gli schemi previsti, e qualsiasi delle mille cose potrebbe causare ciò.»

Petrosky si agitò sulla sedia. Questo non portava a nulla. «Ha detto che era felice per il primo anno dopo essere tornato a casa... intorno ai dodici-tredici anni, giusto? Cosa è cambiato dopo?»

«Beh, questo non posso dirlo. Ma è tornato dalle vacanze estive l'anno scorso sembrava... più magro. Abbattuto. E non voleva più parlare dei suoi insegnanti. Invece, parlavamo della sua famiglia, in particolare di sua madre. Diceva...» Distolse lo sguardo, fissando di nuovo quel quadro floreale. «Diceva che pensava che sua madre non lo amasse.»

Wow. La signora Boyle si era sicuramente comportata in modo strano - spenta e con gli occhi asciutti - ma era stata attivamente negligente? Indifferente? O si trattava di abuso? «Ha menzionato qualche motivo specifico per questo sentimento?»

«Non proprio. Era molto chiuso al riguardo, parlava solo in termini generali. Non avevo abbastanza elementi per sospettare un comportamento scorretto. Nessun indizio di abusi o cose simili.»

«Lo aveva mai espresso prima? C'erano tensioni continue in casa dal suo ritorno?»

Lei scosse la testa. «Le cose a casa sembravano andare bene, in realtà, almeno durante il primo anno. Giocava a golf con suo padre, cenava in famiglia. Qualche tensione tra lui e il fratello minore, ma nulla di troppo insolito. Insulti, cose del genere.»

Ah, Stevie, il piccolo psicopatico che era più preoccupato per i suoi videogiochi che per il fratello morto. Il ragazzino sembrava un idiota, ma era improbabile che fosse in grado di spingere Gregory al suicidio, e Stevie di certo non l'aveva ucciso. *Ucciso?* Petrosky stava davvero pensando a questo? Ma lo stava facendo, se non altro per poterlo escludere.

«E gli amici?» stava chiedendo Jackson. «Era popolare? Tutta quella pubblicità...» Si strinse nelle spalle.

«Non aveva nessuno con cui si connetteva veramente. Gli unici ragazzi con cui parlava non frequentavano buone compagnie. È stato coinvolto in alcune risse, sospeso... due volte, credo. Nulla di grave, solo schermaglie da cortile scolastico. Non credo avesse qualcuno che considerasse un amico.»

Trauma importante. Solitudine. Mancanza di supporti sociali. Una madre che "non lo amava". Quella era una ricetta per la depressione se mai ne aveva sentita una. «Sembra che stesse reagendo male.»

«Penso che gli altri bambini... lo evitassero. Come se fosse contagioso o qualcosa del genere.» Abbassò lo sguardo sul suo grembo. «I bambini possono essere crudeli», disse alle sue mani.

E il bullismo può uccidere.

Tirò su col naso e si raddrizzò di nuovo. «Ma aggrediva anche le persone che volevano aiutarlo. Ha messo KO l'infermiera della scuola tre settimane prima della pausa estiva dell'anno scorso.»

La mascella di Petrosky cadde. *L'ha messa KO?* I Boyle non si erano certo preoccupati di menzionarlo; avevano solo detto che Gregory era "cattivo". «È stato arrestato?»

«No, lei non ha voluto sporgere denuncia. Ha sempre avuto paura degli aghi.»

«Gli stava facendo un'iniezione?» chiese Jackson.

Holloway si strinse nelle spalle. Da qualche parte nel corridoio, una porta sbatté. Improvvisamente, Petrosky si rese conto di quanto fosse facile tutto questo - troppo facile. Nessuna preoccupazione per la riservatezza del cliente? Il dottor McCallum avrebbe portato la privacy dei suoi clienti nella tomba, che fossero morti o no.

Osservò Holloway finché non incontrò il suo sguardo, poi disse: «Pensa che fosse capace di suicidarsi?»

Il suo sguardo non vacillò. «Se me l'avesse chiesto tre

mesi fa, alla fine dell'ultimo anno scolastico, avrei detto di no. Non aveva riferito pensieri o ideazioni suicidari; parlava di progetti per il futuro, voleva diventare architetto. Diceva di voler costruire una casa grande quanto il magazzino dove l'avevano tenuto, ma che l'avrebbe resa... bella». I suoi occhi viola si riempirono - *viola come la lingua morta di Gregory*. «No, non voleva morire, non allora».

Ma evidentemente qualcosa era cambiato.

CAPITOLO 5

«Era sempre stato un bambino... teso».

Avevano incontrato l'infermiera della scuola nel suo appartamento a tre isolati dall'istituto, un luogo pulito come ci si aspetterebbe da qualcuno con una laurea in germi. Un divano bianco, senza macchie ma nemmeno lontanamente costoso come quello a casa dei Kennedy, era posizionato accanto a una libreria IKEA bianca piena di tascabili. I romanzi rosa erano l'unico tocco di colore in tutto quel posto noioso. Persino Janna Ogden sedeva composta al tavolo bistrot della cucina, con la schiena dritta, le gambe accavallate e i capelli biondo oro tagliati nettamente appena sotto il mento. Ma aveva occhi marroni scintillanti che emanavano calore, come ci si aspetterebbe da una brava infermiera scolastica, suppose.

«Sempre un bambino teso?» chiese ora Jackson. «Lo conosceva prima del rapimento?»

«Certamente. Lavoravo alla scuola elementare, ma mi sono trasferita alla scuola media quando Yolanda... scusate, la signora Dunn, è andata in pensione».

Petrosky lanciò un'occhiata a Jackson mentre lei

estraeva un blocco note e una penna dalla giacca. «Mi parli del piccolo Greggie, prima che diventasse così grande».

«Beh...» Ogden socchiuse gli occhi guardando oltre loro come se cercasse di ricordare, e forse era così: era stato rapito sette anni fa e loro le stavano chiedendo di ricordare ancora più indietro. «Credo di ricordare più cose su di lui rispetto alla maggior parte degli altri». Incontrò lo sguardo di Petrosky. «Era sempre dolce, in quel modo tranquillo. Mi sono preoccupata brevemente di abusi, quando era più piccolo, ma non c'erano prove: nessun livido, niente che indicasse un problema reale, e alcuni bambini sono semplicemente timidi. Lo ricordo soprattutto per quella terribile paura degli aghi... di tutte le cose mediche, in realtà. Prima che fosse... uhm... rapito, una volta si era sbucciato il ginocchio durante la ricreazione ed era arrivato singhiozzando perché non voleva che lo toccassi con il cotone». Aggrottò la fronte. «Sua madre diceva che aveva degli incubi su questo, sul fatto di essere malato... ma questo era prima del rapimento».

Avevano chiesto degli incubi attuali: Adrian Boyle lo aveva negato. Era probabile che un ragazzo incline agli incubi smettesse improvvisamente di averli dopo un trauma importante? E perché qualcuno avrebbe nascosto questo fatto? Un bambino che ha brutti sogni non è un segno di colpevolezza, non di per sé.

«Cosa l'ha fatta sospettare degli abusi?» chiese Jackson, porgendo la penna a Petrosky. Lui la guardò accigliato, ma la prese quando lei aggrottò le sopracciglia: *tocca a te*.

Ogden abbassò lo sguardo per un attimo più lungo di un battito di ciglia, e quando rialzò la testa, i suoi occhi erano tesi. «Beh, quando si faceva male, aveva paura che sua madre si arrabbiasse; diceva che temeva che lei non lo amasse abbastanza per prendersi cura di lui. Diceva che sarebbe stato meglio scappare e trovare una nuova famiglia».

Quasi la stessa cosa che aveva detto la consulente scolastica: che Gregory credeva che sua madre non lo amasse. Questo era più recente, ma sembrava che i genitori di Gregory fossero sempre stati un po' incasinati, anche prima del rapimento. Scrisse: «Boyles = stronzi», poi si rivolse di nuovo a Ogden. «E questo succedeva quando aveva sette anni?»

Lei annuì e rivolse loro un sorriso triste. «Sono sicura che possiate capire perché fosse difficile dimenticarlo.»

Povero bambino. Petrosky non era sicuro di cosa fosse successo in quella casa per far credere al piccolo Gregory di sette anni che i suoi genitori non si preoccupassero di lui, ma l'abuso psicologico era spesso peggiore delle percosse. E da quello che aveva visto dei Boyles, poteva credere che il piccolo Greggie avesse provato quel tipo di stress. Forse si era rifiutato di parlare ai suoi terapeuti o alla polizia dei suoi rapitori perché li stava proteggendo. Era arrivato ad amarli perché si erano presi cura di lui in un modo in cui i suoi genitori biologici non avevano mai fatto?

Ogden stava scuotendo la testa. «Col senno di poi, non sono sorpresa che sia scappato, anche se di solito non do molto peso a commenti fatti sul momento; i bambini dicono spesso cose del genere. Odio come è andata a finire, ma qualcosa non andava assolutamente in quella casa.»

Lo sapevo. Ma...*scappato?* «Aspetti, Lei pensa che Gregory sia fuggito?»

Lei aggrottò la fronte, corrugando le sopracciglia. «Certamente.»

Petrosky e Jackson si scambiarono uno sguardo, e Petrosky disse: «Ma Lei non ha mai detto a nessuno che potrebbe essere scappato di sua spontanea volontà, giusto?» Non aveva visto nulla del genere nel fascicolo, e anche se fosse stato vero, Gregory non era rimasto via da solo. Non a sette anni.

I suoi occhi si spalancarono. «L'ho assolutamente detto a voi, o comunque al vostro dipartimento. Quel detective che è venuto subito dopo che era stato preso... Mi dispiace, non riesco a ricordare il suo nome, ma sono sicura di averglielo detto.»

Petrosky scrisse «Il detective Harris fa schifo» sul blocco note. Se Gregory di sette anni fosse scappato, se avesse intenzionalmente abbandonato il suo solito percorso a piedi, la polizia avrebbe dovuto ampliare rapidamente il raggio di ricerca. Quanto lontano si erano spinti con il porta a porta?

Ogden sospirò. «Eravamo tutti sconvolti. Ogni insegnante in quella scuola era in ansia: osservavamo ogni auto che osava indugiare un po' troppo sulle strisce pedonali, scrutavamo i jogger che di solito correvano sulla pista quando le lezioni erano in corso.» Si morse il labbro, con gli occhi lucidi: tristezza genuina. «È tutto così terribile. Non posso credere che lui... che abbia fatto una cosa del genere.»

«Lei è piuttosto indulgente», disse Jackson.

Si asciugò gli occhi con la punta delle dita. «Mi scusi?»

«L'ha presa a pugni in faccia solo l'anno scorso, no?»

Lei trasalì. «Sembra peggio di quanto non fosse in realtà. Era spaventato.»

«Anch'io divento nervoso quando la gente cerca di accoltellarmi con qualcosa», mormorò Petrosky. Disegnò una siringa con un segnale di "divieto di fumare" sopra.

Le labbra di Ogden si piegarono in un mezzo sorriso, ma scosse la testa. «Non è andata così: c'era stato un focolaio di varicella tre distretti più in là, e avevamo mandato a casa richieste di prova che i bambini avessero fatto il vaccino. La maggior parte dei bambini ha i certificati di vaccinazione nei loro fascicoli, ma i suoi genitori avevano un modulo di esenzione, e lui non aveva mai riportato i documenti. Tutto quello che ho fatto è stato chiamarlo e dirgli che era un requisito del distretto durante il focolaio, e gli ho chiesto del modulo: non avevo una siringa, non gli ho nemmeno disinfettato il braccio.»

Petrosky disegnò dei puntini sul blocco. «Immagino che preferisse prendersi il prurito.»

«Beh, quello che voleva lui non era esattamente la mia priorità, ma non avevo intenzione di forzarlo. Gli ho detto che se non avesse compilato il modulo o non si fosse fatto fare il vaccino da qualche parte, avrebbe dovuto rimanere a casa finché non l'avesse ricevuto; o fino a quando il focolaio non fosse passato.»

Non l'aveva colpita a causa di un ago, ma perché gli aveva detto che doveva... rimanere a casa? «Scommetto che gli è piaciuto molto.» Petrosky alzò la testa dai suoi appunti.

«Beh... sì. Gli è piaciuto così tanto che mi ha preso a pugni in faccia, no?» Si toccò lo zigomo distrattamente, con gli occhi fissi su quelli di Petrosky. «Mi sono ripresa con lui che mi stava sopra, urlando. L'unica interazione che ho avuto con lui dopo il rapimento, e...» Scosse la testa. «Quella dolcezza che aveva da piccolo... immagino fosse un po' svanita quando ha compiuto tredici anni.»

«Cosa è successo dopo? Dopo che l'ha colpita?» chiese Jackson. Lui le lanciò un'occhiata; stava aggrottando le sopracciglia guardando il suo blocco. Lo fece scivolare sotto il tavolo.

«Credo...» Si morse il labbro. «Che sia semplicemente uscito dall'ufficio. Ovviamente, a quel punto, la vicepreside era nel corridoio: aveva sentito il trambusto. Greg l'ha spinta da parte, l'ha fatta cadere, ma c'erano alcuni altri insegnanti fuori, e sono riusciti a fermarlo. Hanno chiamato suo padre.»

«Ma Lei non ha sporto denuncia» disse Petrosky, anche se conosceva già la risposta.

Strinse le labbra. «Era solo un ragazzino, Detective, e aveva passato così tanto.» Scosse la testa. «Almeno ora è in un posto migliore.»

Se si credeva nell'aldilà, forse. Tutti questi luoghi comuni senza valore. Ma Petrosky sapeva cosa intendeva: la sofferenza di Gregory era finita. Il dolore emotivo a volte era peggio che non provare nulla.

Petrosky e Jackson si congedarono e scesero le scale dell'appartamento per uscire nel parcheggio. Il caldo era diminuito, la brezza profumava di erba appena tagliata e di carota selvatica che cresceva nei fossi. Il sole arancione brillava mentre si dirigevano verso l'autostrada.

«C'è decisamente qualcosa di strano», mormorò Jackson, con le nocche strette sul volante. «Sembra che Gregory abbia subito un cambiamento di personalità significativo nell'ultimo anno. Potrebbe essere la depressione, tutti questi comportamenti trasgressivi, ma deve essere successo qualcosa la scorsa estate per scatenarlo». Scosse la testa. «È così bizzarro che con tutta l'attenzione mediatica che questo caso ha ricevuto, nessuna emittente abbia mai menzionato che potesse essere scappato di casa».

«Perché non lo sapevano». Harris era riuscito a tenere la stampa fuori dal suo caso, proprio come avrebbe cercato di fare Petrosky. E questa informazione probabilmente non avrebbe aiutato comunque; scappare di casa avrebbe significato solo un'area di ricerca iniziale più ampia - un raggio più largo in cui avrebbe potuto trovarsi nel posto sbagliato al momento sbagliato per essere portato via da quell'uomo barbuto.

Un orribile suono acuto irruppe nell'esistenza come

una sirena di un tornado, obliterando i suoi pensieri con un timbro vocale che avrebbe potuto infrangere il vetro - forte, incredibilmente forte. Petrosky fece una smorfia. «Che cazzo è?»

Jackson sorrise - compiaciuta.

Il suono si ripeté. Non un urlo. Opera? E la sua tasca stava vibrando. Frugò nella giacca per prendere il telefono e guardò male la sua partner. «Smettila di cambiarmi la suoneria, dannazione».

«Prima o poi dovrai imparare a sistemarla da solo».

Ma non aveva imparato quando lo faceva Morrison - sembrava sbagliato impararlo ora. Si portò bruscamente il cellulare all'orecchio. «Petrosky».

«Ehi!» Scott. Voce profonda, anche se era appena uscito dalla pubertà. Va bene, era sui vent'anni, ma comunque.

Un clacson risuonò attraverso il telefono, e Petrosky lo allontanò dall'orecchio, guardandolo come se potesse vedere l'auto offensiva sullo schermo. «Dove sei, Scott?»

«Sto tornando alla stazione, ma questo non può aspettare».

È stato a casa dei Boyle tutto il giorno? Deve aver trovato qualcosa di interessante. Petrosky lanciò un'occhiata e mimò con le labbra *Scott* quando Jackson alzò un sopracciglio.

«Non c'è modo che il ragazzo sia sceso da quella sedia o l'abbia calciata via da solo», stava dicendo Scott. «Le abrasioni sulla parte inferiore della corda e l'usura sulla trave sono coerenti con il fatto che sia stato attaccato alla corda *prima* che fosse tirata sopra quella trave».

L'espressione sul viso di Petrosky deve averlo tradito - Jackson aggrottò la fronte e disse «Merda», mentre lui si rimetteva il telefono in tasca.

Merda è la parola giusta. Gregory Boyle non voleva morire la scorsa notte. Qualcuno lo aveva aiutato.

CAPITOLO 6

l viaggio di ritorno al distretto fu pieno di un silenzio inquietante, il cielo era così stranamente rosa che la luce stessa sembrava minacciosa, come se ogni raggio zuccheroso fosse velenoso. Gli faceva venire voglia di zucchero filato. E di una sigaretta, anche se non ne fumava una da più di un anno.

Allora chi aveva ucciso il piccolo Greggie, il Ragazzo Meraviglia Riapparso?

Per ora, tutto ciò che sapevano era che Gregory aveva sofferto molto prima di essere rapito - a sette anni pensava di aver perso l'amore di sua madre, e i cinque anni di prigionia non avevano fatto nulla per cambiare questa convinzione. E aveva parlato di scappare di casa. I bambini di sette anni potrebbero sfogarsi quando sono arrabbiati, ma non era così comune che esprimessero questo desiderio senza provocazione, soprattutto davanti ad altri adulti. Ora che avevano un'indagine per omicidio, dovevano esaminare ogni possibile sospetto. Il rapitore originale era uno di questi. Ma mamma e papà non erano esclusi.

Si sedette alla sua scrivania, esaminando attentamente

il fascicolo. Gregory Ron Boyle, quarantacinque anni, proprietario di una concessionaria d'auto sull'orlo del fallimento ereditata dal padre. Un'accusa di guida in stato di ebbrezza a trent'anni, nessun altro problema con la legge. Adrian Boyle, quarantasei anni, un ricovero psichiatrico tre mesi dopo il rapimento di Gregory. Poteva essere lo stress per la scomparsa del figlio, ma probabilmente c'erano altri problemi in gioco basandosi su ciò che avevano osservato in casa. Poteva quasi vedere quello sguardo opaco e vitreo nei suoi occhi, scioccata ma non necessariamente triste; poteva sentire il modo lento ed esitante in cui parlava. Che avesse iniziato a fare uso di droghe in risposta al rapimento, o che l'uso di droghe fosse stato un fattore predisponente al disagio familiare, lo faceva da tempo; Harris aveva sospettato l'uso di droghe due anni prima quando aveva brevemente riaperto il caso del rapimento di Gregory. Anche se Harris non aveva trovato piste sul rapimento, c'era molto che Petrosky doveva rivedere.

Una busta al centro del fascicolo conteneva una dozzina di foto di Gregory scattate in ospedale la notte in cui era stato restituito. Cicatrici viola profonde sulla schiena, spesse, come segni di cintura; piccoli cerchi che potevano essere cicatrici di bruciature di sigaretta sotto l'ascella. Petrosky trasalì. I rapitori avevano maltrattato Gregory, e lui aveva comunque tenuto per sé tutto ciò che sapeva su di loro, negando qualsiasi abuso. Almeno ora non soffriva più.

Sì, continua a ripeterti questo.

Dopo un'ora, trovò una nota in fondo a un foglio giallo tre pagine prima della fine, le lettere erano così piccole che Petrosky dovette scattare una foto con il telefono e ingrandire l'immagine per leggerla. Il miglior uso della tecnologia fino ad oggi.

L'infermiera, Janna Ogden, afferma che Gregory aveva discusso di scappare di casa negli anni precedenti al rapimento. I genitori lo negano.

Beh, ovviamente i Boyle lo avevano negato. Forse non l'avevano ritenuto rilevante; Julie era solita dire ogni sorta di cose quando era arrabbiata, anche se, con i suoi orari di lavoro, lui aveva sentito la maggior parte di queste cose di seconda mano. *Julie.* Il petto gli si strinse, e inspirò un respiro caldo e doloroso attraverso il naso per gonfiare la cassa toracica. Lo espirò di nuovo con un sospiro.

Avrebbero dovuto fare un'altra visita ad Adrian Boyle: sia l'infermiera che lo psicologo della scuola avevano dei sospetti sulla madre di Gregory. E perché i Boyle avevano rifiutato i servizi quando Gregory era stato trovato? Lo avevano persino esentato dai vaccini. Avevano addotto la paura degli aghi, ma se tuo figlio si presentava letargico, forse drogato, denutrito, con cicatrici su tutta la schiena, magari dopo aver passato cinque anni nelle mani di un predatore sessuale, non ti tiravi indietro per una puntura sperando che la gonorrea passasse da sola. Forse gli davi un po' di protossido d'azoto prima, un sedativo, ma facevi quello che era necessario per aiutare tuo figlio.

Jackson appoggiò il fianco contro il bordo della sua scrivania. «Ho contattato l'investigatore privato».

«E quindi?» chiese Petrosky, chiudendo il fascicolo. «È un idiota come immaginavo?»

«Peggio». Si lasciò cadere sulla sedia, quella che rivendicava come sua nonostante fosse alla sua scrivania. «Mancebo dice che l'unica cosa che abbia mai scoperto, l'unica cosa che avesse senso, era che il ragazzo fosse scappato e finito fuori dai sentieri battuti. Troppe telecamere sul percorso abituale verso casa e nessuna di esse ha ripreso nulla».

Ma... aveva solo sette anni quando è stato rapito. «Chi

lascia che un bambino di sette anni torni a casa da solo comunque?» Stavano cercando di farlo rapire?

«La loro casa dista solo pochi isolati dalla scuola, in linea retta. Il padre lavorava e la madre sembra avere qualche problema, forse dipendenza. È difficile accompagnare tuo figlio a casa quando la stanza gira».

Emotivamente assente oltre che fisicamente. Petrosky immaginò le cicatrici sul corpo di Gregory, le foto nel fascicolo: per quanto il ragazzo volesse andarsene quando aveva sette anni, quello che i rapitori gli avevano fatto era peggio che ignorarlo.

«L'investigatore privato è strano, però», continuò Jackson, facendo una smorfia. «Appassionato».

«Cosa ha fatto? Ha cercato di sussurrarti dolci parole all'orecchio?»

«Nah, ci tiene alle sue palle». Jackson gli fece l'occhiolino, anche se lui era dannatamente sicuro che fosse seria. «Tutto quello che ha detto sembrava... pressante. Non sospetto, non esattamente, ma preoccupato. Come se avesse una genuina preoccupazione per la famiglia».

«Quella è la sua fonte di guadagno, ovvio che sia preoccupato».

«A quanto pare lui e Adrian si conoscono da tempo, fidanzatini del liceo. Harris ha registrato decine di chiamate da parte sua subito dopo la scomparsa di Gregory, metà delle quali dicevano che pensava che Gregory fosse morto. Quando ho chiesto a Mancebo al riguardo, ha affermato che era una questione di statistiche».

Quindi l'investigatore privato pensava che il ragazzo fosse morto, ma continuava a prendere i soldi dei Boyle, i soldi della sua ex ragazza. Continuava a ficcare il naso nel caso, chiamando la stazione in continuazione. È quello che farebbe Petrosky se fosse un rapitore, o un assassino. «Lo metteremo sulla nostra lista».

«L'ho già fatto», disse Jackson. «Ma ha un alibi per la notte dell'omicidio di Gregory. Ha un gruppo di amici del poker pronti e disposti a testimoniare che era a casa a giocare tutta la notte fino alle prime ore del mattino».

«Qual è il suo problema, allora? Li stava prosciugando?»

«Dice che stava cercando il rapitore. Sembra che volesse dare una conclusione ai Boyle». Si stirò il collo, allungandosi, e i suoi orecchini turchesi catturarono il sole dalla finestra dell'ufficio - turchese... era il suo colore preferito. Erano nuovi? Jackson non era una che comprava gingilli per sé. Ma prima che potesse chiedere, magari prenderla in giro su chi le avesse fatto il regalo, lei raddrizzò le spalle e disse: «E ascolta questa: il detective privato ha detto di aver parlato con alcuni bambini della scuola elementare che hanno detto che Gregory aveva dei problemi prima di scomparire. A sette anni. Dicevano che piangeva molto, era stato persino mandato a vedere il consulente scolastico alcune volte. Poteva immaginare Gregory depresso - che si facesse del male ora».

Ma Gregory non si era fatto del male, e la conferma della sua storia di depressione mise Petrosky a disagio. I genitori avevano sicuramente nascosto qualcosa - ma lo aveva fatto anche Holloway. «Pensi che lo psicologo delle medie sapesse del suo precedente periodo di terapia?»

«Potrebbero essere stati episodi isolati più che sedute regolari. I genitori, e persino Gregory, potrebbero non averlo menzionato quando lo hanno iscritto alle medie dopo il suo ritorno».

Petrosky scosse la testa e grugnì. Era un suono sgradevole. «So che stai dando loro il beneficio del dubbio, ma non mi piace niente di tutto questo». Entrambi avevano avuto casi in cui i genitori avevano ferito o ucciso i propri figli. Forse i Boyle erano semplicemente genitori pessimi, forse non avevano ucciso il loro ragazzo, ma avrebbero dovuto collaborare con l'indagine. Se i suoi compagni di classe sapevano che Gregory aveva problemi a sette anni, Adrian e Ron Boyle lo sapevano sicuramente. E non si erano preoccupati di condividerlo con le persone che cercavano di localizzare il loro figlio allora - non lo avevano condiviso con le persone che stavano indagando sulla sua morte ora.

Gli occhi di Jackson si erano offuscati. «Non piace neanche a me. Tutta quella storia della fuga... Gregory doveva essere davvero spaventato a vivere lì se l'ha effettivamente fatto. I bambini sono leali fino all'eccesso, specialmente a sette anni».

Petrosky annuì. I bambini si aggrappavano anche ai peggiori genitori per sopravvivere in un mondo che non potevano navigare da soli. «Quindi cosa avrebbe spinto Gregory Boyle di sette anni ad andarsene davvero?» mormorò, più a se stesso che a chiunque altro. Ma non avevano prove che le minacce di Gregory si fossero concretizzate. Forse stava davvero tornando a casa da scuola quando era stato strappato dalla strada da un uomo barbuto, come aveva detto alle autorità.

«Dovremmo fare un altro tentativo con i genitori stasera?» chiese Jackson.

Improvvisamente sentiva il bisogno di trovarsi nella stessa stanza con i Boyle. Avrebbero dovuto comunque fare la notifica - informarli che la morte del loro figlio era ora oggetto di un'indagine per omicidio. Ma non dovevano farlo adesso. Finora, solo Scott conosceva la verità, e quel ragazzo teneva tutto per sé. Non l'avrebbe fatto trapelare alla stampa, o a chiunque altro, prima che Petrosky e Jackson tornassero a casa dei Boyle.

«Aspettiamo un po'». Lasciamoli sedere con il loro strano distacco e i fatti omessi. E sebbene Stevie sembrasse un ragazzino stronzo e ladro, non sarebbe stato in grado di far del male a Gregory, figuriamoci appenderlo alla trave - il ragazzo più grande aveva almeno venticinque chili in più di lui. «Diamo loro il tempo di innervosirsi».

«Sì, comunque non vorranno parlare con te, non nel prossimo futuro». I suoi orecchini catturarono la luce dei neon sul soffitto. Nessuna traccia del sole contro il metallo ora.

Fuori, il mondo aveva perso il suo bagliore rosa mentre sprofondava dietro l'orizzonte, trasformando il cielo in un grigio cenere mortale. Grigio cadavere. I suoi polmoni improvvisamente sembravano troppo piccoli. Non aveva pensato al cielo in quel modo da molto tempo - *grigio cadavere* - ma eccolo di nuovo, il vuoto nero delle cose che aveva perso, che lo fissava dall'oscurità incombente.

Si schiarì la gola e si sforzò di dire: «Mi chiedo se i Boyle abbiano già chiamato per lamentarsi di me».

«Probabilmente». Ma i suoi occhi erano fissi sul suo viso. Vigili.

Petrosky tamburellò con la penna sulla cartella e si voltò di nuovo verso il cielo tetro.

Uno squillo - uno squillo più forte - proveniente dalla sua tasca anteriore. Diede un'occhiata al numero in entrata. Il dottor McCallum, lo psichiatra di punta della polizia di Ash Park; l'uomo aveva aiutato Petrosky a uscire da alcune situazioni difficili, anche se la maggior parte dei suoi trattamenti passati erano stati obbligatori. Portò il cellulare all'orecchio. «Ehi, Doc. Abbiamo già consultato uno psichiatra per questo caso, ma La chiameremo quando saremo pronti per un consulto».

«Oh, non si tratta del vostro caso», disse McCallum. «Volevo solo controllare come stavi questa settimana».

Il suo stomaco si contrasse. Lanciò un'occhiata a Jackson, che aveva aperto la cartella del caso e fingeva di studiare la minuscola calligrafia di Harris. Petrosky girò la sedia, dando le spalle a Jackson, rivolto verso il vuoto fuori dalla finestra. «E perché mai?»

La linea rimase silenziosa così a lungo che Petrosky pensò che la chiamata fosse caduta.

«Capisco che settimane come questa, giorni che in passato ti hanno fatto scattare... sono facili da dimenticare. Un trucco della mente come forma di evitamento. Ma l'unico modo per poterlo gestire, per lasciarlo andare finalmente, è affrontarlo di petto».

«Non c'è nulla da affrontare, Doc». Ma la tensione nel suo petto era più intensa, non è vero? Perché ora sapeva qual era il problema. I suoi polmoni bruciavano, un buco dolente e pulsante si allargava sotto la sua gabbia toracica.

«Sono qui se hai bisogno di me, Ed».

La mascella di Petrosky si irrigidì. Le sue nocche dolevano intorno al cellulare. «La sento, Doc. Le farò sapere». Ma non l'avrebbe fatto.

CAPITOLO 7

«D ove diavolo sei stato, Petrosky?»
Seduto sul letto. A fissare la luce notturna di Julie.
A passare le dita sul punto del comodino dove tenevo il
Jack Daniels. «Ho dormito troppo». Ascoltò il clangore della
porta delle scale alle sue spalle e si diresse verso la sua
scrivania.

«Sì, come vuoi, vieni qui e basta». Jackson gli fece
cenno di avvicinarsi alla sua scrivania e batté sul fascicolo
aperto sul desktop. «I Boyle hanno firmato le liberatorie, e
anche Gregory, per condividere le informazioni sulla sua
terapia». Frugò tra le pagine sulla sua scrivania e tirò fuori
due fogli: moduli di liberatoria medica. «Ricordi quando
eri sospettoso di Holloway, la consulente scolastica di
Gregory? Ecco perché poteva dirci quello che volevamo
sapere».

Piantò i pugni sulla scrivania e socchiuse gli occhi per
guardare la pagina. Lo scarabocchio tagliente e disordinato
di Gregory adornava il fondo del modulo nella mano di
Jackson; aveva rinunciato alla sua privacy più di un anno
fa, e non solo per altri medici o compagnie assicurative. La

liberatoria sembrava permettere allo strizzacervelli di raccontare i suoi progressi praticamente a chiunque. «Perché l'avrebbe fatto?» Anche nelle migliori circostanze, era strano per un adolescente offrire le sue informazioni personali. E Gregory aveva una storia travagliata con i suoi genitori e cinque anni di totale assenza di contatti.

«Hanno firmato per questo». Gli mise davanti una nuova pagina, troppo colorata per essere un modulo di liberatoria a meno che non fosse per una scuola di clown - uno screenshot di un post sui social media, con *Hill Street Publishing* taggata sotto i loro nomi. «I Boyle stanno scrivendo un libro. L'hanno annunciato oggi sui social media, uscirà tra sei mesi».

Si raddrizzò. Avevano fatto un annuncio di un libro il giorno dopo che il loro figlio era stato trovato morto? «Che tatto. Se il loro altro figlio ci lascia le penne, magari annunceranno che i diritti cinematografici sono all'asta». Forse questo avrebbe attenuato il dolore. Si strofinò un punto dolente sopra lo sterno e continuò: «Se stanno annunciando un'imminente uscita... doveva essere in fase di pianificazione da un po'». Era così che funzionavano i libri?

«Esattamente». Jackson scosse il foglio. «Quasi un anno esatto - un post sui social media che accennava a 'qualcosa di emozionante in cantiere' lo scorso settembre».

Lo scorso settembre. Quello era... «Proprio intorno al periodo in cui Gregory ha iniziato a comportarsi male».

Lei annuì. «Forse non gli piaceva essere messo in mostra, o forse si sentiva come un oggetto di scena mentre sfruttavano il suo trauma per il loro guadagno personale. Ed era ancora scosso per il rapimento, doveva esserlo».

Ma la tempistica dell'annuncio di oggi non era un caso. «Stanno cercando di approfittare della morte di Gregory per ottenere simpatia. E vendite». *Quei fottuti senza cuore.*

«Esatto». Infilò il foglio di nuovo nella cartella. «Sono sicura che il libro sia per lo più finito, ma questo potrebbe fargli ottenere un contratto per una serie televisiva».

«O un pugno nel rene».

«Attento, Petrosky».

«Stavo solo dicendo». Si massaggiò le tempie - anche la schiena gli faceva male, in piedi come un idiota accanto alla scrivania di Jackson. Aveva bisogno di più caffè. O di una sigaretta. *Entrambi*. «Quindi abbiamo genitori preoccupati per i propri interessi - fama e fortuna - anche mentre dichiarano bancarotta». La sua mente correva, un milione di pensieri che collidevano come gocce di whisky in un bicchierino. «Dichiarare bancarotta prima, prima della pubblicazione, e qualsiasi soldo che guadagnano dopo non può essere preso, giusto?» Premette più forte sulle tempie.

Jackson socchiuse gli occhi. «Credo di sì? Non sono un avvocato, ma...»

«E ormai tutti si sono dimenticati del piccolo Greggie. I Boyle hanno bisogno di più pubblicità se vogliono che il libro vada bene».

Ora lei aggrottò le sopracciglia. «Aspetta, stai dicendo che pensi che i suoi genitori l'abbiano ucciso per aumentare le vendite del libro?»

«No, non credo che siano così stupidi». Anche se, i genitori di Gregory sembravano proprio una coppia di stronzi macchinatori. «È solo che... è molto conveniente, sai?» Lasciò andare le tempie e abbassò le mani.

«Lo è. Ma erano fuori città - è facile verificare il loro alibi. E qualsiasi persona minimamente logica saprebbe che avremmo guardato con particolare attenzione a loro per aver fatto questo annuncio del libro prima che il corpo di Gregory si fosse raffreddato. Quindi vediamo cos'altro sappiamo». Jackson lo stava osservando, la sua espressione era strana - il viso immobile, quasi triste. *Sarà meglio che si senta dispiaciuta per Gregory e non per me.*

Scacciò il pensiero. «Sappiamo che Gregory aveva un ambiente familiare instabile sia ora che prima di essere rapito. E...» Intrecciò le mani dietro la schiena, aggrottando le sopracciglia guardando il fascicolo ancora posato sulla scrivania di Jackson; il suo bicchiere di polistirolo, mezzo pieno di caffè che sembrava più inchiostro. «Penso che possiamo presumere che non abbia detto tutta la verità sui suoi rapitori. Quando stavo rivedendo il fascicolo del caso ieri, ho trovato delle foto di lui dall'ospedale, scattate la notte in cui è stato restituito. Era magro come un chiodo e aveva parecchie cicatrici sulla schiena e sotto l'ascella - sembra un abuso continuativo, non coerente con quello che ha detto alle autorità all'epoca, e decisamente incoerente con l'essere rinchiuso senza contatto umano o violenza. Se fosse stato isolato, avrebbe dovuto a malapena comunicare, figuriamoci essere picchiato».

Petrosky camminava avanti e indietro, dirigendosi verso la parete più lontana della stanza, dove le finestre vomitavano una luce grigia e nebbiosa del mattino sul pavimento. Con la coda dell'occhio, vide Decantor guardare nella sua direzione dalla sua scrivania appena oltre il pilastro, con un sopracciglio alzato. Quel tipo aveva una cosa per ogni popstar là fuori, specialmente per le dannate Kardashian, anche se non era ancora sicuro se fossero cantanti o meno. Petrosky sorrise, gli fece il dito medio e si voltò sui tacchi, allontanandosi dalla finestra, avanti e indietro, avanti e indietro davanti alla scrivania di Jackson. «Non c'è modo che quel ragazzo sia stato in grado di tornare a scuola senza alcuna istruzione... qualcuno lo stava istruendo. Lo hanno educato. Ci vuole tempo per farlo, pazienza, e perché lui li stia proteggendo...»

«È leale verso di loro, nonostante qualsiasi ferita gli

abbiano inflitto. O almeno lo era». Jackson aggrottò la fronte guardando i documenti sulla sua scrivania. «Forse chi l'ha preso... forse sono tornati per lui. L'hanno appeso a quella trave per assicurarsi che non rivelasse a nessuno chi fossero. Il rapitore originale è chiaramente predisposto alla violenza».

Ma avrebbero potuto ucciderlo in qualsiasi momento - perché ora, due anni dopo il suo ritorno a casa? Alzò una mano al viso; persino la sua pelle sembrava stanca. «Avrebbero potuto eliminarlo anni fa».

«Forse pensavano che il libro avrebbe condotto la polizia a loro», disse Jackson. «Hanno immaginato che senza l'identificazione di Gregory, la sua testimonianza, non avrebbe mai retto».

Ma non li aveva mai identificati prima - non aveva mai dato alla polizia nulla di utile. Perché ora? *Perché ora?* Aggrottò la fronte guardando il pavimento, le sue scarpe da ginnastica che ancora camminavano avanti e indietro, cercando di immaginare il tipo di persona che avrebbe rapito un ragazzino, lo avrebbe istruito e se ne sarebbe preso cura al punto che Gregory si sarebbe rifiutato di rivelare la sua identità. Una persona che poi avrebbe osservato il suo ritorno a casa dai genitori e avrebbe aspettato due anni per riapparire e ucciderlo. Petrosky aveva visto molti casi di rapimento, molti casi di omicidio di bambini, ma non aveva mai visto un criminale così incoerente. Questo tizio doveva essere un maniaco... a meno che non ci fosse più di un rapitore. Uno che leggeva libri e aveva lasciato Gregory libero in quel cimitero, e uno che lo picchiava ed era tornato più tardi per finirlo? Una coppia uomo-donna potrebbe agire così. Forse l'uomo con la barba era lo stronzo, e la donna si prendeva cura di lui, lo educava. O viceversa. Ma forse stavano pensando troppo; forse il rapitore lo aveva lasciato andare semplicemente perché

Gregory non gli era più utile una volta cresciuto. Era stato fortunato; per molti criminali, i bambini non attiravano più una volta raggiunta la pubertà, portandoli a uccidere il ragazzo per mantenerlo in silenzio. E i pedofili spesso convincevano i bambini, e se stessi, di avere una relazione vera e amorevole - forse Gregory aveva provato questo attaccamento verso il suo rapitore, il suo aguzzino, ed era così vergognato da rifiutarsi di parlarne.

E ancora... perché ora? Le sue mani erano strette a pugno ai suoi fianchi.

Così tante domande senza risposta. Ma una cosa era certa: la morte del piccolo Greggie era intenzionale. E chiunque lo avesse ucciso lo aveva fatto molto attentamente per farlo sembrare un suicidio. Ci voleva tempo. Pianificazione. Questo bastardo a sangue freddo aveva impiccato un ragazzo di quattordici anni come se non fosse niente.

Petrosky smise di camminare avanti e indietro, cercando di rilassare le mani doloranti. «Andiamo a far visita di nuovo ai Boyle. Penso sia ora che rispondano ad alcune domande».

CAPITOLO 8

l soggiorno dei Boyle era più o meno come l'avevano lasciato ieri, con una differenza sostanziale: nessun cadavere. Petrosky alzò lo sguardo verso il soffitto, alle travi, osservando con particolare attenzione quella centrale dove era stata la corda. Il legno lì, così lucido ieri, era ora grezzo e intaccato dove Scott doveva aver prelevato i suoi campioni forensi. Se c'era qualcosa da trovare, Scott l'avrebbe trovato, non importa quanto in profondità avrebbe dovuto scavare.

Ron Boyle li aveva fatti entrare, poi si era piazzato davanti al camino come aveva fatto dai Kennedy, braccia incrociate, di nuovo, spalle quadrate - occupando spazio - tenendo un bicchiere d'acqua contro il gomito come se potesse schiacciarlo nel pugno. Il pavimento davanti al divano era macchiato, ma non di escrementi ora - più chiaro. L'odore caustico della candeggina persisteva ancora nonostante le finestre aperte. Anche la poltrona orribile era sparita, probabilmente gettata in un cassonetto o portata nel laboratorio di Scott. Eppure, nonostante queste diffe- renze, se Petrosky socchiudeva gli occhi, poteva ancora vedere il corpo di Gregory. Floscio. Oscillante. Il suo petto pulsava - lento, doloroso, caldo.

«Allora, che c'è questa volta?» Ron li fulminò con lo sguardo.

La simpatia di Petrosky svanì - che tipo di persona non voleva aiutare la polizia quando il caso riguardava il proprio figlio? *Qualcuno colpevole.* Ma anche i colpevoli più aggressivi sapevano come moderarsi quando parlavano con la polizia. Ignorò Ron, optando per osservare la moglie dell'uomo - la donna che Gregory era così sicuro non lo amasse.

Adrian Boyle sedeva da sola sul divano, fissando dritto davanti a sé, gli occhi vitrei e spenti come se fosse stata drogata. Harris aveva ragione, non c'era modo che questo fosse shock. Stevie non si vedeva da nessuna parte.

«Abbiamo alcune domande», disse Jackson. La sua voce sembrava giungere a Petrosky da lontano mentre attraversava la stanza e si sedeva sul divano a un cuscino di distanza dalla madre di Gregory, rivolgendo lo sguardo nella sua direzione. Lei non batté ciglio. Si rendeva conto che lui era lì?

«Signora Boyle?» disse lui.

Lei si voltò, lentamente, lentamente, gli occhi vuoti.

«Ha preso qualcosa oggi, signora? Droghe?»

I passi di Ron risuonarono più vicini sul parquet come se anche loro fossero agitati - si fermò proprio sotto il punto dove Gregory era stato appeso. «Cosa c'entra questo con-» iniziò Ron, ma Petrosky lo zittì con un gesto della mano. «Abbiamo alcune cose di cui discutere, e sarebbe meglio se lei fosse sobria».

Lei sbatté le palpebre.

«È sobria, è solo... Le pillole sono del dottore. Valium. Potrebbe aver bevuto anche un po' di vino oggi. Non c'è niente di male in questo, specialmente date le circostanze».

Petrosky annuì - sapeva più di quanto gli piacesse ammettere su una colazione liquida - ma mantenne lo sguardo sulla signora. Lei sbatté di nuovo le palpebre, letargica, come se le palpebre fossero troppo pesanti. Un po' di tranquillante ti mantiene sano di mente; troppo ti rende insensibile. Tra le altre cose.

«Da quanto tempo lo sta prendendo?» Era possibile che la sua mancanza di lacrime, la sua espressione inespressiva, fossero effetti collaterali piuttosto che indifferenza attiva?

«Circa un anno», rispose Ron al posto suo, con una tensione nella voce sotto la sua preoccupazione agitata. «Un anno e mezzo, forse. Ha preso qualcos'altro subito dopo il ricovero, ma quella roba non l'ha aiutata».

Ah sì, il ricovero alcuni mesi dopo la scomparsa di Gregory; era nel fascicolo. Ma aveva iniziato questo regime di farmaci più o meno nello stesso periodo in cui erano cominciati i sintomi depressivi di Gregory, il suo comportamento ribelle; più o meno nello stesso periodo in cui era arrivato il contratto per il libro. *Interessante.* Non che i problemi psicologici seguissero sempre un corso prevedibile, ma... «Cosa l'ha spinta a iniziare una nuova terapia farmacologica l'anno scorso, signora Boyle?»

Adrian socchiuse gli occhi come se facesse fatica a ricordare. O forse stava cercando di ricordare la sua vita prima di perdere un figlio, il che era impossibile; ogni ricordo dal momento in cui tuo figlio esala l'ultimo respiro è macchiato dal dolore del lutto. Il suo cuore si strinse, acuto, lancinante, e si rilasciò.

«Semplicemente non riuscivo a smettere di pensarci», disse Adrian ora. «Mi sentivo così... in colpa».

Stava parlando del rapimento? Cosa era cambiato nell'ultimo anno?

«In colpa per cosa, signora?» La voce di Jackson era

dolce e carica di empatia, un'altra madre che aveva perso il figlio maggiore. «Non è stata colpa sua, né il rapimento né la sua morte».

Ma non lo sapevano, non con certezza. *E lei mi rimprovera di mentire ai sospettati.* Era questo che erano i Boyle? Sospettati?

Adrian si leccò le labbra, ma rimasero secche. «Immagino non fosse nulla di grave. Solo che... facevo fatica a connettermi una volta che era tornato a casa. E faceva cose sbagliate... aveva iniziato a prendere soldi dalla mia borsa». Le sue parole uscivano più velocemente ora: forzate, agitate. Le sue spalle si tesero. Senza i farmaci, probabilmente avrebbe parlato troppo velocemente per essere capita. «E aveva anche iniziato ad accumulare cibo, portando intere scatole di merendine in camera sua e mangiandole tutte in una volta. Non mi... piaceva chi era diventato».

Il petto di Petrosky bruciava, i polmoni stretti. La maggior parte dei genitori che hanno perso un figlio darebbe qualsiasi cosa per riaverlo a casa, e lei l'aveva sprecato perché non riusciva ad accettare che fosse cambiato nei cinque anni in cui era stato disperso. Non c'era da meravigliarsi che Gregory fosse stato turbato l'anno scorso: doveva averlo percepito. La distanza. Il disprezzo. E aveva reagito comportandosi male, colpendo infermiere e simili, cercando di attirare l'attenzione di qualcuno, chiunque. Di far sì che qualcuno si *preoccupasse*.

Adrian tirò su col naso di nuovo, ma nessuna lacrima le riempì gli occhi. «Deve pensare che io sia terribile».

Sì, lo penso. Petrosky si appoggiò allo schienale del divano. «Essere terribile è irrilevante. Ciò che è curioso sono i rapporti che abbiamo ricevuto dalla scuola e dal detective inizialmente assegnato al caso del rapimento. Lei afferma che questi problemi sono iniziati dopo che

Gregory è tornato a casa, ma loro sembrano pensare che ci fossero problemi in famiglia già prima che fosse rapito».

«Beh...» Ron fece una pausa, e Petrosky spostò lo sguardo da Adrian all'uomo in piedi davanti al divano. I piedi nudi e pelosi di Ron rimasero piantati sul parquet sbiancato, nulla tra la sua pelle e qualsiasi residuo delle feci di Gregory ancora presente su quel pavimento. Petrosky represse un brivido. Ron tirò su col naso. «Ci sono stati alcuni problemi, immagino, ma nulla di così fuori dall'ordinario. Crescere i figli è difficile». Scrollò le spalle, probabilmente cercando di apparire noncurante - *i bambini, sapete com'è* - ma la sua postura rimase rigida, di sfida.

«Non è così ordinario che un bambino minacci di scappare di casa, non in momenti di calma con altri adulti», disse Petrosky.

Il viso di Ron diventò rosso come un personaggio dei cartoni animati. «Aveva *sette anni*. Parlano tutti a vanvera a quell'età!»

Petrosky era d'accordo, ma il viso di Adrian era ciò che lo interessava davvero - inespressivo. «Ci parli del libro, signora Boyle».

Adrian sbatté le palpebre. Petrosky lanciò un'occhiata a suo marito.

«Non guardare me; non è stata una mia idea», sbottò Ron. Abbassò lo sguardo e improvvisamente indietreggiò verso il camino, come se si fosse reso conto all'improvviso di essere in piedi nel punto che, fino alla notte precedente, era stato impregnato dei fluidi di suo figlio.

Adrian sospirò. «Stavo solo... cercando di migliorare le cose... di trarre il meglio da una situazione orribile».

Jackson inclinò la testa. «Sembra che stesse cercando di trarre profitto dalla sfortuna di suo figlio».

«Io... *noi* non stavamo facendo nulla del genere».

«Lo avete sfruttato prima», disse Petrosky, e Adrian si

irrigidì. «Lo avete messo in mostra pochi mesi dopo il suo ritorno a casa».

«Non ho-»

«Avete rinunciato al suo diritto alla privacy, persino con il suo psichiatra». *Gli avete tolto il suo unico sfogo per l'onestà, la sua unica possibilità di elaborare ciò che gli era accaduto.* Se Petrosky avesse pensato che le sue sedute sarebbero diventate di dominio pubblico, non avrebbe detto un bel niente. «Che razza di cosa è questa da fare a un adolescente?»

La mascella di Ron si indurì, il bicchiere d'acqua tremava nel suo pugno, ma coprì le sue emozioni con un colpo di tosse e uno sguardo torvo. Le nocche di Adrian erano bianche contro le sue cosce. «Dovevamo raccontare loro la storia completa», disse. «La persona che stava scrivendo il libro-»

«Non ci interessa l'autore. Avete annunciato un libro il giorno dopo la morte di vostro figlio», disse Petrosky tranquillamente, i suoi occhi non lasciavano mai il viso di lei. «In un'indagine per omicidio questo non è ben visto».

Ora la mascella di Adrian cadde. «Omici- Lei pensa che lui-» I suoi occhi si allargarono. «Lei pensa che sia stato assassinato?»

Jackson si avvicinò al divano, evitando attentamente il legno sbiancato. «Sappiamo che è stato assassinato. Quello che non sappiamo è il perché».

Adrian fissò suo marito, il respiro troppo veloce; la mascella di Ron lavorava come se non fosse sicuro se piangere o urlare o morderli. Ma avevano avuto la loro possibilità - avevano avuto una possibilità con il loro bambino, e lo avevano sfruttato, avevano rovinato tutto, e Gesù Cristo, se solo avesse avuto un giorno in più con Julie-

«Spero non sia stato uno di voi», disse Petrosky, «altrimenti il figlio che vi rimane crescerà senza di voi, proprio come è successo a Gregory».

Il viso di Ron si accartocciò. Adrian tremava - più per la sorpresa che per il senso di colpa, pensò lui, ma era stato ingannato altre volte.

«Non è colpa loro!»

Jackson si girò di scatto, ma Petrosky non ebbe bisogno di muoversi per vedere il ragazzo più giovane dietro la sua partner. Stevie era accovacciato sui gradini ricoperti di moquette a metà della scala aperta, le mani strette intorno ai balaustri di legno. Da quanto tempo era lì? Quando vide che Petrosky lo guardava, balzò in piedi e si precipitò giù per i gradini rimanenti come uno sciatore sgraziato che avesse dimenticato l'attrezzatura.

«È tutta colpa di *Greg*!» gridò Stevie, il viso rosso quanto quello di suo padre. «È un impostore, ecco cos'è, un grande grassone impostore e un idiota. Non è stato nemmeno rapito, quel bugiardo del cazzo».

Wow.

«Stevie, chiudi quella bocca», scattò Ron. «Non parlare così di tuo fratello».

Ma Petrosky si era già alzato, avvicinandosi al ragazzo. «Pensi che abbia finto il rapimento? Perché l'avrebbe fatto, figliolo?» Se fosse stato vero, probabilmente avrebbe aiutato le vendite del libro - più scandalosa la storia, meglio era.

«*Attenzione*». Stevie lo disse cinque ottave più in alto, cantilenando, con gli occhi luccicanti. «Tutti pensavano che fosse *così perfetto*. Se n'è andato, e tutti parlavano di lui. È tornato a casa, e si parlava *ancora* di lui. Del *Piccolo Greggie*». Puntò un dito sottile verso suo padre. «Dovresti odiarlo anche tu. Vi ho sentito attraverso i muri. Ha fatto litigare te e mamma in continuazione».

Di solito, i genitori litigavano quando perdevano un figlio, non quando lo ritrovavano. Ma il dolore divorava l'adorazione a colazione, specialmente quando guardare negli occhi di tua moglie - occhi proprio come quelli di tuo figlio - ti colpiva come una coltellata allo stomaco. Riavere un figlio non poteva riparare le cose che erano state distrutte. Poteva aiutare, ma non tutti avevano una seconda possibilità, né con il proprio figlio, né con il proprio coniuge.

Se Julie fosse vissuta, forse anche il suo matrimonio con Linda avrebbe retto. Scacciò il pensiero.

Ron aveva del sudore sul labbro superiore. «Le liti tra me e tua madre non avevano nulla a che fare con Gregory...»

«Invece *sì*. Dicevate sempre il suo nome! Avrebbe dovuto restare via, lui...»

«Steven!»

«Si è meritato quello che ha avuto!» urlò Stevie. «È lui che è scappato. Io sono quello che è rimasto. Dovrei avere un riconoscimento per questo».

Scappato. Ecco di nuovo quelle parole, e gli occhi di Stevie brillavano di certezza. Ma... lui avrebbe avuto cinque anni quando Gregory era scomparso. Cosa ricordava con tanta chiarezza? «Ne sei sicuro, Stevie? Che sia scappato?»

Le narici del ragazzo si dilatarono. «*Certo* che ne sono sicuro. Aveva detto che sarebbe andato a vivere dal suo amico. *L'ho visto fare i bagagli* prima di andare a scuola».

Qualcosa si frantumò: Petrosky si voltò e vide Ron che fissava il figlio a bocca aperta, come un pesce, con i cocci del bicchiere d'acqua che brillavano intorno ai suoi piedi nudi. «Andare a incontrare il suo... Perché non l'hai detto a nessuno? Perché non hai-»

«Non lo volevo più qui». Incrociò le sue braccia magre: quante lentiggini aveva questo ragazzo. E il neo sul polso assomigliava così tanto a quello sulla coscia di Gregory che lo sguardo di Petrosky tornò di nuovo alla trave intaccata, poi al pavimento più chiaro davanti al divano. Chi di loro l'aveva pulito? La madre? Il padre? Se fosse stato un uomo che scommette - e lo era - avrebbe puntato sulla madre. Era abbastanza distaccata da farcela senza vomitare.

«Volevo solo che se ne andasse», disse Stevie, riportando Petrosky ai suoi pensieri.

«Andarsene dove, esattamente?» chiese Jackson.

Ora gli occhi di Stevie si offuscarono. «Non... non ricordo. So solo che sarebbe andato dal suo amico».

Ma Gregory non poteva essere andato a stare da un altro bambino di sette anni senza che i genitori se ne accorgessero. Sembrava che il piccolo Greggie avesse un amico più grande. Era stato adescato? Qualcuno l'aveva convinto a scappare? Qualcuno l'aveva sicuramente aiutato a restare nascosto. Forse stavano affrontando un rapimento pianificato, una serie di passaggi tra il rapitore e il bambino prima che finalmente lo portassero via. Ma era collegato all'omicidio di Gregory sette anni dopo? E ancora, perché adesso, due anni dopo il suo ritorno a casa? *Perché adesso?*

Adrian si dondolava sul divano, con le mani avvolte intorno alle braccia. Ron non si era mosso dall'alone di vetri rotti intorno ai suoi piedi. Stava ancora elaborando il fatto che si trattasse di un omicidio, o era scioccato dall'accusa di Stevie? Probabilmente entrambe le cose.

«Greg è mai tornato a casa con qualcuno oltre a Stevie?» chiese Petrosky. «Come un adulto responsabile? Una babysitter?» A sette anni, la maggior parte dei bambini inseguiva ancora le farfalle per strada. Sapere che era scappato per incontrare il suo rapitore andava bene, ma avevano bisogno di un nome. Una descrizione. Qualsiasi cosa.

Mamma e papà scossero la testa. «No», disse Ron. «L'avrei detto alla polizia. E non ha mai accennato a nuovi amici... per essere onesti, non aveva davvero amici».

Aveva senso. I bambini soli erano obiettivi più facili.

«E i contatti sui social media? Giocava a videogiochi online prima di essere rapito?» Il vicino aveva detto che giocava online ora, ma era iniziato prima che se ne andasse? Internet era il paradiso dei pedofili.

«Niente del genere», disse Ron. «Ha giocato di recente, ma aveva quattordici anni. Non aveva un computer prima di... prima di essere rapito».

Adrian smise di dondolarsi. «Se avessi pensato che fosse scappato, se avessi pensato che conoscesse la persona che l'ha preso, l'avrei detto. Non posso credere... Dio. Pensavo solo che fosse arrabbiato, che minacciasse di scappare. Anche Stevie lo diceva a volte, ma non ha mai...»

Tutti gli occhi si voltarono verso Stevie.

«Camminavo sempre con lui. Non c'era nessun altro con noi». Quando tutti continuarono a fissarlo, alzò gli occhi al cielo. «Non avevo davvero intenzione di scappare; mi ero solo arrabbiato».

Petrosky aggrottò le sopracciglia. «Se camminavi sempre con Gregory, perché non eri con lui il giorno in cui è stato preso?»

«Ero malato. Ero rimasto a casa il giorno prima, e sarei rimasto a casa anche il giorno dopo. E lui ha preparato i suoi vestiti. Per dopo la scuola, ha detto. Io non ci sarei stato, quindi doveva incontrare il suo amico. E poi è sparito». Lanciò un'occhiataccia a sua madre, con le narici dilatate, e sussurrò: «Voi tutti pensate che sia colpa mia».

«Oh, Stevie, no». Adrian si alzò dal divano e barcollò oltre Petrosky, poi Jackson, per mettere un braccio intorno a Stevie. Lui si ritrasse. Non abituato all'affetto? Il ragazzo incrociò le braccia, con gli occhi arrabbiati, asciutti.

Petrosky alzò un sopracciglio. «Sa qualcosa di questo amico, Stevie?»

«Ha detto che avevano una macchina, così non doveva

camminare molto». Tirò su col naso. E alzò le spalle. «Questo è tutto. Non ha mai detto nient'altro».

Cazzo. E una macchina... Incrociò lo sguardo di Adrian, poi si voltò di nuovo verso Ron. «Qualcuno di voi conosce qualcuno con un pickup scuro, probabilmente di dimensioni più piccole?»

Ron corrugò la fronte. Scosse la testa. «Non che mi venga in mente. Ma riceviamo molte consegne per l'attività, soprattutto ora che le cose stanno rallentando. Scatole di volantini di fine serie, materiale pubblicitario e cose del genere».

Un pickup non era un veicolo di consegna usuale, ma non avevano una descrizione sufficiente per diramare un avviso di ricerca. Perché il testimone non poteva possedere una concessionaria come Ron Boyle? Allora probabilmente avrebbero saputo qual era il modello.

Jackson si chinò, il viso all'altezza del ragazzo. «Ho sentito dire che Gregory era triste nelle settimane prima di essere portato via», disse Jackson. «Sai perché, Stevie?»

Steve scosse la testa, ma Petrosky poteva indovinare: i rapitori, i pedofili, potevano adescare solo per un certo periodo prima di perdere il controllo. Il rapitore potrebbe aver detto a Gregory che i suoi genitori erano nei guai o che sarebbero stati feriti se non avesse lasciato la casa, o persino che i suoi genitori semplicemente non lo amavano. Forse che solo il rapitore lo avrebbe mai voluto. Al momento in cui Gregory Boyle aveva lasciato casa, il rapitore lo aveva già agganciato: Gregory lo avrebbe seguito ovunque. Probabilmente non sentiva di avere scelta.

CAPITOLO 9

Gli occhi sfuggenti del dottor Woolverton erano cinque volte più grandi dietro i suoi spessi occhiali verdi. Naso affilato. Ma il bisturi nella sua mano lo era ancora di più.

La chiamata di Woolverton era arrivata mentre Petrosky e Jackson lasciavano la casa dei Boyle, e si erano diretti all'obitorio senza neanche fermarsi a mangiare, con grande dispiacere di Petrosky. Il suo stomaco brontolava. Il dottor Woolverton gli lanciò un'occhiata di disgusto mentre posava la lama sul vassoio degli strumenti.

Piccolo idiota untuoso. Ma in realtà non era arrabbiato con Woolverton; era solo arrabbiato in generale. E quando valutò di nuovo il viso di Woolverton, non vide disgusto, non disgusto per Petrosky comunque, ma odio per la situazione. Per ciò che era stato fatto a questo ragazzo.

Il corpo di Gregory Boyle era stato pulito, il che era una piccola benedizione, anche se una leggera sfumatura di ferro e muschio rimaneva sotto i prodotti chimici più forti che Woolverton usava per il suo lavoro. Sul tavolo, il ragazzo sembrava più piccolo di quando penzolava dalle travi, forse perché non era più appeso per il collo, con la testa, le spalle e il busto sopra chiunque stesse in piedi sotto. Forse perché se si ignoravano i lividi intorno alla gola e l'incisione a Y che tagliava il petto e il ventre, sembrava solo pallido. Addormentato. Vulnerabile, come doveva essere apparso alla persona che l'aveva adescato e rapito. Forse ucciso.

Jackson annuì a Woolverton dalla sua posizione vicino al fondo del tavolo, il suo sguardo appropriatamente solenne - vigile. «Cosa ha trovato, dottore?» Aggrottò le sopracciglia quando il telefono di Petrosky vibrò con un messaggio di testo. *Non di nuovo.* Lui allungò la mano dietro e lo mise in silenzioso; quella cosa era fastidiosa, come un bruco sul sedere.

Woolverton congiunse le mani guantate davanti al suo inguine come se si aspettasse un rapido calcio al pene e stesse prendendo misure evasive. «La vostra vittima è morta tra le dodici e l'una. E il vostro uomo, Scott... sono stato in grado di confermare i suoi sospetti. Decisamente omicidio». Woolverton indicò il collo di Gregory, la spessa linea viola dove la corda aveva schiacciato la sua trachea. «Sono sicuro che avete notato la mancanza di ferite da difesa - nessun graffio, nessun livido al di fuori della singola linea intorno alla gola».

Petrosky annuì, tenendo gli occhi lontani dal viso del ragazzo. Sì, l'aveva notato. Ma le vittime di omicidio spesso avevano ferite da difesa altrove sul corpo - ferite dovute alla lotta contro chiunque stesse cercando di mettere un cappio intorno al loro collo. «Ha trovato altri segni? Impronte di mani, segni di legature?» Strizzò gli occhi verso i polsi del ragazzo - nessun segno che fosse stato trattenuto in alcun modo.

Woolverton scosse la testa. «Non li ho trovati. Ma ho trovato qualcos'altro». Camminò verso il fondo del tavolo, verso le dita dei piedi color vinaccia del ragazzo - tutto quel sangue accumulato - verso Jackson, che fece un passo indietro per fargli spazio. Woolverton separò delicatamente il secondo e il terzo dito del piede di Gregory.

Petrosky e Jackson si avvicinarono entrambi e scrutarono nella minuscola fessura un puntino che avrebbe potuto essere una lentiggine.

Jackson si raddrizzò per prima. «È un segno di ago?»

«Infatti», disse Woolverton. «Aveva una forte dose di tranquillanti nel suo sistema: Valium».

Petrosky lanciò un'occhiata a Jackson, che aveva socchiuso gli occhi. Valium... era quello che Adrian Boyle stava prendendo, ma Ron aveva menzionato la forma in pillole, non iniettabile. «Il farmaco è la causa della morte?»

Woolverton lasciò andare le dita dei piedi di Gregory, e il piede del ragazzo si sistemò di nuovo al suo posto. Un indizio ora, non più un bambino. «L'asfissia è ancora la causa della morte, ma dalla quantità di Valium nel suo sistema, era già incosciente prima che lo appendessero. Probabilmente non ha sentito molto, se questo può essere di qualche consolazione.»

Avrebbe dovuto esserlo, avrebbe dovuto aiutare sapere che il ragazzo non aveva sofferto, ma le viscere di Petrosky si sentivano pesanti e improvvisamente fredde come se avesse inghiottito una palla di cannone congelata. Qualcosa non andava. *Sì, come il ragazzino morto sul tavolo?* Concentrò lo sguardo su Woolverton, cercando di restringere la sua visione, di focalizzarsi sul compito a portata di mano. «Non farebbe male? Farsi infilare un ago tra le dita dei piedi in quel modo?»

Woolverton annuì. «Assolutamente. E ha lottato, ma non per più di pochi secondi. Non ci sarebbe voluto molto prima che diventasse inerte, specialmente se stava dormendo quando l'hanno fatto.» Il dottore infilò le dita guantate sotto il tallone di Gregory e lo sollevò, giusto abbastanza per indicare la parte inferiore, vicino al tendine d'Achille. «È difficile da vedere con le macchie qui, ma c'erano alcune abrasioni superficiali sul retro delle gambe e lungo i glutei, tutte nascoste sotto il disordine... le feci. Probabilmente ha lottato, è caduto dal divano dopo essere stato drogato. Potrebbe anche essere che l'abbiano trascinato per un breve tratto fino al luogo dove l'hanno appeso.»

Quindi era stato drogato e trascinato, e poi qualcuno aveva gettato la corda sulla trave e aveva guardato l'ultima goccia di vita scivolare via da lui. «È un gran lavoro per simulare un suicidio quando così tante persone si uccidono usando droghe.» E chiunque avrebbe creduto che avesse ingerito troppe pillole di sua madre... perché prendersi la briga di impiccarlo? «Non avrebbero potuto ficcargli delle pillole in gola? Farlo sembrare come se avesse avuto un'overdose?»

Woolverton riposizionò il piede di Greg sul tavolo e stese un lenzuolo azzurro chiaro sulle sue estremità inferiori. «Non senza metterci in allarme. Anche se avessi mancato il segno dell'ago - cosa che non avrei fatto - le pillole non avrebbero avuto il tempo di essere digerite prima che morisse. Per avere quella quantità di Valium nel sangue, ci sarebbe dovuta essere evidenza di più pillole digerite nel suo intestino.»

Petrosky fece un passo indietro dal tavolo, con gli occhi ancora fissi sul punto in cui i piedi del bambino riposavano, inanimati, una minuscola catena montuosa di ossa sotto il lenzuolo. «È stato trascinato lontano? Bruciature da tappeto, qualcosa del genere?» Un maschio più grande avrebbe semplicemente portato il ragazzo incosciente, ma essere trascinato significava che il loro assassino era di statura più piccola. I polsi ossuti di Stevie balenarono nella sua mente, poi svanirono. Il loro assassino poteva essere piccolo ma non *così* piccolo.

«Nessuna bruciatura da tappeto o moquette... il tuo esperto forense ha già cercato le fibre. Solo tracce di legno, e abrasioni molto lievi, forse per essere stato trascinato dal divano al pavimento. Se dovessi indovinare, direi che stava riposando sul divano quando l'hanno drogato.» Woolverton prese gli angoli del lenzuolo e lo tirò sul resto del corpo del piccolo Greggie, coprendogli il viso. Il peso nella pancia di Petrosky si alleggerì ma rimase freddo mentre Woolverton diceva: «Tuttavia, questo non è il motivo principale per cui vi ho chiamati qui.»

Woolverton si diresse verso il lungo bancone che correva sul retro della stanza, coperto di fiale e bottiglie, e tornò con una cartelletta. «Avrei potuto chiamarvi per comunicarvi la causa della morte. Ma è questo che dovevate vedere». Passò i documenti dall'altra parte del tavolo, sopra la forma blu coperta di Gregory. Petrosky strizzò gli occhi oltre la spalla di Jackson per leggere la minuscola stampa. Due serie di barre grigie lo fissavano, entrambe attraversate da piccole bolle verdi e rosse come il bagliore di una moltitudine di lampioni su un asfalto scuro. Il suo cuore ebbe un sussulto.

«Porca miseria», sussurrò Jackson.

Petrosky incrociò lo sguardo del dottore. «Non puoi essere serio».

«Oh, posso eccome». Woolverton indicò la parte superiore della pagina, attento a non appoggiarsi sul tavolo d'acciaio inossidabile, sul ragazzo, come se non volesse invadere lo spazio di Gregory. Petrosky lo apprezzò di più per questo. «I dati in alto provengono dal database dei bambini scomparsi: il DNA del periodo in cui Gregory è svanito». Petrosky fissò la prima serie di barre, le bolle verdi, le rosse. «Sotto c'è il DNA che ho prelevato da questo ragazzo». Woolverton spostò la mano e indicò di nuovo.

Queste barre, le bolle verdi e rosse... non avevano la stessa configurazione del campione sopra. Nemmeno lontanamente. «Cosa ci stai dicendo, Woolverton? Stai dicendo che questo ragazzo...»

«Non è Gregory Boyle». Woolverton si spinse gli occhiali sul naso, spalle indietro. Orgoglioso. E aveva ragione di esserlo. *Come ha fatto nessun altro a notarlo?* E i genitori di Gregory... come diavolo potevano non saperlo?

«È assurdo», disse Jackson, anticipandolo. «Io conosco mio figlio, la forma del suo viso, le sue dita dei piedi, le sue dita... se un altro bambino a caso fosse apparso, anche dopo cinque anni, lo avrei riconosciuto di sicuro».

Woolverton annuiva. «È pazzesco, ma è vero. Ho confrontato il DNA della nostra vittima con il database, sperando di scoprire chi fosse, ma non è nel sistema».

Jackson stava ancora fissando la pagina. «Semplicemente... wow».

Woolverton sorrise, ma non sembrava esattamente felice: il tipo di sorriso che fai a un cane che ha vomitato sulle tue scarpe invece che sul tappeto più costoso. «Esattamente quello che ho detto io».

«Avresti potuto dirci anche questo per telefono», disse lentamente Petrosky. Il suo stomaco brontolò di nuovo - la palla di cannone ghiacciata era scomparsa - ma nessuno ci fece caso.

Woolverton li fissò dritto negli occhi. «Non ho mai avuto l'occasione di dare notizie del genere. Volevo vedere le vostre facce».

Jackson abbassò la cartelletta. «Ti piace quello che vedi?»

«Oh, sì».

Che nerd del cazzo. Ma c'era ancora una cosa che infastidiva Petrosky. L'esame del DNA non era automatico in un caso in cui si credeva di conoscere l'identità della vittima. «Cosa ti ha fatto pensare di eseguire il test in primo luogo?»

Woolverton annuì come se si aspettasse la domanda. «Due cose. Prima di tutto, aveva un certo numero di fratture guarite: qualcuno lo ha ferito terribilmente prima che finisse dai Boyle. Ma ho notato una fusione dell'acromion...»

«In italiano, dottore».

«Le sue ossa erano mature e fuse in punti dove non avrebbero dovuto esserlo in un bambino ancora in crescita. Questo ragazzo aveva almeno diciotto anni. C'erano segni di malnutrizione cronica, che spiegherebbe la sua statura più piccola, ma le ossa non mentono».

Diciotto? Petrosky cercò di organizzare i suoi pensieri vorticosi, ma questi sbattevano dietro i suoi occhi, con un mal di testa che si radicava nelle sue tempie.

Jackson sembrava non avere alcun problema del genere. «Hai detto che c'erano due cose. Qual era l'altra?»

«La voglia». Woolverton annuì saggiamente. «Il fascicolo originale conteneva foto del ragazzo, e alcuni primi piani della voglia stessa - è quello che hanno usato come segno identificativo quando è tornato a casa. Ho determinato che questa voglia era quasi della stessa dimensione e forma di quando era scomparso».

Petrosky aggrottò la fronte. «Perché questo dovrebbe essere un problema?» Non tutte le voglie rimanevano?

«Beh, le voglie vinose, come quella di Gregory Boyle, di solito crescono mentre il bambino invecchia. Tendono anche a ispessirsi un po' e ad avere una sensazione quasi... croccante più avanti nella vita. Come piccole pietre sotto la pelle. Questa era completamente piatta e della stessa dimensione di quando aveva sette anni, nonostante l'enorme crescita che avviene tra i sette e i quattordici anni». Il suo petto si gonfiò, più di quanto Petrosky avesse mai visto. «È un tatuaggio e uno *estremamente* ben fatto. La colorazione era assolutamente perfetta, e aveva anche una cicatrice sotto una parte di esso, che correva fuori dai bordi della voglia. Niente di tutto ciò, inclusa la cicatrice più vecchia e più grande, era visibile dopo che il tatuatore aveva finito. Qualcuno sapeva quello che stava facendo».

Gesù Cristo. Petrosky abbassò lo sguardo sul lenzuolo, sullo sconosciuto che si nascondeva sotto. Chi diavolo era? Era arrivato dai Boyle solo due anni fa, quindi qualcuno potrebbe ancora essere alla sua ricerca. Qualcuno doveva sapere chi fosse.

Petrosky distolse lo sguardo dal bambino morto anonimo e annuì al dottore, che si era guadagnato ogni briciola di quel titolo oggi. «Buon colpo, Dr. Woolverton».

L'uomo alzò le sopracciglia e riprese la sua cartella da Jackson. «Detto da te, mi sento come se avessi vinto alla lotteria». Ma lo disse sarcasticamente. Petrosky lo apprezzò ancora di più per questo.

Il parcheggio ondeggiava come un miraggio, il calore dissipante del pomeriggio si affievoliva in un'altra serata appiccicosa. Petrosky si passò una mano sul viso - ruvido. Nel giro di una settimana, avrebbe potuto farsi crescere una bella barbetta se avesse voluto fare il fottuto hippie. «Come diavolo abbiamo mancato questo? Diciotto anni?» Ma tutti l'avevano fatto, persino l'investigatore privato. I genitori.

No, impossibile. I Boyle dovevano saperlo.

Il mondo sembrò improvvisamente fuori controllo - sganciato. Petrosky spalancò la portiera del SUV, desiderando improvvisamente di aver guidato la sua Caprice fino all'obitorio invece di lasciarla nel parcheggio del distretto, di potersi immergere nel familiare fetore di olio rancido di patatine fritte e vecchio tabacco. «È curioso come i Boyle abbiano convenientemente rifiutato le cure mediche di base quando è tornato - quasi come se sapessero che un esame del sangue avrebbe rovinato le cose con il loro prezioso contratto editoriale». Avevano sostenuto una paura degli aghi - *non volevano traumatizzare il ragazzo un cazzo*. Puzzava.

Jackson scrollò le spalle e uscì dal parcheggio. «Andremo a fondo della questione.»

Il sole gettava macchie sanguigne sulle altre auto e tingeva il cielo di un arancione opaco, ma in qualche modo rabbioso. «Quindi abbiamo un omicidio e un bambino ancora scomparso.» Ma la maggior parte dei bambini rapiti da persone estranee alla famiglia venivano uccisi entro tre ore dal rapimento. Era meglio non perdere di vista questo fatto.

Il suo cellulare vibrò di nuovo - *oh merda*. Era stato così spiazzato da ciò che Woolverton aveva detto loro, che si era completamente dimenticato dei messaggi precedenti. Petrosky estrasse il telefono dalla tasca posteriore e gli diede un'occhiata, sicuro che ci sarebbe stata qualche altra bomba sul caso, ma non era così. Due messaggi di testo. Dalla sua ex moglie.

Ficcò il cellulare di nuovo in tasca come se nasconderlo abbastanza in profondità potesse anche aiutare a soffocare i suoi sentimenti. «Allora, da dove cominciamo con questo ragazzo? Vecchi casi dei servizi di protezione dei minori? Bambini scomparsi in affidamento?» Doveva essere qualcuno piuttosto anonimo, forse un orfano - il suo volto era stato diffuso ovunque sui notiziari dopo il suo ritorno dal "rapimento", e nessuno si era fatto avanti per contestare l'affermazione che fosse Gregory Boyle.

«Ha senso», disse Jackson. «Con la malnutrizione e le vecchie fratture ossee menzionate da Woolverton, sembra che questo ragazzo abbia avuto una vita familiare di merda. Ed era più grande; potrebbe aver seguito il caso, pensando di potersi intrufolare e prendere il posto di Gregory.»

Probabilmente qualcuno del posto, quindi, visto che era a conoscenza del caso - nonostante l'attenzione mediatica che il piccolo Greggie aveva ricevuto ad Ash Park e nelle zone circostanti, i bambini scomparsi erano all'ordine del giorno a livello nazionale. Petrosky grugnì. «Cosa ha fatto, ha visto una storia di persona scomparsa su Gregory e ha detto: "Ehi, voglio entrare in quella famiglia?"»

«Se non hai nessuno a cui mancheresti se scomparissi, perché no? Dall'esterno, i Boyle sembrano almeno avere soldi. E stava rubando alla madre, giusto?»

«Non abbastanza da rendere la farsa conveniente. È un rischio enorme.» Petrosky immaginò le cicatrici dal fascicolo del caso, le vecchie ferite, le peggiori delle quali erano nascoste. Chissà da che situazione proveniva quel ragazzo? Era stato manipolatore, subdolo, ma forse la manipolazione era tutto ciò che aveva mai conosciuto.

«I genitori sono coinvolti nella faccenda dell'impostore?» chiese Jackson.

«Devono esserlo, no? Come hai detto tu, qualsiasi genitore riconoscerebbe il proprio figlio anche dopo cinque anni.» Ma perché nasconderlo alla polizia? Se ci fosse stata qualche possibilità che il loro figlio fosse ancora vivo, avrebbero dovuto gridare dai tetti che questo ragazzo era un impostore per poter rilanciare le ricerche del loro bambino. A meno che... non sapessero già che Gregory era morto.

Chi sei, ragazzo?

Un dolore pulsava dietro la sua fronte. Petrosky scrutò attraverso il parabrezza il cielo: già di un profondo rosso-viola, come la gola livida del ragazzo che avevano trovato appeso alle travi a casa dei Boyle. Ma non poteva andare a casa a dormirci su, non ancora.

Aveva un altro posto dove doveva essere.

CAPITOLO 10

«**G**razie per essere venuto.»
Petrosky annuì e scivolò nel separé di fronte a Linda. Se strizzava gli occhi, la sua ex moglie sembrava quasi la stessa del giorno in cui si erano sposati, tranne per alcune rughe in più intorno agli occhi nocciola e i capelli striati di sottili fili grigi. E... sembrava più triste. Forse era triste anche allora. «Ehi, devo pur mangiare, no?»

Non era la cosa migliore da dire, lo sapeva mentre gli usciva dalla bocca, ma non era mai stato bravo a dire la cosa giusta, né a Linda, né a nessun altro.

Lei accennò un sorriso. Lui diede un'occhiata al suo bicchiere d'acqua; niente limone. *Grazie a Dio.* Il personale del Rita's li conosceva a vista, il che non era difficile con queste luci fluorescenti, così forti che avrebbe potuto interrogare un sospetto in qualsiasi separé. Ma sebbene il Rita's non brillasse per l'atmosfera, compensava con un ambiente rilassato e un cibo decente. E il costante tintinnio delle forchette sui piatti rendeva sopportabili le pause nella conversazione.

Prese in mano il menu.

«Oh, ti ho già ordinato il panino di pollo.»

Lui alzò le sopracciglia guardandola da sopra il foglio plastificato.

«Spero vada bene», continuò Linda. «È quello che prendi sempre, quindi ho pensato che non avresti cambiato idea stasera.»

«Perfetto», disse lui, rimettendo il menu sul tavolo. «Non c'è nemmeno bisogno di parlare. È come se mi avessi preparato la cena.»

Lei sorrise, ma gli angoli degli occhi erano tesi. Il suo labbro tremò come se fosse esausta nel tentativo di mantenere la maschera.

«Che c'è?» chiese lui.

«Niente, ultimamente sto solo pensando molto.»

«A cosa?»

«A noi.» Fece un gesto verso di lui e poi verso se stessa, o forse verso le posate?

«Mangiamo spesso qui, immagino. Possiamo andare da un'altra parte se vuoi.» Ma quella strana sensazione di freddo nella pancia era tornata, espandendosi, e il formicolio riemerse alla base del cervello come cento aghi ghiacciati.

«Oh no, il posto va bene, è solo che...» Deglutì a fatica, aprì la bocca come se volesse dire qualcosa di più, ma la richiuse quando apparve la cameriera. Sandy, che non sembrava affatto una Sandy: corpulenta, come direbbero i ragazzi, e piacevolmente tale, con fianchi larghi e una bocca ampia e pelle scura e lucente. Niente trucco.

«Buonasera, Detective. Ho il suo preferito.» Il petto di pollo faceva capolino dai lati di un panino integrale, i fiocchi di pepe visibili sulla carne come piccoli spruzzi di terra. Insalata di contorno.

«Sembra ottimo.» Petrosky fece un cenno alla cameriera mentre posava i piatti, ma il viso di Linda rimase teso. Poteva sentire il suo piede muoversi sotto il tavolo, rimbalzando come faceva quando era nervosa.

Uh oh. Era questa la sera in cui finalmente gli avrebbe detto che non si sarebbe più incontrata con lui per cena una volta al mese? Forse era stanca di correre il rischio. Julie era morta perché lui era un poliziotto. Il suo partner era morto a causa di un caso su cui stavano indagando - un caso che Petrosky aveva risolto troppo tardi perché era impegnato a bere. Almeno Shannon viveva ad Atlanta, dove non poteva finire ferita a causa sua. A Petrosky mancavano la moglie del suo partner e la piccola Evie, ma probabilmente era meglio così.

Avvicinò il piatto e prese il panino, occupandosi a dare un morso, poi un altro, ma era insapore. Secco. Lo mandò giù con l'acqua e si concentrò invece sull'insalata. *Dannazione.* Un giorno di questi avrebbe ordinato delle patatine fritte, pacemaker o meno. Che senso aveva la vita se non si potevano mai mangiare delle patatine fritte?

Linda stava spostando un pomodoro nel piatto - non aveva toccato cibo. Lo colse a guardarla e alzò la testa. «Vuoi venire a casa venerdì sera?» Le parole esplosero dalle sue labbra, un'intera frase in un solo fiato.

Infilzò un'altra forchettata di insalata: lattuga croccante, insipida senza condimento. Il gelo nelle sue viscere era ora più freddo. Più duro. «Non sono sicuro. Sto lavorando a un caso importante in questo momento, quindi le cose potrebbero precipitare. Oggi ci è caduta addosso una bomba». Fece una pausa con la forchetta a metà strada verso le labbra, evitando i suoi occhi. «In realtà è molto interessante, in modo contorto. Abbiamo una vittima di rapimento, giusto? Riappare a casa cinque anni dopo essere scomparso. Ieri, finisce morto - assassinato. Ma si scopre che non era affatto il loro vero figlio». Aveva abbassato la voce per assicurarsi che gli altri tavoli non sentissero, ma Linda era stata un'assistente sociale ad Ash Park quando si erano conosciuti, e aveva offerto la sua opinione su numerosi casi nel corso degli anni - manteneva sempre la riservatezza. «L'intero caso è folle». Si ficcò il boccone in bocca, ma la gola non funzionava bene - faceva male deglutire.

La mascella di Linda si spalancò. Poi scosse la testa. «So che non hai dimenticato, Ed, non fingere nemmeno di non sapere cosa sia venerdì». Tirò su col naso, e gli aghi nel retro del suo cervello pungevano più crudelmente. «Quest'anno... è più difficile degli altri, soprattutto ora che sto invecchiando. A volte penso ai nipoti che avremmo potuto avere, sai? O immagino come sarebbe stato vederla diplomarsi al liceo».

Cazzo. Venerdì. Conosceva la data, ovviamente, e sapeva che si stava avvicinando, ma non era bravo con le date... o forse l'aveva ignorata di proposito. Ignorata, così da non dover guardarla avvicinarsi come un tornado che scivolava più vicino, inevitabile e feroce, per distruggerlo. Posò la forchetta sul piatto. Aveva trascorso la mattinata a fissare la luce notturna di Julie, la lingua che bramava un sorso di qualsiasi cosa che avrebbe potuto attutire quel dolore *anche solo un po'.* Essere immerso nel lavoro aveva smorzato le voglie, ma ora quel bruciore sulla lingua si intensificava, e il dolore gelido nelle sue viscere si diffondeva attraverso l'addome e fino alla mascella. *Maledizione.* Questo, perdere Julie, era già abbastanza difficile senza dover rivangare tutto. Petrosky incontrò gli occhi di Linda e cercò di mantenere la voce ferma, ma la bile stava risalendo nel basso esofago - bruciante, amara. «Cosa faremo? Mangeremo la torta? Canteremo "Tanti auguri a te"?»

«No, io... Pensavo di fare un po' di caffè, guardare le

sue cose. Credo sia ora di spacchettarle. Solo per... ricordare. Per un giorno.»

Cosa doveva ricordare? Che qualcuno che lo conosceva, che lo odiava, aveva deciso di uccidere sua figlia? Le aveva tagliato la gola e l'aveva data alle fiamme? «Non ho bisogno di guardare le sue cose per ricordare che mia figlia è morta.» La sua voce si spezzò sull'ultima parola. Spinse via il panino.

«Nostra figlia, Ed. La *nostra* bambina. E non sto cercando di ricordare che è morta, sto cercando di ricordare che era *viva*. Che c'è stata felicità. E che abbiamo fatto tutto il possibile, che nel tempo che l'abbiamo avuta, l'abbiamo amata. Non posso semplicemente ignorare che sia mai esistita, e il fatto che tu sembri volerlo...» Sospirò, ma era un suono disgustato. «So cosa stai facendo, perché sei così... ma dovresti venire, Ed.»

«Passo.» Sarebbe andato a dormire presto e avrebbe finto che non fosse mai successo. Ma era successo. Dal momento in cui Julie era venuta al mondo strillando, il suo cuore era stato suo. E ora se n'era andata, e quel vuoto ci sarebbe sempre stato, e rivivere ogni compleanno, ogni sorriso, significava ricordare il giorno in cui l'aveva vista morta con la gola tagliata, la pelle delle cosce, dello stomaco piena di vesciche e puzzolente...

Il ghiaccio nelle sue viscere si sciolse. Le sue interiora bruciavano come il fuoco che aveva carbonizzato la carne morta di sua figlia. Avrebbe parlato di nuovo con Linda la prossima settimana, dopo il quindici. Non c'era da meravigliarsi se non erano riusciti a rimanere sposati.

Gettò una banconota da venti sul tavolo con mani tremanti.

Petrosky lasciò il ristorante con il cuore nello stomaco e il petto ancora in fiamme. Non avrebbe dovuto essere così... insensibile. Linda era chiaramente addolorata; certo che lo era, e lo era anche lui. Ma era stato bene, era stato bene fino a quella stupida cena. Ora, mentre guidava, anche se continuava a cercare di togliersi dalla mente il compleanno di Julie, immagini del suo viso lampeggiavano nel suo cervello, una presentazione vorticosa che diventava più veloce e frenetica ad ogni miglio che lo avvicinava a casa.

Julie che sorrideva, i suoi capelli scuri che volavano, il viso baciato di rosa dal sole.

Passò davanti a un negozio di alcolici, illuminato come un faro di speranza nella notte. Strinse le dita sul volante. E premette il piede sull'acceleratore.

Julie che rideva, il modo in cui la sua risata cresceva sempre fino a un tono più acuto quando la trovava *davvero* divertente. I suoi occhi brillavano quando raccontava le sue battute, anche se non avevano senso. *Perché il pollo ha attraversato la strada? Per mangiare la cena!*

La bile gli salì in gola. Stava per vomitare.

Fece respiri lunghi e lenti attraverso il naso, per una volta non godendosi il puzzo di patatine fritte e sigarette dell'interno della vecchia auto. A volte, il familiare era minaccioso, una porta verso il dolore. No, Linda non aveva bisogno che lui fosse lì con lei per "celebrare" il compleanno di Julie. Era un trucco crudele, guardare le sue cose, ricordare la sua bambina, così felice, così piena di *vita*.

L'aveva vista dopo che tutto era finito. Dopo che aveva sofferto così terribilmente.

Si fermò a un semaforo. Alla sua destra c'era un supermercato, le vetrine scintillavano con il riflesso dei carrelli metallici parcheggiati davanti alle porte scorrevoli. Avrebbero avuto del vino. *Fermati, sei stato sobrio per più di un anno, stasera non sarà la notte.* Inoltre, il vino era una stronzata, solo frutta vecchia e arrabbiata. Petrosky schiacciò il pedale dell'acceleratore a tavoletta ma stridette fino a fermarsi dietro a un cretino in un pickup fermo al semaforo davanti a lui.

Doveva tornare a casa. A casa dal suo cane e per una doccia. Poi la televisione per scacciare tutta questa merda dalla sua testa.

I fari posteriori del pickup gli bruciavano le retine, trasformandosi in altre cose più letali: il viso di Julie, la sua carne pallida e morta, la ferita spalancata sotto la sua mascella, la sua bocca, le sue labbra blu e fredde, che si aprivano, sorridendo: *Ti amo, papà.*

Strinse gli occhi, li riaprì spalancati. I fari posteriori si spensero mentre il pickup partiva. Petrosky fece un respiro profondo e fissò il parabrezza, tenendo gli occhi sui lampioni luminosi, sul serpente di vernice bianca che segnava la banchina, sull'erba stentata oltre. Cosa non avrebbe dato per avere qualcuno che si presentasse e gli dicesse che avevano fatto un errore riguardo a sua figlia, che Julie era ancora viva, che la bambina che aveva identificato all'obitorio era di qualcun altro. Era questo che era successo? I Boyle erano stati così disperati di credere che il loro ragazzo fosse tornato a casa da non notare che era qualcun altro?

Forse, anche se sembrava una stronzata. Ma i poliziotti non avevano mai trovato il corpo di Gregory: il ragazzo poteva essere ancora vivo. Avrebbero dovuto riaprire l'indagine. Anche se le statistiche erano contro, se c'era anche solo una possibilità... Era crudele farlo ai genitori, dar loro speranza? Forse era meglio lasciarli accettare che Gregory fosse morto finché non ne fossero stati certi.

Guidava, edifici e alberi sfrecciavano su entrambi i lati dell'auto, i lampioni si trasformavano in segnali di stop. Il pickup svoltò in una strada laterale. Nessun altro sulla strada.

Quasi a casa.

Il panino al pollo mezzo digerito danzava nel suo stomaco. Si posò una mano sulla pancia. L'ultimo negozio di alcolici apparve all'orizzonte: finestre con le sbarre, due auto nel parcheggio.

No.

Nessuno l'avrebbe mai saputo.

Non posso.

La gola di Julie, il muscolo spalancato, la pelle carbonizzata delle sue cosce dove l'assassino l'aveva data alle fiamme. *La mia bambina, l'ha data alle fottute fiamme.*

Girò l'auto nel parcheggio con uno stridio di ghiaia e gomma bruciata. La sua lingua bruciava. Le sue dita tremavano contro il volante. Era rivolto verso la strada, ma poteva ancora vedere l'edificio nello specchietto retrovisore, le luci che lo attiravano con la promessa di una fuga beata.

Avrebbe dovuto pensare al caso. Avrebbe dovuto pensare a qualsiasi altra cosa. Sapeva dove finiva questa strada: il sapore metallico della sua pistola tra le labbra. La sua bocca sembrava imbottita di cotone.

Vai a casa.

Le sue nocche erano bianche sul volante. I suoi polmoni avevano smesso di funzionare, costringendolo a prendere respiri sottili e affannosi - persino le gambe gli facevano male, gli occhi gli bruciavano come se ogni muscolo del suo corpo stesse lottando contro l'incoscienza anche se il suo cervello la bramava. Una tregua, non importa quanto breve.

Chiama George. Il padre di Scott, e uno dei pochi amici di Petrosky, sapeva cosa significasse lottare, ma non era mai stato un tossicodipendente. In qualche modo era sopravvissuto al Vietnam e a una diagnosi di cancro senza voler anestetizzare tutto. George era più coraggioso di quanto Petrosky sarebbe mai stato - ci voleva molto più coraggio per vivere sobri.

Forse sono stanco di essere forte. Forse non voglio più combattere.

Poteva chiamare Jackson. Lei non aveva lottato con questo, ma lo avrebbe aiutato.

Ma Jackson aveva i suoi problemi, e lui non aveva intenzione di gravarla con i suoi.

E McCallum? Il dottore lo avrebbe calmato o avrebbe detto al capo che Petrosky stava perdendo la-

Toc, toc, toc.

Petrosky sobbalzò, la mano che si muoveva verso il fianco, verso l'impugnatura della sua pistola, ma - no, solo un colpo. Il finestrino.

Lo abbassò. Un uomo con una polo stava fuori dalla portiera del conducente, con una coda di cavallo gettata sulla spalla e un sorriso da ebete sul viso come se stesse tenendo un vassoio di fluoro tra i denti e fosse disperato di non farlo cadere. Un nuovo dipendente del negozio di liquori? Doveva esserlo - molte cose potevano cambiare in un anno.

«Tutto bene, amico? Sei qui da un po'.»

Davvero? Gli sembrava di essere appena arrivato. Petrosky deglutì a fatica. «Sì. Mi sono solo un po' perso.»

«Hai bisogno di indicazioni?»

Non da te, che non riesci nemmeno a trovare un barbiere decente. «Ora ho capito, grazie.» L'uomo si allontanò mentre Petrosky usciva dal posto e si rimetteva in strada. Solo qualche altro chilometro fino a casa sua e al suo cane e a quella dannata luce notturna che ancora a volte cercava di strappargli il cuore.

CAPITOLO 11

U n altro giorno, un altro dollaro, un'altra tazza di caffè del commissariato. Ma l'amaro intruglio nella sua tazza era un isolante sufficiente dai suoi pensieri: aveva un lavoro da fare. Si concentrò sui suoi passi, su quelli di Jackson, sull'odore strano di aglio e hot dog nel vano scale del commissariato mentre scendevano.

L'ufficio nel seminterrato di Evan Scott si trovava comodamente proprio in fondo al corridoio rispetto al deposito delle prove: una stanza lunga con un'unica finestra all'altezza della fronte sul lato opposto; uno scaffale sulla destra pieno di scatole di reperti forensi da esaminare; un lungo tavolo in acciaio inossidabile - tre volte più lungo di quelli dell'obitorio - al centro; e schermi di computer ovunque. Scott accolse Petrosky e Jackson sulla porta, indossando occhiali protettivi e un sorriso sul suo volto largo.

Petrosky era contento che il ragazzo fosse tornato al suo primo amore invece di intraprendere la strada del detective o del medico legale. Sebbene ciò che il ragazzo aveva imparato nei suoi primi due anni di scuola di medicina l'avrebbe certamente aiutato nella scienza forense, Scott diceva che giocare con le prove - con i «pezzi insanguinati del puzzle» - era ciò che lo faceva alzare dal letto la mattina. E lo teneva sveglio fino a tardi. E dal modo in cui il ragazzo sorrideva, non gli dispiaceva affatto essere lì di domenica.

Scott gettò gli occhiali sul tavolo e indicò la fila di computer nell'angolo in fondo a sinistra. «Dunque, nessuna traccia del vostro sospetto sulla corda, anche se ho trovato della polvere compatibile con i guanti di lattice. E la porta sul retro sembra essere il punto da cui sono entrati - i Boyles affermano di aver dovuto sbloccare la porta d'ingresso quando sono tornati a casa, ma la porta sul retro era sbloccata. Nessuna impronta digitale al di fuori di quelle della famiglia, però, né sulla porta né altrove».

Petrosky ripensò alla disposizione della casa. La porta sul retro si trovava vicino al centro del cortile, immersa nell'ombra: infilarsi nel cortile sul retro ti avrebbe protetto dagli occhi indiscreti di qualsiasi vicino.

«Ho eseguito alcune proiezioni per voi», continuò Scott. «Stavo cercando di ottenere un'altezza e un peso per il vostro aggressore, ma in questo caso...» Digitò alcuni tasti e un grafico apparve sullo schermo. «Per tirarlo sopra la trave, non avrebbero dovuto essere affatto forti - la legatura e la trave hanno funzionato insieme come un sistema di corda e puleggia. Anche un adolescente avrebbe potuto farlo, se fosse stato abbastanza forte da sollevare la corda mentre legava il nodo alla ringhiera per sostenere il corpo».

Jackson annusò l'aria, sporgendosi per guardare meglio lo schermo. «O ce n'era più di uno».

«Beh, sì. Non ho trovato prove di ciò, ma non è impossibile». Scott batté ancora alcuni tasti, *tac-tac-tac*. «Ho passato molto tempo a concentrarmi sui segni, le tracce sul pavimento». Apparve un'altra schermata, una vista dall'alto illustrata del soggiorno dei Boyle, completa di divano e sedia rovesciata. Il pavimento era pieno di piccoli numeri e sporadici segni rossi che sembravano graffi.

Scott si fece da parte quel tanto che bastava per permettere a Jackson e Petrosky di avvicinarsi. Da così vicino, la giacca di Jackson emanava un leggero odore di bacon, appena percettibile ma sufficiente a fargli venire l'acquolina in bocca. Ma lei non cucinava mai il bacon a casa. Lance odiava il modo in cui scoppiettava nella padella e finiva per rifugiarsi in soggiorno con le cuffie del videogioco, cercando di calmarsi - l'autismo a volte era una vera scocciatura. Era andata a fare colazione con qualcuno? Le lanciò un'occhiata, ma gli occhi di Jackson rimasero fissi sullo schermo del computer di Scott.

«Dunque, questo qui è il divano». Scott indicò. «Poi qui ci sono i punti sul legno dove c'erano residui di scarpe con suole vulcanizzate». Toccò un punto sul disegno appena dietro il divano, poi sfiorò un'area sotto il punto in cui era stato trovato il corpo. «Le scarpe avevano suole larghe, ma i segni non sono stati fatti da una persona pesante - troppo lievi. E c'erano fibre sul lato inferiore del divano. Hanno agganciato le punte delle scarpe sotto il divano, il che suggerisce che avessero bisogno di fare leva - che non fossero abbastanza forti da tirare il corpo oltre la trave e non pesassero abbastanza da usare il peso del proprio corpo per sollevarlo. Diamine, hanno usato il divano tanto da graffiare le scarpe sul lato inferiore e spostare il divano stesso dalla sua posizione originale». Fece una pausa, guardando ciascuno di loro a turno come se aspettasse che assimilassero ciò che aveva detto, poi continuò: «Penso che una persona più grande o più forte si sarebbe messa sotto la trave e avrebbe semplicemente tirato. Ma qualcuno intorno al peso della vostra vittima, forse anche solo 54 chili, avrebbe lasciato segni simili sia per la tensione sulla corda che per i graffi sul pavimento».

Petrosky guardò lo schermo sbattendo le palpebre, poi Scott, i cui occhi brillavano - il ragazzo era praticamente schiumante di eccitazione.

«Sputa il rospo, Scott».

«Okay, okay. Volevo solo creare un po' di suspense».

«Beh, smettila», sbottò. Gesù, tra Scott e Woolverton, ne aveva avuto abbastanza di teatralità. Come se un ragazzo morto non fosse già abbastanza drammatico. Jackson gli diede comunque una gomitata quando il sorriso di Scott vacillò. Petrosky la fulminò con lo sguardo, il ragazzo premette un altro tasto e l'immagine sullo schermo cambiò ancora una volta.

Scarpe? Materiale blu sulla parte superiore, suole bianche, la scarpa stessa più larga del solito e più piatta di una sneaker.

«Ecco le scarpe del vostro sospetto. Come ho detto, hanno agganciato i piedi sotto il divano e si sono sporti all'indietro mentre tiravano. Una volta ottenuta la posizione voluta per la vostra vittima, sono tornati alla ringhiera e hanno legato il nodo, e male. Sono sinceramente sorpreso che abbia retto».

«Quindi, non un marinaio né un boia, capito». Petrosky si raddrizzò e indicò lo schermo. «Hai trovato abbastanza fibre per aiutarci a identificarle oltre al tipo generale?»

Scott sorrise. «Certo. Scarpe navy - la marca è Skate-Metal. Le loro scarpe da skate sono più larghe, e la suola si avvolge intorno alla punta per protezione, fissata con cuciture o nastro foxing, di cui questo è il secondo».

«Hai ottenuto tutto questo da poche fibre?» La maggior parte delle scarpe era fatta di materiali simili;

quasi mai riuscivano a identificare una marca specifica da un pezzo di stoffa.

«Le fibre non sono filo regolare - sono tessute da plastica riciclata, e solo un'azienda le produce».

«Un'azienda più piccola?» intervenne Jackson. «Eccellente. Vedremo se riusciamo a ottenere liste di acquirenti dai negozi locali o dalla loro sede centrale, per vedere quali acquirenti conoscevano la nostra vittima».

«Magari», disse Scott. «Queste scarpe, in particolare, sono popolari tra gli adolescenti qui; sono una start-up locale, hanno fatto una grande raccolta fondi all'Anderson. Praticamente hanno regalato scarpe dopo una spinta sui social media - roba virale, hanno fatto credere a tutti che fossero cool, o qualcosa del genere. E hanno anche sponsorizzato una competizione di skateboarding, l'hanno chiamata Metal-»

«Vieni al punto, Scott».

Annuì. «Metà dei ragazzi della zona ne ha un paio, ma sono particolarmente popolari tra gli skater».

«Cazzo».

«Già». Scott spense lo schermo. «Ti invierò una stampa dei risultati, ma dal loro uso del divano come leva, dalla lunghezza dei segni che appartengono a una scarpa taglia 39, e dalla calzatura stessa... penso che stiate cercando un ragazzino».

CAPITOLO 12

La porta dell'ufficio di Scott si chiuse con un soffice *plof* alle loro spalle, e Petrosky quasi allungò la mano per aprirla e richiuderla con un vero e proprio sbattere. *Maledizione, maledizione.* Che diavolo stava succedendo?

Raggiunsero le scale che portavano alle sale interrogatori del primo piano. «Un ragazzino assassino, senza alcun legame con il rapimento? Senza alcun legame con il piano dell'impostore?» Forse i Boyles erano maledetti.

«Il consulente scolastico ha detto che frequentava brutte compagnie, che faceva il ribelle», disse Jackson ai gradini davanti a sé, la voce attutita dal suono dei loro passi. «Attaccava briga, ha persino preso a pugni l'infermiera Ogden per il grave crimine di avergli detto che doveva stare a casa se voleva essere un incubatore umano per la varicella. Forse era aggressivo anche con i suoi coetanei, ha fatto arrabbiare qualcuno una volta di troppo».

I polmoni di Petrosky bruciavano. Le scale richiedevano più sforzo oggi rispetto a ieri, o era solo stanco? Di certo non voleva considerare alternative. «Anche il teppistello suburbano più contorto gli avrebbe dato un pugno in faccia o lo avrebbe insultato sui social, non lo avrebbe ucciso», disse. «E questo ha richiesto pianificazione. Lungimiranza. Hanno portato la corda. Hanno portato la siringa, piena di droghe che avrebbero dovuto essere difficili da procurarsi per loro-»

«I ragazzi sono bravi a procurarsi le droghe quanto gli adulti, Petrosky. Soprattutto i mocciosi ricchi e viziati, piccoli stronzi con soldi e accesso al Valium della mamma».

«Ok, hai ragione, ma hanno usato i guanti, altrimenti Scott avrebbe trovato il DNA sulla corda o da qualche altra parte nella stanza». Le loro scarpe sui gradini di metallo echeggiavano contro le pareti del vano scale. «Questo non è stato un atto impulsivo o un omicidio accidentale come ci si aspetterebbe da un adolescente arrabbiato».

Jackson si voltò a guardarlo da sopra la spalla. «La nostra vittima era più grande, inoltre, almeno diciotto anni, forse persino venti, ventuno? Potrebbe essersi immischiato in qualcosa che non avrebbe dovuto, o è stato ucciso per qualcosa della sua vecchia vita. E con tutte quelle ferite... non è semplicemente corso *verso* i Boyles. Il piano stesso era troppo rischioso. Stava scappando da qualcos'altro».

Petrosky si aggrappò più forte al corrimano, cercando di stabilizzarsi. Le sue gambe sembravano pesanti, come se le sue scarpe fossero fatte di pietra. «Quindi un ragazzino assassino, o una donna se ha preso in prestito le scarpe di suo figlio», disse quasi ansimando. «O un uomo di bassa statura».

Il suo cellulare vibrò. Lo guardò, rifiutò la chiamata e alzò lo sguardo verso Jackson. Lei continuava a salire - *solo altri sei gradini, grazie a Dio* - ma non disse nulla sul suo respiro troppo affannoso, sul telefono che vibrava o sul fatto che aveva capito come disattivare la terribile suoneria con l'opera.

«Ragazzino o donna, in ogni caso, non sappiamo nemmeno chi fosse la vittima», disse ora. «Sappiamo solo dove è finito. Non abbiamo idea del perché qualcuno lo volesse morto». Jackson spalancò la porta del piano principale e guardò il suo orologio. «Spero che siano già qui, abbiamo troppo da fare per aspettare».

Questa volta avevano invitato i Boyles alla stazione, senza Stevie. Il ragazzino non aveva bisogno di essere al corrente di queste conversazioni, e se Petrosky doveva essere onesto, c'era qualcosa in quel ragazzo che lo disturbava fin nel midollo. Con quello che Scott aveva detto loro, forse i suoi sentimenti erano giustificati. Non che pensasse che Stevie fosse l'assassino - anche se quel piccolo monello fosse stato in città, era piccolo per la sua età, meno di 45 chili fradicio, e non sembrava particolarmente forte. Non sarebbe stato in grado di sollevare la vittima e fare il nodo. A meno che Stevie non avesse un complice, era fuori dal gruppo dei sospetti, anche se probabilmente non dovevano escludere una coppia di assassini, anche se Scott non aveva ancora trovato prove di ciò. Se un ricco ragazzino sociopatico era già un problema, due che si alimentavano a vicenda erano una ricetta per il disastro.

Jackson entrò nella sala interrogatori.

I Boyles erano già seduti da un lato del tavolo in acciaio inossidabile, Adrian Boyle fissava davanti a sé come aveva fatto nei giorni precedenti. Non sorprendente - era improbabile che un tossicodipendente smettesse di fare uso dopo aver trovato un cadavere nel proprio soggiorno. Ron seguì con lo sguardo Jackson e Petrosky mentre si sedevano sulle sedie di fronte alla coppia.

Nel momento in cui Petrosky si sedette, Ron sbottò: «Siamo qui ad aspettare da-»

«Gregory non era vostro figlio», disse Petrosky. Jackson gli diede un calcio nello stinco.

Gli occhi dell'uomo si spalancarono. «Come osa, ovviamente è nostro figlio, lui-»

«Abbiamo il DNA». *Strappa quel cerotto tutto d'un colpo.*

Ora Ron si immobilizzò. Le sue labbra si aprirono, poi si richiusero - shock. Ma Adrian... Certo, sembrava spenta e stanca, come le prime volte che Petrosky l'aveva vista, ma il suo sguardo rimaneva fermo. Persino le sue dita erano rilassate, intrecciate sul tavolo. Sì, lei lo sapeva. «Ho la sensazione che questa non sia la prima volta che avete considerato questa possibilità», disse.

Adrian deglutì a fatica e fissò le sue mani.

Ron ringhiò: «Non può aspettarsi che ce ne stiamo qui seduti a lasciarvi parlare di lui in questo modo».

«Signora Boyle?» Il silenzio si prolungò. Petrosky stava per chiedere di nuovo quando lei sussurrò: «Era la mia ultima occasione per avere mio figlio a casa».

Ron si ritrasse sulla sedia così bruscamente che questa ondeggiò sulle gambe.

«Cosa significa?» chiese Jackson.

Adrian incontrò il suo sguardo. «Gregory è morto».

La stanza improvvisamente sembrò dieci gradi più fredda, e il corpo di Adrian tremò come se qualcuno le avesse appena fatto scorrere un cubetto di ghiaccio lungo la schiena. Le narici di Ron si dilatarono, ma non stava più guardando Petrosky - il suo sguardo era fisso su sua moglie. «Dannazione, Adrian, tu-»

Lei si voltò di scatto verso di lui. «È morto; è stato morto per tutto questo tempo! Tu semplicemente non vuoi accettarlo».

Lo sapevo che non c'era modo che una madre non si accorgesse di avere il figlio sbagliato. Adrian era parte di questa messinscena. Ma perché? Non aveva senso - a meno che non avesse ucciso Gregory lei stessa. Quale copertura migliore di un bambino sostitutivo? E poi con la pubblicità, avrebbe potuto guadagnare di più con un contratto per un libro. Abbassò la voce, gli occhi fissi sul suo viso. «Perché crede che Gregory sia morto, signora Boyle?»

«È morto da quando è andato via, da quando è scomparso». Tossì e si strozzò, e quando Ron aprì la bocca, lei alzò una mano e continuò: «Non è che mi sia arresa... come se l'avessi accettato. Ho avuto un fottuto crollo nervoso».

«Solo pochi mesi dopo che Gregory è stato rapito, giusto?» Quello era l'unico ricovero di cui era a conoscenza. «Sembra che tu abbia perso la speranza abbastanza rapidamente». *Forse sapevi che non c'era speranza da avere, forse sai dove è sepolto.*

Lei annuì. «Ho cercato di sperare, ma le statistiche... era ovvio che non sarebbe tornato. Poche ore dopo che vengono rapiti, sono morti, questa è la norma».

Statistiche? Andiamo. I genitori speravano contro ogni probabilità che il loro figlio potesse essere quello che tornava a casa. La fissò. Adrian ricacciò indietro le lacrime. Quindi non era priva di emozioni dopotutto: semplicemente non avevano mai discusso del *suo* bambino; solo dello sconosciuto che si era infiltrato nella sua casa.

I Boyles avevano un alibi per l'impiccagione di questo bambino, Jackson l'aveva verificato, ma cosa era successo a Gregory? Se questa donna lo sapeva, voleva che lo ammettesse. «Come puoi essere così sicura che Gregory sia morto?» ci riprovò.

«Una madre lo sa». Adrian tirò su col naso. «Una madre lo sa». Ron la stava fissando, ma il suo labbro tremava. Ansia?

Jackson si sporse in avanti sulla sedia. «Adrian, se lo sapevi, se sapevi davvero che questo bambino non era tuo, perché non dirlo alla polizia? Perché lasciare che entrasse in casa tua, perché permettergli di restare lì? Sarebbe potuto essere molto pericoloso per il tuo altro figlio. Non ti sei chiesta perché fosse lì? Cosa cercasse?»

Adrian batté le palpebre così lentamente che Petrosky pensò potesse svenire, ma poi riaprì gli occhi e disse: «Non tutto deve essere oscuro, Detective. All'inizio, pensavo che lui... che forse sapesse chi l'aveva fatto... chi aveva preso il nostro ragazzo. Ma alla fine... ho iniziato a pensare che avesse bisogno di noi tanto quanto noi di lui. E poi è arrivato il contratto per il libro e... è diventato... strano».

Jackson scosse la testa. «Ma se ci fosse stata anche solo una possibilità che Gregory fosse ancora là fuori...»

«Non c'era». Incrociò le braccia. «Avevo bisogno di trovare un modo per far funzionare le cose con quello che restava, e quel libro... era un modo per aiutare Stevie. Un modo per far nascere qualcosa di migliore da tutto quel dolore. E ho cercato di accettare quel ragazzo... ho fatto tutto ciò che dovevo fare, solo che...» Scosse la testa. «Non era un cattivo ragazzo... semplicemente non era il *mio* ragazzo».

Petrosky voleva balzare in piedi, interrogarla come aveva fatto con un milione di altri sospetti su quella sedia nel corso degli anni, ma che Dio lo aiutasse, sembrava la verità. Il suo dolore gli toccava il cuore e non gli faceva rizzare i capelli sulla nuca come faceva il dolore dei colpevoli. E capiva la disperazione che arrivava con la perdita di un figlio. McCallum una volta aveva sostenuto che Petrosky avesse sostituito sua figlia con le donne che trovava per strada. Lo strizzacervelli si sbagliava: quella merda era iniziata molto prima di Julie, per ragioni che non aveva mai, mai considerato, ma non era fuori dalla sfera della normalità. O almeno così diceva McCallum.

«Il nostro... Greg...» balbettò Ron, con i baffi folti che vibravano. «È *impossibile*». Sembrava che avesse difficoltà a respirare, abbastanza scioccato per entrambi. «Gli piacevano gli stessi cibi di prima. Guardava il baseball con me e parlavamo della sua squadra delle giovanili, di quando era piccolo. Lui...»

Adrian scosse la testa. «Non era lui a tirare fuori questi argomenti, non diceva mai: "Mamma, ti ricordi quando...". Si limitava ad essere d'accordo con te e col tempo... per te è diventato tutto reale». Abbassò lo sguardo sul suo grembo. «Forse è diventato reale anche per lui».

«Ha chiesto i Frosty Ohs per colazione il secondo giorno che era a casa», disse Ron, ma la sua voce era più sommessa, più rassegnata. «Non ti ricordi quanto gli piacevano?»

Adrian posò la mano sul ginocchio del marito. «A tutti i bambini piacciono i Frosty Ohs».

Ron rimase a bocca aperta come se volesse dire qualcos'altro ma non riuscisse a trovare le parole. Era davvero così ottuso? Aveva creduto che il ragazzo in casa loro fosse loro figlio? Forse era stato così disperato da accettarlo. E anche se avesse avuto dei sospetti, aveva molto da perdere se la verità fosse venuta fuori una volta firmato il contratto per il libro.

«Semplicemente non... Perché non hai...» Ron strinse gli occhi, poi, come se leggesse la mente di Petrosky: «Era per il libro. Per tutto questo tempo, hai finto a causa di quel maledetto libro?»

Adrian ritirò la mano. «Volevo che ne uscisse qualcosa di buono, Ron», sussurrò. «E non importava quello che dicevo. Tu non volevi sentire».

Le spalle di Ron si afflosciarono in segno di sconfitta. Si

girò verso Petrosky. «Io... gli ho creduto. Lui aveva...» Si raddrizzò, con gli occhi che si illuminavano di speranza. «E il suo neo?»

«Un tatuaggio», disse Jackson.

«Quindi lui... l'aveva pianificato?» disse Ron. «Tutto quanto? Come fa un dodicenne ad entrare in uno studio di tatuaggi e...»

«Era più grande di quanto facesse credere», disse Jackson con voce tesa, bassa di rimpianto, o forse di dolore, ma ancora intrisa di sospetto. «Almeno diciotto anni quando è morto, probabilmente di più. Era probabilmente già adulto prima di arrivare a casa vostra».

Ron si massaggiò il petto, facendo una smorfia.

Petrosky aggrottò le sopracciglia. «Sta bene?»

«Io solo...» Si strofinò un punto sotto la clavicola. «Sì. Solo che non riesco a crederci. Pensa che... Voglio dire, Stevie è rimasto solo con lui, ho lasciato mio figlio solo con questo estraneo...»

«Stevie si è sempre comportato così?»

Adrian distolse lo sguardo. Ron deglutì a fatica. «So che può essere difficile, ma è sempre stato geloso di Gregory».

Questo non prometteva nulla di buono per Stevie; la gelosia era tutto il movente di cui un piccolo idiota come lui aveva bisogno. Petrosky incrociò le braccia. «Come si sentiva Gregory riguardo al libro?» *Il falso Gregory.* Era un impostore, e sembrava che il suo comportamento fosse cambiato intorno al periodo dell'annuncio del libro; probabilmente si era reso conto che più pubblicità avrebbe avuto il caso, più probabile sarebbe stato che qualcuno della sua vecchia vita lo trovasse.

«Era sconvolto per questo». Ron si schiarì la gola, le guance che arrossivano di nuovo. «Ecco perché Adrian ed io... perché litigavamo così tanto. Pensavo che il libro gli stesse facendo del male. La pubblicità. Aveva già passato così tanto... o almeno credevo». Lasciò cadere la mano dal petto. «Immagino che ora sappiamo perché non voleva quel maledetto libro. Pensava che sarebbero venuti ad arrestarlo per aver mentito». Sputò l'ultima parola.

Non sai neanche la metà. Con gli abusi che aveva subito, Petrosky era dannatamente sicuro che il ragazzo non volesse altro che rimanere nascosto.

«Greg...» Jackson si schiarì la gola. «Al ragazzo piaceva andare sullo skateboard?» *Ah, giusto, le scarpe da skater.*

Ron tirò su col naso in un modo che somigliava più a un grugnito. «Cosa c'entra questo con tutto il resto?»

«È solo una domanda».

I suoi pugni si strinsero contro i gomiti, in modo fin troppo difensivo per una domanda sugli hobby, anche se si trattava di uno stupido hobby. «No, non proprio. Frequentava alcune persone che lo praticavano, ma non li definirei amici».

«Ci ha fatto sembrare che fosse ritirato, che passasse il tempo da solo nella sua stanza», disse Jackson dolcemente, cercando chiaramente di tenerlo a freno. Una parte di Petrosky voleva vedere cosa sarebbe successo se l'uomo fosse esploso.

«Beh sì, lo faceva, quasi sempre. Solo ogni tanto usciva, forse una volta al mese o giù di lì. Diceva che incontrava dei ragazzi allo skate park».

«Queste informazioni sarebbero state utili da avere prima, signor Boyle». Petrosky si chinò in avanti. «Ci parli di queste conoscenze di Gregory che improvvisamente esistono».

«Non li ho mai incontrati, non sono mai venuti a casa». Ron abbassò lo sguardo, la mascella che si irrigidiva. «Avrei dovuto capirlo, ma pensavo che si fosse suicidato, pensavo che... Voglio dire, se avessi pensato che qualcun altro gli avesse fatto del male, avrei menzionato quei ragazzi: tutti pessimi elementi. Sapevo sempre che era con loro quando non rispettava il coprifuoco».

Quindi, frequentava anonimi teppisti skater di cattivo affare? Che forse sapevano che sarebbe stato solo nella sua casa molto costosa? Forse la parte dell'omicidio di questo caso non era poi così complicata, anche se l'impiccagione sembrava troppo elaborata per alcuni adolescenti skater. «Cosa la fa dire che fossero dei pessimi elementi, signor Boyle?»

«Beh, stavano fuori fino a tardi, come ho detto. Non mi ha detto molto altro, ma avevo l'impressione che quei ragazzi fossero in quel parco quasi ogni giorno». Alzò i palmi come per dire *non basta.*

Adrian Boyle era rimasta immobile, fissando la parete lontana, il suo unico movimento era il ticchettio delle palpebre. Forse pensava al ragazzo che aveva perso. Forse a quello che si era intrufolato in casa sua ed era finito a penzolare dal suo soffitto. Ma in ogni caso, stava nascondendo qualcosa. Pensava davvero di aver eluso la domanda sul perché credesse che Gregory fosse morto? *Statistiche.* Petrosky non ci credeva. «Signora Boyle?»

Lei sospirò. «Credo che uno di loro si chiamasse... Christian».

Petrosky la osservò con gli occhi socchiusi. Aspettando che sbattesse le palpebre - non lo fece. *Cos'altro sai, signora?* Ma non parlava, non ora, e i farmaci nel suo sistema probabilmente la mantenevano abbastanza lucida da mentire tutto il pomeriggio.

I Boyles non erano fuori pericolo: se lei non glielo avesse detto, lui l'avrebbe sicuramente scoperto in un altro modo.

Jackson incrociò le mani sul tavolo. «Di solito fino a che ora restava fuori Gregory con questi ragazzi skater?»

«Alle dieci», disse Ron, «a volte anche più tardi. Doveva essere a casa per le sette, le otto nei fine settimana».

Sembrava un coprifuoco piuttosto rigido. Ma Ron non avrebbe voluto rischiare di perdere di nuovo suo figlio. Non che fosse servito a molto.

CAPITOLO 13

Jackson fece un lungo sorso del suo caffè e rimise la tazza nel portabicchieri. «Ho fatto inviare la foto del nostro John Doe... speriamo di ottenere qualche risultato».

«Come hai fatto così in fretta?» Era stata al piano di sopra solo per quindici minuti, esattamente il tempo che gli ci era voluto per andare da Rita con l'Escalade a prendere i loro caffè da asporto.

«Beh, Decantor si è offerto di aiutare, inviando la foto via fax ad alcuni dei commissariati più piccoli». Si tolse un pelucco dal colletto.

Petrosky la scrutò: niente orecchini oggi, ma l'altro giorno aveva quei nuovi turchesi. E... il bacon. «Decantor ci sta aiutando con questo?» chiese lentamente. «Non ha il suo lavoro da detective da fare?»

«C'è qualcosa da dire sull'essere gentili, Petrosky». Tenne lo sguardo fisso sul parabrezza, le mani sul volante.

«Voi due lo state facendo?»

«Facendo cosa?»

«Lo sai. Il porco». Fuori, un uccello solitario svolazzò,

stridendo come se fuggisse da una minaccia invisibile. Nessuna auto accanto a loro, nemmeno un'altra corsia, solo erba bruciata dal sole di fine estate.

Lei diede un'occhiata al GPS. «Pensavo che se lo stesse facendo con te».

«Magari». Abbassò il finestrino mentre Jackson entrava in un parcheggio e spegneva il motore. Cespugli fioriti ondeggiavano su entrambi i lati dei cancelli in ferro battuto aperti dello skate park: tutto così *pulito*, fino alle linee dipinte nel parcheggio, ancora di un bianco brillante. Come se lavassero a pressione l'intero posto ogni giorno.

Petrosky grugnì. «Piuttosto elegante per un gruppo di ragazzi che vengono qui a sbattere la testa e fumare erba». Entrambi osservarono un ragazzo con il cappellino al contrario partire dalla rampa di cemento più alta, proprio di fronte al cancello, e risalire dall'altro lato della ripida curva a U. Volò in aria e girò, afferrò la tavola, e poi torse il corpo per la discesa. La tavola colpì la cima della rampa. Lui rotolò con un grido, a capofitto fino in fondo. *Ahi.*

Jackson fece una smorfia e seguì Petrosky sul pavimento. «È un ottimo esercizio finché non si schiantano la faccia a terra, immagino».

«Cosa pensavi intendessi con sbattere la testa?»

Lei alzò gli occhi al cielo mentre attraversavano la soglia del cancello. «Penso che quelli siano i nostri ragazzi». Fece un cenno verso un gruppo di ragazzi che bighellonavano vicino al retro del parco accanto a una buca di cemento irregolare che sembrava una gigantesca piscina vuota. Due di loro tenevano delle sigarette tra le dita. Petrosky aggrottò la fronte, ma gli venne l'acquolina in bocca.

Un ragazzo dai capelli scuri con una maglietta blu sbiadita e un piercing al labbro alzò lo sguardo mentre passavano oltre la prima serie di rampe e si avvicinavano al gruppo. Il fumo gli si arricciava intorno alle narici. Diede una gomitata al ragazzo corpulento seduto accanto a lui - oltre 70 chili in jeans strappati e un berretto di lana che faceva sporgere i suoi capelli biondi intorno alle orecchie come le ali di un uccello giallo e crespo.

Jackson scostò l'orlo della giacca per rivelare il distintivo sulla cintura. I due ragazzi seduti per terra si alzarono, e poi tutti si voltarono come un unico organismo che emanava odore di tabacco, erba scadente e qualche nauseabondo spray per il corpo profumato.

«Buonasera, signori.» Come era volata via l'intera giornata? Petrosky sfoggiò il suo miglior sorriso beffardo da "Non sono affatto un poliziotto spaventoso". «Chi di voi è Christian?»

Quattro paia di occhi si voltarono verso quello dai capelli scuri con il piercing al labbro e la sigaretta. Si fece avanti. «Sono io.»

Jackson annuì. «Siamo qui per il tuo amico, Gregory.»

Il più piccolo del gruppo alzò il mento, con una sigaretta tra i denti. Aveva le guance scavate di un paziente in chemioterapia, ma il leggero rigonfiamento intorno alla vita suggeriva che stava per attraversare una fase di crescita. «Ohh, sì.» Voce come quella di una bambina di nove anni. «Siete qui per fare domande come quel tizio che sembrava Johnny Depp?»

Jackson inclinò la testa e aggrottò le sopracciglia. «Che tizio tipo Johnny Depp?»

«Non lo so, non ha detto il suo nome, credo. È solo venuto qui ieri e ci ha fatto un sacco di domande su Greg.»

Ieri? Petrosky attese che il ragazzo continuasse, ma quando il ragazzino si grattò semplicemente la pancia, Petrosky lo incalzò: «Che tipo di domande?»

Il ragazzo scrollò le spalle. «Solo se conoscevamo Gregory. Se aveva altri amici.»

«Ma non sappiamo un cazzo di niente», disse quello grosso, con le ali gialle e crespe che catturavano il sole calante. Bisteccone. Era anche più grande, almeno sedici anni, e senza tavola, non come gli altri. Forse era troppo pesante per mantenere l'equilibrio.

«Un cazzo di niente, eh?» Petrosky lo osservò, il luccichio di sfida nelle sue iridi. Stava nascondendo qualcosa o odiava semplicemente l'autorità? «Non sapete nulla di un ragazzo che era solito frequentarvi?»

Bisteccone scrollò le spalle. Il piccolo spense la sigaretta, e ora Petrosky notò le scarpe blu, non abbastanza scure da essere blu navy, ma simili, e molto simili a quelle che Scott aveva mostrato loro. In effetti, tutti avevano scarpe da skate così - un caratteristico luccichio plasticoso sul tessuto - tranne il ragazzo corpulento che indossava sandali che mettevano in mostra le sue dita pelose. Avrebbero fatto esaminare a Scott le scarpe di tutti, giusto per sicurezza.

Christian tirò di nuovo la sua sigaretta. Non erano nemmeno preoccupati di parlare con i poliziotti - i ragazzi ricchi non pensavano mai che sarebbero finiti nei guai. Di solito, avevano ragione.

Ma non oggi. «Dove eravate venerdì sera?»

Le narici di Beef si dilatarono, mentre l'incertezza si insinuava nel suo sguardo. Gli altri aggrottarono le sopracciglia.

Jackson si avvicinò. «Dai, ragazzi, stiamo solo cercando di restringere la nostra lista di sospetti.»

«Sospetti?» Beef si grattò la testa pelosa e gialla. «Per cosa?»

«Sì, non abbiamo fatto niente.» Christian.

«Forse niente. O forse siete entrati in casa di Greg mentre riposava,» disse Petrosky. Qualcuno era entrato con una siringa mentre la vittima dormiva - non avrebbe mai permesso che gli iniettassero droghe tra le dita dei piedi se fosse stato lucido.

Sopracciglia aggrottate. Occhi socchiusi. «Perché avremmo dovuto entrare in casa sua?» disse finalmente il più piccolo. «Non volevamo nemmeno stare con lui qui.»

«Sì, credo che non gli piacesse nessuno,» disse Christian, con il piercing al labbro luccicante. «E a nessuno piaceva lui.» Beef annuì, come fece uno degli altri - capelli scuri, occhi scuri, un livido su uno zigomo.

«Allora perché gli permettevate di stare con voi?»

«Amico, non lo facevamo,» disse il più piccolo. «Veniva qui e basta. E a volte ci trovavamo qui nello stesso momento.»

Quindi l'Impostore-Greg aveva mentito a Ron sul fatto di venire qui per vedere questi ragazzi? Non vedeva un motivo per cui Ron dovesse mentire - Ron sicuramente sapeva che avrebbero verificato la sua dichiarazione. «Ragazzi, l'avete mai visto con qualcun altro?»

Christian strinse le labbra. Scossero tutti la testa, tutti tranne... Beef.

«No,» squittì il piccolo. «Non l'ho mai visto con nessuno. Si sedeva sempre in un angolo. Non salutava né niente.»

«Riuscite a pensare a qualcuno che avrebbe voluto fargli del male?» *Come uno di voi?* Scrollate di spalle tutt'intorno, quello che sembrava genuino smarrimento, non che l'avrebbero detto se fosse stato uno di loro - avrebbe controllato i loro alibi. Ma se la loro vittima non era qui per passare del tempo con questi ragazzi, poteva aver incontrato qualcun altro. Petrosky scrutò il parco. Cespugli fitti e cancellate in ferro battuto tutt'intorno per nascondere lo skate park, per far sembrare il quartiere più carino. L'unico motivo per cui erano stati in grado di vedere i ragazzi era che i cancelli anteriori erano aperti, e questi ragazzi si trovavano per caso vicino al centro del parco, in piena vista del parcheggio. Chiunque seduto lungo il muro anteriore, dietro la vegetazione, sarebbe stato invisibile ai passanti.

Jackson doveva aver pensato la stessa cosa perché chiese: «Dove si sedeva di solito?»

Piercing al Labbro - Christian - indicò, e Petrosky seguì il suo dito. I tavoli erano accovacciati nell'ombra profonda della massiccia quercia nell'angolo anteriore destro. Petrosky non aveva nemmeno notato i posti a sedere fino a quel momento. Tra le siepi, la recinzione e l'albero, era il posto perfetto per qualcuno che cercava di nascondersi.

«E siete sicuri di non averlo mai visto con nessuno?»

«No, amico, era sempre solo,» disse quello dai capelli scuri con il livido sullo zigomo.

Christian: «Non era per niente amichevole. Sul serio».

Petrosky passò lo sguardo su tutti loro. «Non come voi ragazzi, eh?»

Il più piccolo scrollò le spalle ma sorrise. Gli altri socchiusero gli occhi, più... sospettosi. Beef si stava mordicchiando la guancia.

Petrosky si rivolse a lui. «E tu? L'hai visto con qualcuno lì?»

«Beh... sì, una volta o due». Si grattò di nuovo i capelli folti. «Un tizio. Era un po' più tardi, dopo che questi ragazzi se n'erano andati, tipo alle nove o giù di lì».

«Com'era quest'uomo?»

Beef aggrottò la fronte. «È buio lì, e non ci stavo facendo molta attenzione. Credo che potesse avere una maglietta blu».

Molto utile, ragazzo. «Quanto era alto?»

Beef scrollò le spalle. I suoi amici lo stavano tutti fissando, con gli occhi spalancati. Perché stava rivelando il loro segreto, o perché non gliel'aveva mai detto?

«Bianco? Nero?» incalzò Jackson, con un tono di voce leggermente irritato.

«Non lo so, ero parecchio fatto». La sua mascella cedette. «Cioè, no, voglio dire, ero stanco».

Non riusciva nemmeno a distinguere la razza? Questo ragazzo era inutile. «Andiamo, ragazzo. Dacci qualcosa. Un cappello, occhiali da sole, qualsiasi descrizione fisica-»

«Aveva la barba. Scura, un po' folta».

Una barba folta? Era così che il loro impostore aveva descritto il rapitore, anche se non era mai stato rapito. Petrosky si guardò intorno ancora una volta; persino il ragazzo che era caduto sulla rampa era sparito. Nessun altro nel parco. Non c'era da meravigliarsi che gli piacesse venire qui. «A che ora ve ne andate di solito?»

Christian guardò il cielo. «Verso le otto in estate. Devo tornare prima del tramonto se sto skateando perché le tavole non hanno le luci». Tutti annuirono in accordo. Tutti tranne Beef.

E il Falso-Greg era stato fuori fino alle dieci, almeno una volta al mese.

CAPITOLO 14

Petrosky aspettò che fossero in autostrada per brontolare: «Verificheremo gli alibi, ma non credo che quei teppisti abbiano la pazienza di pianificare qualcosa oltre l'acquisto del loro prossimo pacchetto di sigarette». Uno di loro l'avrebbe lasciato trapelare. Uno sguardo, un tic, *qualcosa*. Erano appena nervosi di essere interrogati; nessuno di loro sembrava abbastanza sospetto da essere un assassino. Petrosky si passò una mano sul mento: più ispido di ieri, più pungente. *A Julie piaceva tanto la barba*. Abbassò la mano.

«L'assassino doveva conoscere la disposizione della casa», disse Jackson, afferrando il suo caffè così aggressivamente che lui si spostò verso la portiera, cercando di evitare le gocce ribelli che eruttavano dal foro nel coperchio di plastica. «Ron ha detto che nessuno degli skater era mai venuto in casa, ma il nostro assassino conosceva in particolare le travi. La maggior parte delle case al giorno d'oggi non ha un posto ideale per appendere un corpo».

Lui chiuse il pugno contro la portiera dell'auto. La testa gli pulsava, sorda e dolorante.

«Chi pensi che la nostra vittima stesse incontrando in quello skate park?» chiese Jackson.

«Dobbiamo solo cercare un tizio barbuto ma per il resto anonimo, di razza indeterminata, che a volte indossa magliette». La strada sfrecciava oltre il finestrino del passeggero, il cielo virava ancora una volta verso il rosa: un altro giorno andato. Un altro giorno e non erano più vicini a trovare Gregory Boyle o il suo rapitore. O l'assassino dell'impostore. Erano la stessa persona? Ma era impossibile dirlo, per ora.

Petrosky si schiarì la gola. «Se la nostra vittima stava incontrando qualcuno, scommetto che sarebbe stata la persona che l'ha aiutato a scomparire dalla sua vecchia vita e a inserirsi nella casa dei Boyle».

Jackson rimise la tazza di caffè nel portabicchieri e rivolse lo sguardo a Petrosky. «Cosa ti fa pensare che abbia avuto aiuto?»

«Forse non proprio aiuto», disse Petrosky, scuotendo la testa. «Ma la sua faccia era su tutti i giornali, in televisione... era questa grande riunione commovente che ha avuto abbastanza risonanza da far interessare una casa editrice. Se i veri genitori della nostra vittima fossero vivi, o anche solo un vecchio amico, una singola conoscenza... qualcuno avrebbe visto le notizie. Qualcuno doveva riconoscerlo». Finì gli ultimi sorsi del suo caffè e si premette le dita sulle tempie. Il cervello gli sembrava pastoso, molle. Ottuso. «Circa un anno fa è quando le cose hanno davvero iniziato a peggiorare, giusto? Intorno al periodo dell'annuncio del libro. E se la nostra vittima non fosse nervosa perché temeva che qualcuno potesse trovarla e denunciarla... e se fosse nervosa perché qualcuno l'aveva fatto?»

Jackson tamburellava con le dita sul volante - *ra-ta-ta-ta-ta-ta-ta-ta* - e il suo cuore rispondeva allo stesso modo, pulsando quasi dolorosamente quanto il suo cervello. «Ha senso. Ed era piuttosto malconcio, con una storia evidente di abusi, sia a casa che in affidamento. Se fossi un genitore violento, forse all'inizio non mi importerebbe che mio figlio sia scomparso... era comunque un adulto, o quasi».

Petrosky abbassò le mani dalla testa dolorante. «Ma poi lo vedono in televisione o leggono del prossimo contratto editoriale e...»

«Vedono un'opportunità per ottenere qualcosa in cambio».

Ricatto? Era forse esagerato, ma ne aveva viste di più assurde. Socchiuse gli occhi verso le nuvole arancio-bordeaux, basse nel cielo come se il peso di bloccare la luce morente fosse troppo. «E rubava ai Boyles», disse. «Potrebbero essere piccoli furti, ma forse stava cercando di pagare qualcuno. Con la famiglia sotto i riflettori, probabilmente pensavano che avrebbe fatto molti soldi. Potrebbe essere un amico, un altro parente... persino un fratello con le scarpe da skater. Chiunque conosca il suo piccolo sporco segreto».

«Giusto». Lei uscì dall'autostrada, gli pneumatici che cantavano una triste melodia di gomma e asfalto butterato. «E dobbiamo presumere che abbia mentito su praticamente tutto. Abbiamo cercato un uomo con la barba, ma questo ragazzo non è mai stato rapito. Tutto quello che ha detto era una bugia fin dall'inizio. E quel tatuaggio...»

Petrosky annuì. Woolverton aveva detto che era eccezionalmente ben fatto, qualcosa che non ogni artista poteva realizzare. Se avessero potuto trovare il tatuatore, forse sarebbero riusciti a restringere il campo su da dove provenisse John Doe. Il suo telefono vibrò. Questa volta, lo spense senza nemmeno guardare.

«Devi rispondere?»

«No». Shannon doveva sapere che si avvicinava il compleanno di Julie, altrimenti non gli avrebbe tempestato il telefono ora - non lo chiamava da mesi.

Jackson lo guardò accigliata, sospettosa, ma si voltò e scrollò le spalle. «Il tatuaggio, dunque. Non possono esserci molti artisti che fanno pezzi del genere. Era solo una voglia, ma il tono della pelle e la riparazione delle cicatrici non sono facili da ottenere correttamente».

Lui socchiuse gli occhi guardandola. «Sai molto di tatuaggi. Hai un tatuaggio segreto da qualche parte, Jackson?»

«Ti piacerebbe saperlo».

Lui sbuffò. «Va bene. Lo chiederò a Decantor».

Lei alzò gli occhi al cielo che si stava oscurando. Ma per la seconda volta quel giorno, non lo negò.

***

Jackson lo lasciò davanti alla porta di casa, ma lui non si attardò lì; si diresse attraverso il prato verso la casa del vicino. Il dolore sordo nel petto si era attenuato durante il viaggio di ritorno, ma ora si ravvivava, pulsando al ritmo dei suoi passi.

Si strofinò il punto dolente sopra lo sterno, quasi nello stesso punto che Ron Boyle aveva toccato prima. Era lì che tutti portavano il dolore di un figlio morto? Almeno il mal di testa si era attenuato.

Billie aprì la porta prima che lui avesse salito i gradini del portico, e il suo Alano gli balzò incontro, quasi facendolo cadere giù dalle scale. Billie rise, gli occhi azzurri scintillanti, i capelli tinti d'argento nella luce del portico. «So sempre il momento esatto in cui torni a casa. Questo dolce ragazzo ha un abbaio speciale per il suo papà».

Grattò le orecchie del grosso cane; le sue mani improvvisamente bagnate di bava. «Ti sono mancato, Duke?» Ma il suo cuore non c'era. Il petto gli faceva un male cane. Si raddrizzò comunque. «Come funziona il rubinetto?»

«Qui va tutto alla grande. E domattina mi occuperò del prato dopo aver finito i compiti». Billie era al primo anno della laurea triennale; voleva diventare un'assistente sociale, proprio come la sua ex moglie. Il dolore sbocciò dietro la gabbia toracica. Deglutì a fatica, la lingua inutile e ruvida che si attaccava al palato.

Jane entrò nell'atrio e sorrise da sopra la spalla di Billie. «È Ed?» Jane era l'ultima arrivata nel gruppo, da pochi mesi non viveva più per strada, ma già sembrava più in salute. La maglietta viola che le aveva regalato non le cadeva addosso come prima, e i suoi capelli biondo cenere erano ricci e lucenti, non più crespi. Si era truccata?

«Hai programmi per cena?» chiese Jane. «Candice dovrebbe tornare dal lavoro da un momento all'altro. Ho fatto i tacos». Il lavoro: era il motivo principale per cui lasciava che Jackson lo accompagnasse in giro invece di prendere la sua auto. Di solito le ragazze ne avevano più bisogno.

Petrosky grattò di nuovo la testa di Duke, lo stomaco che brontolava. Cazzo, aveva mangiato qualcosa a pranzo? Ma che avesse fame o meno, non voleva mangiare con nessun altro. Era certo che le ragazze potessero leggere il suo dolore stampato come un cartello di VIETATO L'IN-GRESSO sulla sua fronte.

Cosa hai intenzione di fare? Andare a sederti sul letto e fissare la luce notturna di Julie? Cercare di immaginare come sarebbe se fosse qui? Sarebbe stata sposata, avrebbe avuto figli? Sarebbe stata un'assistente sociale come Linda?

Duke gli spinse la gamba. Aveva smesso di grattare il cane: la sua mano era di nuovo sullo sterno.

«Eddie?» Jane scavalcò Billie e uscì sul portico, la fronte corrugata. «È il cuore?» Una volta aveva studiato medicina; se lo ricordava... credeva. Ma il suo cervello era improvvisamente annebbiato, troppo annebbiato per distinguere singole idee. Era stanco, era stanco. Di lottare. Di tutta la sua dannata vita.

Scosse la testa e abbassò la mano. «No, sto bene. E i tacos sembrano ottimi. Posso portare qualcosa?»

«Solo te stesso». Billie sorrise. «Metterò un altro posto a tavola».

CAPITOLO 15

Jackson lasciò cadere il telefono nel portabicchieri e disse al parabrezza: «Acharya è d'accordo. Chiamerà alcune altre pubblicazioni nazionali e metterà la storia online oggi, per vedere se qualcuno riconosce il nostro John Doe. Dice che è abbastanza strana da poter diventare virale».

Petrosky guardò fuori dal finestrino dell'Escalade: edifici in mattoni, linee elettriche, una strana piccola boutique di gioielli che sembrava vendesse anche esche da pesca. «In che modo renderla fredda ci aiuterà, Jackson?»

«No, vecchio bastardo, virale significa...» Sospirò. «Lascia perdere». Azionò l'indicatore di direzione: *tic, tic, tic.*

È ora di scoprire chi fosse la nostra vittima. Solo pochi tatuatori nell'area metropolitana di Detroit si specializzavano nel tipo di dettaglio naturale della pelle di cui avevano bisogno, qualcuno che potesse replicare una voglia portavino così fedelmente che nemmeno suo padre potesse notare la differenza. Sebbene non fossero certi che il tatuaggio fosse stato fatto nelle vicinanze, il loro uomo morto era probabilmente del posto, dato che conosceva Gregory. E mentre un artista meno abile avrebbe potuto realizzare il marchio di nascita della loro vittima, Woolverton aveva detto che il lavoro era molto ben fatto, complicato da quella cicatrice. Si sperava che uno dei tatuatori che avrebbero visitato oggi potesse diffondere la voce anche se non avesse realizzato personalmente il pezzo. A volte, parlare con le persone giuste era tutto ciò che serviva.

Il primo negozio di tatuaggi che visitarono era ancora chiuso, ma non vuoto: una telefonata e un'occhiata al distintivo alla porta permisero loro di entrare grazie al proprietario che viveva nell'appartamento al piano di sopra. Promise di mostrare in giro la foto del loro imitatore di Greg, ma li assicurò che il ragazzo non era stato tatuato lì, specialmente se era minorenne anche solo di una settimana. Altri due negozi diedero risultati simili: tatuatori con apparente integrità e un modello di business corrispondente. Nessuno riconosceva la loro vittima.

La quarta e ultima tappa della lista era Ink On, un negozio di tatuaggi che collaborava strettamente con chirurghi ricostruttivi della zona. I servizi di questo tizio erano molto più costosi della maggior parte degli altri - l'ultimo posto in cui un ragazzo avrebbe cercato di farsi fare un tatuaggio di nascosto - ma l'artista era rinomato, con molti contatti. Doveva conoscere chiunque altro facesse quel tipo di lavoro.

Un'insegna in legno intagliata a mano nella vetrina diceva SÌ, SIAMO APERTI con un drago inciso nel legno sottostante, fiamme che erompevano tra i suoi denti. *Fiamme.* La carne bruciata e morta di Julie balenò nel cervello di Petrosky, e lui scacciò l'immagine con tale violenza che quasi sussultò per lo sforzo.

«Bel posto», disse Jackson.

Lui sbatté le palpebre. La stanza ronzava, e ci volle un momento per rendersi conto che il suono proveniva dalla stanza stessa e non dalla sua testa incasinata.

A differenza degli altri studi che avevano visto quella mattina, Ink On non aveva poster alle pareti con disegni colorati di cartoni animati, fiori o cuori giganti con scritto MAMMA. Le pareti erano di un verde menta chiaro; tutto era pulito e igienizzato come uno studio medico. Tre divanetti erano disposti lungo la parete frontale, separati da tavolini in legno intagliato con sopra libri rilegati in pelle. Il resto della stanza era occupato da una serie di otto cabine con poltrone da tatuaggio in pelle rossa, tutte vuote, e una porta al centro della parete sul fondo.

Il ronzio continuava, un lungo e basso ronzio.

Jackson bussò alla porta.

L'uomo sulla quarantina che aprì aveva i capelli brillantemente blu e a punta, ma nessun tatuaggio visibile a Petrosky tranne un cerchio tribale sull'avambraccio interno. Camicia verde inamidata, pantaloni kaki: sarebbe potuto essere un impiegato in un negozio di articoli per ufficio hipster se non fosse stato per i guanti viola che stringeva in un pugno. Nella stanza dietro di lui, una donna con i capelli castani e gli occhi grigi come ciottoli di fiume era sdraiata su una poltrona di pelle nera. Vestaglia di seta rosa. Li osservava con calma e curiosità.

L'uomo sorrise, rivelando sottili rughe agli angoli della bocca. «Ho qualche appuntamento libero più tardi, amico, devo solo finire con Molly qui. Volete tornare?» La sua voce era bassa, gentile, ma c'era qualcosa di strano nella sua... bocca?

«È il tuo studio?»

«Sì.» Il suo sorriso svanì. «Non siete qui per un tatuaggio, vero?»

«No, non lo siamo», disse Jackson, mostrando il suo distintivo. «Il suo nome, signore?»

«Shae McCartney.»

C'era qualcosa che non andava nella sua lingua? Petrosky alzò un sopracciglio. «Sei irlandese fino al midollo, vero?»

«Così mi dice mia madre.»

Indicò i capelli del tizio. «Ti parla ancora?»

Shae rise, rivelando l'interno della sua bocca, e c'era *davvero* qualcosa che non andava, qualcosa... La sua lingua. Era divisa a metà come un gambero a farfalla. «Pensa che il mondo sia migliore con un po' di colore.» Lanciò un'occhiata alla sua cliente, che gli fece un cenno d'assenso - *vai avanti*. «Cosa posso fare per voi?»

«Ha mai visto questo ragazzo?» Jackson tirò fuori una foto della loro vittima dalla cartella e la girò in modo che l'uomo potesse vederla - una delle foto che avevano preso a casa dei Boyle, scattata quando il ragazzo era ancora vivo.

Lui la guardò strizzando gli occhi. I suoi occhi si spalancarono. «Sì! Corey, credo? È passato un po' di tempo, però, almeno un paio d'anni.» La sua fronte si corrugò, increspando la pelle. «È nei guai?»

«È morto», disse Jackson.

La mascella di Shae cadde, esponendo quella mostruosità di lingua tagliata. «Io... come posso aiutare?» I suoi occhi saettarono avanti e indietro, da Petrosky a Jackson e viceversa.

Petrosky aspettò finché l'uomo non incrociò il suo sguardo. «Stiamo cercando di capire chi sia, Shae. Hai un cognome?»

Scosse la testa, con la bocca aperta come se fosse pronto a dire qualcos'altro, ma la donna si stava già alzando in piedi, stringendo la vestaglia in vita. «Oh! È quel ragazzo delle notizie! Quello che era stato rapito, giusto? E poi si è suicidato?»

Ah, sì. Ma quella vecchia storia stava per essere completamente stravolta.

Petrosky incrociò le braccia mentre lo sguardo di Shae passava da Molly a Petrosky e viceversa, come se aspettasse che qualcuno spiegasse. «Ha vissuto sotto una roccia, signor McCartney?»

«No, ma non guardo le notizie. Sono deprimenti.»

«È un po' famoso per questo», disse rapidamente Molly, come se temesse che Petrosky potesse rimproverarlo per non ascoltare i giornalisti. «È una battuta ricorrente sulle sue pagine social.»

Ciò spiegava perché Corey avesse scelto Shae McCartney per farsi il tatuaggio, costoso o meno: qualsiasi altro artista lo avrebbe smascherato nel momento in cui avesse visto la storia in televisione. Il ragazzo aveva fatto le sue ricerche. «Questo ragazzo ha usato un tatuaggio finto per intrufolarsi in casa di un bambino rapito. Un tatuaggio che gli hai fatto tu.»

La donna dietro McCartney si irrigidì.

«Ha l'abitudine di tatuare ragazzi minorenni, signor McCartney?» Non sapevano se fosse minorenne - Woolverton aveva detto che aveva *almeno* diciotto anni quando era morto, e un ragazzo così malnutrito poteva aver avuto molti deficit di crescita permanenti - ma Petrosky era stanco di girarci intorno.

Il viso di Shae passò da congelato a sconcertato. «Assolutamente no. Aveva una patente valida.»

«Come può essere sicuro che fosse valida? Ha un modo per capire se era falsa?»

Scosse la testa, i capelli blu come un casco spinoso e inamovibile. «Non era falsa, ma anche se lo fosse stata, era con sua madre - il permesso di un genitore è tutto ciò di cui ho bisogno.»

Sua madre? La donna che gli aveva procurato tutti quei lividi? Lo aveva forse convinto a farlo, pensando di poterne trarre profitto, per poi ucciderlo quando non aveva funzionato?

«Avremo bisogno di una descrizione.» E quest'uomo potrebbe fare anche di meglio. «Lei è un bravo artista, vero, signor McCartney?»

Si raddrizzò, orgoglioso. «Lo sono, signore. Ma l'ho vista solo da lontano. Era fuori, aveva un cappello e molto trucco - se lo stava applicando quando ho dato un'occhiata. Ricordo che aveva i capelli scuri, ma a parte questo...» Alzò le spalle.

«Altezza? Peso?»

«Forse... tra 1,60 e 1,68 metri? Non ho idea del peso. Voglio dire, era seduta sulla panchina là fuori». Fece un gesto verso l'ingresso di vetro. Petrosky fece un passo indietro e socchiuse gli occhi; la panchina era visibile sul lato del parcheggio, ma da qui non sarebbe stato in grado di distinguere i dettagli. E se lei era seduta, l'altezza e il peso sarebbero stati ancora più difficili da determinare.

«Capelli scuri, è l'unica cosa di cui sono davvero certo», continuò Shae, con la mano stretta intorno ai guanti che teneva all'altezza dell'ombelico. «E sono passati... anni. Non credo di potermi fidare della mia memoria per darvi un'immagine accurata, per quanto vorrei».

Aspetta... quindi non era stata dentro con Corey. Come faceva a sapere che erano insieme? «Li hai mai visti parlare effettivamente?»

Shae aggrottò la fronte. «Beh, in effetti no. Ma di solito la gente non si siede là fuori a meno che non stia aspettando che io finisca di lavorare sul loro amico o altro.

Molte persone vogliono essere qui per supporto, ma si spaventano per gli aghi».

Aghi. Ma... no, la fobia degli aghi non era rilevante qui, sapevano già che il loro uomo non aveva una fobia - quello era il vero Gregory. Ma sedersi su una panchina non ti rendeva parente di qualcuno. «Ancora non capisco perché hai pensato-»

«Gli ho detto che sembrava giovane, e lui ha indicato, dicendo che sua madre era lì, ma che lui era maggiorenne. E poi mi ha dato la patente - la patente era autentica, quindi ho lasciato correre».

Quindi non c'era modo di sapere se fossero effettivamente insieme, ma avrebbero indagato. «Cosa ha detto del lavoro che hai fatto? Il neo? Non posso immaginare che sia una richiesta usuale».

«È per questo che me lo ricordo». Shae strinse gli occhi. «Credo abbia detto che suo padre aveva lo stesso segno. Che suo padre era morto e gli mancava. Una specie di... tatuaggio commemorativo». Le sue nocche erano bianche intorno ai guanti. «Se era minorenne; se ha mentito-»

«Non stiamo cercando di metterla nei guai, signor McCartney. Ha fatto del suo meglio, non è che fosse obbligato a chiedere un certificato di nascita». Petrosky tirò su col naso. «Tiene registri delle persone che tatua?»

Shae annuì. «Gestisco un'attività legittima qui, ho copie delle patenti e moduli di consenso di tutti quelli su cui lavoro».

Petrosky avrebbe potuto abbracciarlo.

«Avremo bisogno di vedere quei file», disse Jackson.

Shae guardò di nuovo il suo cliente, poi tornò a loro. «Certo. Non li tengo tutti qui - quelli degli anni passati sono in archivio - ma sono felice di scansionarli e inviarvi via email tutto ciò di cui avete bisogno. Li esaminerò tutti stasera - ho una pausa nel mio programma verso le cinque. Sapete in che mese potrebbe essere stato qui? Non riesco a ricordare quella parte».

«Qualche tempo prima del due aprile, due anni fa». Quando fu trovato nel cimitero. «Al di fuori di questo...» Petrosky scosse la testa.

Shae osservò la foto del ragazzo mentre Jackson la rimetteva nella cartella. «Mi dispiace davvero di non aver saputo che dovevo chiamarvi».

Molly era risalita sulla poltrona reclinabile in pelle. McCartney si mise un nuovo paio di guanti e prese la sua macchinetta per tatuaggi. Un ronzio basso risuonò nell'aria e Molly si irrigidì, ma solo un po'. Allentò il nodo della vestaglia di seta, ma Shae si fermò e si voltò verso di loro. «Se c'è qualcos'altro che posso fare...»

«Te lo faremo sapere», disse Petrosky.

Jackson posò il suo biglietto da visita sul bordo della poltrona, ai piedi di Molly. «L'email è sul retro».

«Povero ragazzo», mormorò Shae. Molly slacciò la vestaglia ma la tenne chiusa davanti al petto. Cosa si stava facendo tatuare? Ali d'angelo? Le iniziali di un bambino? Nuove areole? Petrosky aveva un tatuaggio di Julie sulla spalla, ma era stato poi lacerato da un proiettile. Rovinato come la sua bambina. Appropriato. Il petto gli si strinse insieme ai polmoni, ma si riprese in tempo per sentire Shae dire: «Tutto questo, tutto questo lavoro che faccio... voglio solo rendere felici le persone». La sua voce si incrinò. «Pensare che ho contribuito a causare qualcosa di terribile...» Prese un respiro, raddrizzò le spalle e testò di nuovo l'ago, preparandosi a tornare al lavoro.

Come dovevano fare tutti loro.

CAPITOLO 16

«ncredibile. Cioè, se quella era davvero sua madre, cosa che immagino non possiamo verificare.»

Il sole pomeridiano si rifletteva sui paraurti delle auto intorno a loro, rimandando un giallo agitato nei suoi occhi come se cercasse di pugnalargli il cervello. Quel ragazzo aveva pianificato tutto bene. Intelligente. Aveva avuto una sola possibilità di fare il tatuaggio correttamente, e chi meglio di un uomo che non l'avrebbe mai riconosciuto?

«Ma qualcuno doveva averlo pagato», disse Jackson. «Il ragazzo era magro come un chiodo; un ragazzo senza soldi per mangiare probabilmente non era disposto a sborsare denaro extra per la perfezione di un tatuaggio che poteva o meno assicurargli un posto nella famiglia Boyle.»

Un'auto si fermò accanto alla loro: una giovane donna, mani alle dieci e due come diceva il manuale del conducente, cintura allacciata, neonato nel seggiolino posteriore rivolto all'indietro, che scalciava con la faccia rossa. Urlava come un ossesso. La mamma continuava a guidare. Occhi sulla strada, nocche bianche.

«Quindi potremmo avere la madre di questo ragazzo coinvolta... e un sospetto maschio visto con la nostra vittima al parco.» Sebbene fosse possibile che il misterioso frequentatore del parco visto con Gregory non avesse cattive intenzioni, magari solo un vecchio amico o un familiare che non voleva perdere i contatti, dovevano trovarlo, per escluderlo. «Ma perché è morto? Se stava dicendo la verità, e quella donna era sua madre... cavolo, se lo stava aiutando a entrare in contatto con i Boyle per un guadagno finanziario, non gli avrebbe fatto del male. E non può essere una coincidenza che questo piano dell'impostore non sia collegato all'omicidio.»

«Quindi forse il guadagno finanziario non è mai stato il motivo. Forse la mamma e il papà, o chiunque fossero quei due, lavoravano su fronti diversi.» Jackson socchiuse gli occhi guardando attraverso il parabrezza. «Forse... forse si trattava di nascondersi, ecco perché Corey si è così arrabbiato per il libro. Forse la mamma voleva una vita migliore per lui. So che è un'ipotesi azzardata, ma se qualcuno in casa lo maltrattava, un padre, un patrigno magari...»

Aveva ragione. Le situazioni di violenza domestica spesso richiedevano alle vittime di fuggire lontano dai loro partner, e le donne erano più a rischio di morte quando cercavano di andarsene. Quindi stava cercando di proteggere Corey? Ma... «Se stai cercando di nascondere tuo figlio, non lo metti in una famiglia di alto profilo. Il padre, il fidanzato, avrebbe potuto vedere il ragazzo in qualsiasi momento accendendo il telegiornale, e allora la copertura del ragazzo sarebbe saltata.»

«Beh... sì. E la sua copertura è saltata, no? È stato ucciso. Forse era disperata, ma non aveva pensato a tutto.» Sospirò. «Ci sono molte cose che non hanno senso.»

La madre nell'auto accanto a loro tolse una mano dal

volante e si asciugò gli occhi. Se solo avesse potuto dirle che sarebbe diventato più facile. Ma a volte peggiorava.

Petrosky si voltò verso Jackson. «Il detective privato con cui hai parlato... pensi che stia ancora lavorando su questo caso?» Aveva lasciato che Jackson si occupasse di quel cretino di investigatore privato, non aveva voluto avere a che fare con lui, ma ora...

Jackson scosse la testa. «Si stava occupando del rapimento iniziale, ma non sapeva nulla del nostro omicidio.»

«Ma i ragazzi hanno detto che c'era un tizio allo skate park ieri che faceva domande. Quello che assomigliava a Johnny Depp. Chiunque fosse lì a ficcare il naso non era dei nostri.» Petrosky tirò fuori il telefono e digitò il nome del detective privato, poi girò il cellulare verso Jackson. «Capelli scuri, occhi scuri... ti sembra Johnny Depp?»

Lei scosse la testa. «Forse in quel film sui pirati, ma... non proprio. E in questa foto sembra molto più giovane di quanto sia in realtà - magari è diventato più simile a Johnny invecchiando.»

O forse quei teppisti skater non sanno davvero chi sia Johnny Depp. «Ha accennato di essere andato allo skate park quando ci hai parlato?» Doveva essere lui, no?

Jackson aggrottò la fronte.

«Sul serio, lavora su un caso per cinque anni, il ragazzo torna, poi due anni dopo il ragazzo finisce morto? Se fossi il detective privato, andrei in giro a indagare, che ci fosse una connessione o meno.»

«Giusto.» I suoi occhi si allargarono. «E Adrian credeva che suo figlio fosse morto, ma ha continuato a pagare Mancebo. Anche questo è strano. Capisco che fosse suo amico dai tempi del liceo, e capisco voler catturare l'assassino, ma era già indebitata fino al collo. Per una madre disposta a far vivere un ragazzo sconosciuto in casa sua nella speranza di guadagnare abbastanza da un contratto

editoriale per aiutarli finanziariamente... semplicemente
non ha senso che continui a pagare il detective privato.» A
meno che non stesse succedendo qualcosa di losco di cui
non erano ancora a conoscenza. E Adrian sembrava piuttosto certa della morte di suo figlio - Mancebo aveva
scoperto qualcosa che nessuno dei due aveva condiviso con
la polizia?

Jackson tamburellava sul volante. «Non ci farà male
fare un salto nel suo ufficio. Nel peggiore dei casi, non avrà
niente di più da dirci.»

Lui sospirò. «Odio i fottuti detective privati.»

«Tu odi tutti.»

«Fa parte del mio fascino.»

L'investigatore privato non assomigliava a Johnny Depp.
Era un coglione con l'aria da Don Giovanni, con un sorriso
facile e occhi da camera da letto che scrutavano Jackson in
un modo che faceva venir voglia a Petrosky di prenderlo a
pugni in faccia. L'uomo sistemò i risvolti della sua camicia
hawaiana verde e oro. Un orologio d'oro tempestato di
quelli che probabilmente erano zirconi brillava dal suo
polso sinistro, ostentato e altrettanto inutile. Petrosky
aggrottò la fronte guardando la maglietta nera e rossa
dell'Università della Georgia che Shannon gli aveva
mandato l'anno scorso - nascosta a metà sotto la giacca
nera del completo - e iniziò a fulminare con lo sguardo
Julian Mancebo, investigatore privato straordinario.

Jackson si accomodò sulla sedia moderna bianca
accanto a Petrosky. «In un mondo perfetto, non lavore-
remmo l'uno contro l'altro, signor Mancebo».

«Non ho detto che lo stiamo facendo. Ma gli ultimi
detective su questo caso...» La voce di Mancebo era quella

di un politico accondiscendente - moderata, con giusto abbastanza passione sotto la superficie da aizzare la folla quando avrebbe iniziato a urlare sul prezzo dei farmaci... o qualsiasi cosa su cui quegli stronzi discutessero di questi tempi. «Due anni fa, ricevo una chiamata che dice che il ragazzo è tornato. I poliziotti irrompono qui, chiedendo di vedere i miei fascicoli, dicendomi che devono prendere tutto quello che ho».

Petrosky annuì con approvazione. Era per questo che avevano già i suoi appunti in archivio - quelli che aveva condiviso, comunque.

Mancebo tenne gli occhi su Jackson. «Avevo chiamato ogni volta che avevo qualcosa di significativo sul rapimento, o la madre o le autorità. Non è mai venuto fuori nulla - tutto ciò che mi hanno rubato erano appunti di cui erano già stati informati».

Rubato. Mancebo odiava i poliziotti tanto quanto Petrosky odiava gli investigatori privati.

Jackson accavallò le gambe - forse poteva sentire lo sguardo di Mancebo come il pizzicore di un'erbaccia spinosa sulla pelle. «E da allora? Ha scoperto qualcosa di nuovo recentemente?»

Magari riguardo al nostro omicidio?

«Beh, da allora... ci sono state alcune complicazioni». Si alzò bruscamente, così velocemente che Petrosky sobbalzò, ma l'uomo si diresse verso gli schedari bianchi sul fondo. Sedie bianche, schedari bianchi, pareti bianche. Solo la scrivania era di legno, un noce scuro che la faceva sembrare più grande nella stanza altrimenti luminosa. Probabilmente una decisione consapevole: farsi sembrare più grande, più importante. Non tutti potevano essere veri poliziotti.

Mancebo aprì il secondo cassetto. «La casa editrice... mi ha minacciato di farmi causa circa un anno fa».

«Per aver cercato di trovare il rapitore di Gregory Boyle?» disse Jackson.

Tornò alla sua sedia con una cartella, la camicia hawaiana che svolazzava tornando a posto - era seta quella? Che razza di uomo rispettabile indossava la seta? «Adrian ha detto che pensava che gli editori stessero andando troppo in fretta, che sapevano cose che non avrebbero dovuto sapere. Diciamo solo che stavo indagando un po' troppo da vicino sui loro affari, e non l'hanno apprezzato».

Mah. Adrian non aveva menzionato l'editore. O il detective privato. E... Mancebo stava fissando un punto sulla fronte di Petrosky, evitando il suo sguardo. Non si trattava degli editori, e lui lo sapeva. Li stava imbrogliando perché c'era qualcos'altro che non voleva che sapessero.

«Ma Lei è rimasto sul caso anche dopo che Gregory è tornato a casa», disse Jackson. «Perché? Non era stato assunto per trovare il bambino?»

Il volto di Mancebo si indurì. «Per cinque anni, ho cercato. Dopo che è tornato a casa, ho cercato il rapitore, un uomo che voi non avete mai catturato, come lei mi aveva chiesto. Sto ancora facendo ciò che mi chiede».

«Quindi ha avuto molti contatti con il ragazzo, dopo il suo ritorno?» Avrebbe parlato con Corey, non con Gregory, ma forse l'impostore aveva detto qualcosa che non aveva raccontato a nessun altro.

Mancebo strinse le labbra. «No. Adrian non voleva turbarlo. E io non voglio turbare lei».

«Turbare lei?» Petrosky fece una smorfia. «Pensa che se la facesse arrabbiare, le taglierebbe lo stipendio?» Sicuramente lo avrebbe fatto se lui avesse ammesso la sconfitta.

Mancebo si appoggiò allo schienale della sedia, i capelli neri e lucidi che brillavano sotto le luci. Il suo viso era una maschera.

I peli sulla nuca di Petrosky vibrarono furiosamente.

«Signor Mancebo, ho la netta impressione che non ci stia dicendo tutto».

«Vi ho detto quello che so».

Bugiardo. «Ci ha detto quello che vuole farci sapere. Quello che non sappiamo è perché Adrian l'ha tenuto sul libro paga. E perché era così convinta che suo figlio fosse morto quasi dal giorno della sua scomparsa».

Nessuna ruga apparve sulla fronte del detective privato, nemmeno un sottile stringersi delle labbra. Aveva detto di aver cercato Gregory per cinque anni, ma Petrosky aveva appena lasciato cadere casualmente che Adrian credeva che Gregory fosse morto dal giorno in cui era stato rapito. Nessuna reazione?

Ma forse aveva senso. Se *sapevi* che tuo figlio era morto, forse lasciavi che un altro ragazzo vivesse con te - *Era la mia ultima possibilità di riavere mio figlio.* Se non avevi prove, cercavi quel bambino fino al tuo ultimo respiro. Non sospettava solo basandosi sulle statistiche - lei sapeva. *Lei sapeva.* E lo sapeva anche lo stronzo seduto di fronte a loro.

Quando Mancebo rimase in silenzio, Petrosky disse: «Il bambino è morto ora, però. È finita. Eppure Lei sta ancora lavorando».

Mancebo sbuffò. «Non è cambiato nulla».

Jackson lanciò uno sguardo a Petrosky, poi tornò a guardare Mancebo. «Il ragazzo è stato trovato impiccato nel soggiorno, signor Mancebo. Come può questo non cambiare nulla?»

Ora l'occhio di Mancebo ebbe un tic - colpa, disonestà, il segno di un uomo con qualcosa di cruciale da nascondere. Anche Mancebo sapeva che la loro vittima era un impostore, Petrosky ne era certo.

«Da quanto tempo sa che il ragazzo che viveva nella casa di Adrian Boyle non era suo figlio?»

Mancebo si leccò le labbra. «Anche se l'avessi sospettato, non è illegale».

«Lei ha fatto più che sospettare, signor Mancebo. Lavorando per Adrian Boyle, la sua vecchia fiamma, non avrebbe semplicemente lasciato correre».

Si sporse in avanti, lo sguardo fisso su Jackson come se stesse confidando il suo segreto più oscuro. «Ho fatto un test più di un anno fa. Ho preso il suo spazzolino». L'investigatore privato sorrise, ma c'era una ferocia nei suoi occhi. Una sfida. «Quindi sì, non è cambiato nulla, non per me. Continuerò a cercare l'assassino di Gregory, come mi ha chiesto lei».

«Vuole dire il rapitore di Gregory». *O Gregory stesso.* Il ragazzo non era all'obitorio come il loro impostore... che loro sapessero.

Mancebo si appoggiò allo schienale della sedia, incrociò le braccia e fissò lo sguardo.

Petrosky strinse i pugni. «Gregory potrebbe essere ancora là fuori, Mancebo. Tenuto dai suoi rapitori, in attesa che qualcuno arrivi a salvarlo. Se sapeva che il ragazzo nella casa dei Boyle non era Gregory, aveva l'obbligo di dircelo. Di dare una possibilità a Gregory».

Il silenzio si protrasse così a lungo che Petrosky pensò che Mancebo si stesse preparando a cacciarli - *Provaci, stronzo* - ma poi lui sospirò. «Gregory è morto. È morto da quando è stato rapito». Aprì il fascicolo sulla sua scrivania e sfogliò alcune pagine. Troppo calmo, come se stessero discutendo del brunch. Petrosky riusciva a malapena a respirare con la rabbia che gli stringeva il petto.

Mancebo picchiettò una pagina, l'occhio che ora aveva un tic più forte. «Due strade più su rispetto al percorso che Gregory faceva di solito per tornare a casa, c'era del sangue sul marciapiede, vicino al cordolo - poche gocce, ma comunque sufficienti. E all'epoca ho chiamato i vostri detective per informarli».

I pugni di Petrosky dolevano.

«Ha qualche prova che fosse di Gregory?» disse Jackson.

«Sì. L'ho fatto analizzare quando la polizia non ha fatto nulla».

Ma Harris avrebbe fatto qualcosa se avesse saputo del sangue - il sangue di Gregory. «Il rapitore potrebbe averlo ferito facendolo salire in macchina, qualcosa di superficiale - non significa che sia morto. Quindi cos'altro hai?» sbottò Petrosky. «Perché sai bene quanto me che non te ne staresti lì seduto così dannatamente sicuro della sua morte se non avessi qualcosa di più di un po' di sangue su un marciapiede».

Le narici di Mancebo si dilatarono. «I suoi detective... mi hanno liquidato. Anni e anni su questo caso, e mi hanno ignorato». La sua voce si stava alzando. «Uno mi ha riso in faccia quando ho chiesto di essere incluso nell'indagine».

«Si tratta del tuo ego? Sei stato offeso, quindi al diavolo la polizia e al diavolo Gregory?»

Gli occhi di Mancebo si strinsero, i denti scoperti.

Quanti guai avrebbe avuto se avesse dato un pugno in faccia a questo idiota? Abbassò la voce, la sua rabbia si concentrò in una dura palla di fuoco dietro il pomo d'Adamo. «Ho finito di scherzare. Lo scopriremo comunque. E se lo scopriamo da soli, senza il tuo aiuto, mi assicurerò che tu finisca dentro per aver ostacolato un'indagine di polizia».

Mancebo incontrò lo sguardo di Petrosky con freddezza, le narici ancora dilatate, la mascella che lavorava. Ma alla fine, annuì. «Il sangue sul marciapiede era dove si potrebbe mettere un bidone della spazzatura. Quando i *suoi* uomini non si sono presentati, mi sono preso la libertà di andare alla discarica».

«Cosa hai detto?» Ma l'idea di questo tizio nel suo completo floreale di seta che frugava in un mucchio di spazzatura fumante fece sentire Petrosky un po' meglio. Finché non si ricordò che l'uomo stava cercando il cadavere di un bambino.

«Ci sono tre discariche nella zona», continuò Mancebo, «ma solo una utilizzata dall'azienda che raccoglie i rifiuti lungo il percorso dove ho visto il sangue. È lì che ho trovato lo zaino di Gregory».

Non il suo corpo. Il suo zaino. Petrosky si costrinse a rilassare i pugni prima di colpire lo stronzo allo stomaco. «Il suo zaino? Hai trovato-»

«Il suo nome era stampato sul lato. Non c'è dubbio che fosse la sua borsa, anche se era in pessime condizioni. Ma un rapitore non getterebbe via il bene più prezioso di un bambino. Lo fai quando anche il bambino è stato eliminato. Quando hai bisogno di coprire le tue tracce».

«Sei uno strizzacervelli, Mancebo?»

L'uomo aprì la sua bocca presuntuosa per rispondere, ma Jackson stava già alzando le mani in un gesto di esasperazione. «Vivo o morto, perché non l'hai consegnato? Avremmo potuto-»

«Non c'era DNA di nessuno che potesse avergli fatto del male - ho fatto eseguire dei test per confermare che non ci fosse DNA aggiuntivo sullo zaino, ho escluso i suoi genitori e la sua insegnante, persino suo fratello».

Ma che diavolo-

«Chi ha eseguito questi esami?» chiese Jackson con tono perentorio.

«Un'azienda forense di Lansing: fanno un lavoro impeccabile. I rapporti reggeranno in tribunale, è sempre stato così».

Jackson scosse la testa, a bocca aperta come se stesse cercando qualcos'altro da dire, ma ormai era troppo tardi per fare qualcosa al riguardo. Petrosky aveva mezza idea di arrestare subito quel pezzo di merda, ma poteva ancora tornare utile. Inoltre... «Uno zaino non significa necessariamente che sia morto, Mancebo, sangue o no».

L'occhio di Mancebo ebbe un altro tic. Distolse lo sguardo.

Dannazione. Petrosky si avvicinò. «Stiamo indagando su un caso di omicidio, la morte di un adolescente. Se hai anche un omicidio di un bambino, dobbiamo saperlo prima che qualcun altro si faccia male. Ti sta bene avere il sangue di un altro ragazzo sulle mani?» E due ragazzini morti rendevano molto più probabile che i casi fossero collegati.

Mancebo deglutì a fatica. «C'erano dei vestiti: una maglietta strappata e le sue scarpe. Nella borsa». Finalmente riportò lo sguardo su Petrosky. «È da lì che proveniva il sangue. Così tanto sangue che era penetrato fino in fondo. Un bambino che perde così tanto sangue... non c'è modo che sia sopravvissuto».

Vestiti insanguinati. «Cosa ne pensi dell'ostruzione alla giustizia, Mancebo?»

«Ho condiviso i miei sospetti. Ho chiamato il numero per le segnalazioni, ho chiesto di mandare i cani da cadaveri alla discarica, ma non l'hanno fatto».

Petrosky aveva visto quella nota: *il chiamante dice di mandare i cani alla discarica*. Ma c'erano state altre dodici chiamate proprio come quella che chiedevano cani in altre parti casuali della città. Quelle che avevano controllato si erano rivelate un stronzo abbandonato che cercava di molestare la sua ex moglie, un quattordicenne che faceva scherzi telefonici e una richiesta apparentemente legittima che aveva portato a un campo con un procione morto.

Petrosky balzò in piedi e sbatté i pugni sulla scrivania dell'uomo. «Non gli hai detto che avevi un motivo!» La rabbia riscaldava le viscere di Petrosky, facendogli ribollire lo stomaco. «Volevi prosciugare quella famiglia quando sapevi che il loro figlio era morto nella dannata discarica». E ora, sarebbero rimaste solo ossa. Ossa sotto una montagna di spazzatura.

«Ho fatto il mio lavoro». Mancebo ricambiò lo sguardo di Petrosky, impassibile, calmo come uno psicopatico. *Forse ha ucciso Gregory lui stesso.*

«Sì, hai fatto il tuo lavoro, eccome, hai fatto il tuo lavoro per Adrian e...» Socchiuse gli occhi verso Mancebo. «Gliel'hai detto tu. Sei tu il motivo per cui ha avuto un crollo tre mesi dopo la sua scomparsa. Le hai detto che avevi trovato lo zaino intriso del sangue di suo figlio, che se n'era andato».

La mascella di Mancebo si contrasse. Ma annuì.

«Dov'è la borsa adesso, genio?»

«Ce l'ho in deposito qui». Mancebo si voltò di nuovo verso Jackson, i cui occhi sputavano fuoco.

Colpiscilo. Colpiscilo in testa. Petrosky si rilassò nella sua sedia. *No, non dargli la soddisfazione di intentare una causa.* Ma togliere quel sorriso stupido dalla sua faccia sarebbe sicuramente valso una notte in prigione.

«E non l'hai detto a nessuno?» disse Jackson, con una voce molto più calma di quanto Petrosky si sentisse. «Non solo della borsa, o della maledetta maglietta, ma del fatto che questo nuovo bambino non è il vero figlio dei Boyle?»

Mancebo strinse le labbra.

Stupido idiota. «Adrian ce l'ha già detto, stronzo, sputa il rospo prima che mi stanchi di chiacchierare e ti porti fuori di qui in manette».

Mancebo incrociò lo sguardo di Petrosky. «Adrian ha chiesto discrezione a causa del libro. Volevo aiutare Stevie, volevo aiutarla. Volevo che ne uscisse qualcosa di buono». Si strinse nelle spalle. «Non riesco a immaginare di perdere un figlio una volta, figuriamoci due. Quello che ha passato... è abominevole». Un'emozione attraversò il viso di Mancebo e svanì: dolore. Vero dolore. E... continuava a chiamarla Adrian. Non signora Boyle, o "la mia cliente". Adrian.

«Sembra che tu abbia un'idea molto chiara di ciò di cui la signora Boyle ha bisogno». Petrosky diede un'occhiata all'anulare nudo dell'uomo. «Ci vai a letto?»

«Non sono affari tuoi».

Beh, questo è proprio fantastico. E a pensarci bene... si conoscevano da molto tempo, fin dal liceo. Il piccolo Greggie aveva i capelli scuri, gli occhi scuri, come questo tizio. «Gregory era tuo figlio?» Merda, forse Mancebo l'aveva davvero preso, aveva rapito il suo maledetto figlio - almeno in quel caso c'era una possibilità, anche se minima, che fosse ancora vivo nonostante lo zaino. Forse Mancebo aveva inscenato quella storia per depistare. Petrosky inghiottì il calore che gli stava salendo in gola.

«No, Gregory non era mio figlio». Mancebo scosse la testa, il suo sguardo fermo. Sembrava sincero, ma sicuramente sapeva che mentire non avrebbe funzionato - un test del DNA e avrebbero scoperto la verità.

«Cos'altro hai tenuto nascosto alla polizia di Ash Park?» chiese Jackson.

Mancebo aprì la bocca, sicuramente pronto a mentire spudoratamente, e Petrosky sbottò: «Non vogliamo darle false speranze più di quanto non voglia farlo tu. Vogliamo solo trovare Gregory Boyle, vivo o morto, e dobbiamo sapere chi ha ucciso il ragazzo che ha chiamato la tua ragazza mamma negli ultimi due anni».

Mancebo fissò, sospirò e si rivolse a Jackson. «Ho solo

parlato con i ragazzi allo skate park, tutto qui - non sapevano niente». *Addio Johnny Depp - maledetti ragazzini.*

Un brivido percorse le braccia e la schiena di Petrosky. «Sei in possesso di uno zaino appartenente a un bambino rapito, e vai a letto con sua madre mentre prosciughi i suoi conti bancari. Mi sembra piuttosto sospetto». Voleva credere che questo tizio l'avesse fatto, voleva afferrarlo e trascinarlo al distretto e rinchiuderlo in una cella, ma... non gli sembrava giusto. Che motivo avrebbe avuto Mancebo per uccidere il ragazzino? Perché far del male a una donna a cui sembrava tenere? Gelosia?

La mascella di Mancebo si abbassò, ma i suoi occhi si schiarirono, rassegnati. Avvicinò a sé il suo fascicolo. «Ho già fornito alla polizia la maggior parte delle informazioni qui presenti. Ma...» Sfogliò alcune pagine ed estrasse un foglio di quaderno a righe con un disegno scadente di un'auto blu.

«Che diavolo è quello?» chiese Jackson.

«Risale a quando Gregory è stato rapito. Ho chiamato la linea dedicata alle segnalazioni e ho detto loro che dovevano cercare una berlina blu di vecchio modello».

Petrosky si sforzò di ricordare se avesse mai visto un'indagine sulle auto, ma non gli venne in mente nulla. D'altra parte, ricordava l'enorme pila di carte provenienti dalla linea delle segnalazioni: l'avevano scartata? O l'avevano esaminata senza arrivare da nessuna parte?

Jackson prese il disegno e lo osservò accigliata. «Dove hai preso lo schizzo?»

«Da una ragazzina al parco giochi, a tre isolati dalla scuola di Gregory Boyle».

Oh merda. Avevano un testimone oculare? «Mi stai prendendo in giro, Mancebo».

«I vostri non l'hanno ritenuto importante perché la testimone aveva solo dodici anni, ma è abbastanza grande per sapere cosa ha visto. Era seduta con suo fratello maggiore sulla panchina davanti al parco a tre isolati dalla scuola, in attesa che sua madre venisse a prenderla. Ha detto di aver visto Gregory parlare con qualcuno in un'auto blu».

«Quanto tempo prima che scomparisse?»

«Il giorno prima».

Stevie aveva menzionato che Greg stava pianificando di scappare, che lo sapeva il giorno prima. Era così che Greg e il rapitore avevano pianificato il suo rapimento? Stavano facendo piani per il giorno seguente? «Era sicura che fosse Gregory?»

Annuì. «Ha descritto il suo zaino nei dettagli, e c'era un altro bambino sul sedile posteriore: ha detto che l'altro ragazzo ha abbassato il finestrino e le ha fatto l'occhiolino». Poteva essere vero, ma chiedere di nuovo sarebbe stato del tutto inutile: le testimonianze fresche erano già discutibili, e interrogare una bambina sette anni dopo che potrebbe aver visto un'auto blu? Sarebbe stato utile quanto quel disegno scadente che aveva fatto.

«Il fratello ha visto qualcosa?» chiese Jackson.

Scosse la testa. «Ha detto di no. E nessuno dei due ha visto il conducente. Ma credo che il conducente stesse parlando con Gregory perché avevano intenzione di prenderlo».

«La penso come te, amico, ma quello che hai è debole». Anche se Mancebo avesse ragione, non c'era modo di rintracciare un'anonima auto blu di sette anni fa, e non avevano idea della marca e del modello specifici - una berlina blu avrebbe prodotto migliaia di risultati. Troppi per essere di qualche utilità.

«Questo altro ragazzo sul sedile posteriore, però... ha detto che assomigliava a Gregory». Gli occhi di Mancebo brillavano quasi speranzosi. «E alla tua vittima».

«La nostra...» Ma non aveva senso. «Aspetta... stai dicendo che pensi che la nostra vittima di omicidio, Corey, fosse il ragazzo sul sedile posteriore? Che facesse parte del piano originale per rapire-»

«Sto dicendo che questo veicolo, quello visto con Gregory prima che scomparisse, aveva un altro ragazzo al suo interno. E questo non mi piace - forse il vostro rapitore l'ha già fatto prima».

Anche se Petrosky non l'avrebbe detto ad alta voce, era d'accordo - aveva visto altri casi simili in cui i bambini erano stati usati per attirare nuove vittime. Donald Jarvis Ponce era uno dei più famigerati: quattro ragazze in sei anni, e portava con sé la sua vecchia vittima di rapimento per trovarne una nuova quando si annoiava. Era sempre l'ultimo viaggio che facevano.

Petrosky si alzò in piedi. Avrebbero preso i rapporti del DNA e lo zaino, e qualsiasi altra cosa che questo figlio di puttana avesse che potesse aiutare il loro caso. Due omicidi - probabilmente. Due bambini morti. Doveva esserci una connessione. E forse più tardi sarebbero tornati a rinchiudere Mancebo in una cella per divertimento.

CAPITOLO 17

Le dita di Jackson tamburellavano sul volante, un ritmo che pulsava all'unisono con il sangue nel cervello di Petrosky. Quasi arrivati alla stazione di polizia. Da quanto tempo stava fissando fuori dal finestrino?

«Voglio vedere quello stronzo in manette quando questa storia sarà finita», mormorò lei.

Anche Petrosky lo voleva, ma la sua rabbia si era raffreddata: dentro, si sentiva vuoto, esausto. «Pensi che Gregory sia morto?»

Il suo viso s'indurì, le labbra una linea incisa nella pietra. «Sì. Vestiti insanguinati, una borsa insanguinata, soprattutto quella quantità di sangue da un bambino di sette anni? Non promette bene per la sua sopravvivenza. Ma prima è stato adescato... attirato ovunque l'abbiano portato. È un gran lavoro solo per ucciderlo subito dopo».

«Forse ha lottato». Spesso, i rapitori usavano la violenza perché erano disperati di prendere il bambino, anche se non avevano pianificato di fargli del male. D'altra parte, dipendeva da cosa il rapitore intendeva fare con lui.

I pedofili spesso provavano un profondo amore per i bambini, si convincevano che il bambino li volesse: erano spesso inorriditi dal pensiero che le loro azioni fossero dannose. Ma i sadici, gli psicopatici... non avevano questa preoccupazione. Anche i narcisisti avevano molta meno empatia del pedofilo medio. C'erano molti rapitori che si deliziavano del dolore altrui, e i pedofili psicopatici, beh... Gregory non avrebbe mai avuto una possibilità.

Il sole incombeva, ben oltre la metà del suo percorso: in poche ore, quel rosso sanguigno sarebbe tornato, segnalando un altro giorno in cui avevano fallito. Diede un'occhiata nel sedile posteriore alla scatola contenente lo zaino avvolto nella pellicola. «Fanculo Mancebo», disse.

«Pagherà: non puoi nascondere una camicia insanguinata alla polizia. Ma non credo che abbia fatto del male a Gregory. O a Corey. Non vedo un movente: la sua fonte di guadagno è sparita ora».

«Sta ancora cercando di guadagnarsi da vivere, di scoprire chi ha ucciso Corey».

«Dovremo batterlo sul tempo e arrivare prima noi al colpevole, allora, non credi?»

Petrosky aggrottò la fronte guardando l'edificio. Continuò ad aggrottarla mentre attraversava il parcheggio dietro Jackson. Stava ancora aggrottando la fronte quando la raffica di aria super-raffreddata lo colpì in faccia. Per quanto odiasse l'investigatore privato, non pensava nemmeno lui che fosse responsabile della scomparsa di Gregory. Se lo fosse stato, non avrebbe tenuto la camicia nel suo ufficio, e sicuramente non gliene avrebbe parlato. E mentre era possibile che avesse scoperto che Corey non era il vero figlio dei Boyle e avesse ricattato il ragazzo, sembrava dedicato ad Adrian Boyle. Mancebo era uno stronzo, ma Petrosky non pensava che avrebbe tormentato un bambino, non quando era disposto ad andare in prigione per mantenere i segreti della madre. Inoltre, l'investigatore privato era troppo grosso per essere il loro assassino; non avrebbe avuto bisogno di agganciare le dita dei piedi sotto quel divano per fare leva.

La tromba delle scale puzzava ancora di hot dog.

«E se questo testimone avesse ragione riguardo all'auto blu?» Il suono dei passi di Jackson sulla scala rimbombava al ritmo delle sue parole. «Se ci fosse stato un altro bambino in macchina che assomigliava a Gregory?»

Lui la seguì, con le ginocchia che scricchiolavano più forte dei loro piedi sui gradini. «Potrebbe essere stato Corey, ma non mi convince: non c'è motivo di prendere un bambino diverso, per poi sostituirlo col tuo cinque anni dopo. Forse il rapitore ha un figlio biologico, oppure c'è un'altra vittima». Il petto gli doleva, i polmoni troppo stretti: era per lo sforzo? Guardò con desiderio la porta del distretto mezzo piano più su e continuò a salire, il suo respiro pesante si mescolava con l'eco dei loro passi.

Lei si fermò davanti alla porta dell'ufficio, con la mano sulla maniglia. «Chiunque abbia fatto questo... sapeva quello che stava facendo. Stevie ha detto che Gregory doveva incontrare un *amico* più grande. Gregory ha parlato con loro in quella macchina il giorno prima di essere rapito, poi è tornato a casa e ha fatto la valigia, sapendo che il giorno dopo non avrebbe avuto Stevie con sé. Non ha pianificato tutto questo da solo a sette anni».

Ed era stato eseguito alla perfezione, finché Gregory non si era ferito, perdendo sangue su tutti i vestiti, abbastanza da impregnare completamente lo zaino. Così tanto sangue... il rapitore doveva aver reciso qualcosa di importante, e le arterie non si riparano da sole. Ma nessuno lo aveva portato in ospedale; gli ospedali erano in massima allerta durante le indagini sul rapimento. Non c'era modo che il bambino fosse sopravvissuto.

Petrosky seguì Jackson nell'ufficio e si lasciò cadere alla sua scrivania, poi attese mentre lei trascinava la sua sedia; qualcuno aveva preso la sedia che di solito stava di fronte alla sua. Decantor? Ma l'uomo grosso aveva solo una sedia alla sua scrivania, e il suo sedere ci stava sopra. Quando Jackson si fu sistemata, lui disse: «Quindi forse il rapitore... forse ci sono stati altri bambini prima di Gregory».

Jackson appoggiò i gomiti sulla scrivania, all'improvviso sembrando stanca quanto lui. «Dovremo esaminare più attentamente qualsiasi rapimento che potrebbe essere collegato».

«L'avrebbero scoperto prima, però». Gli ultimi detective che si erano occupati del caso avevano già cercato rapimenti collegati, e l'idea di esaminare una pila di altri bambini scomparsi e probabilmente morti era più di quanto il suo cuore potesse sopportare in quel momento. E probabilmente non li avrebbe aiutati comunque. «Speriamo che rintracciare questo Corey, capire chi fosse, ci dia qualcosa. Doveva essere ragionevolmente certo che Gregory non sarebbe tornato, e ancora più sicuro che non gli avrebbero fatto fare un test del sangue... cavolo, doveva sapere della fobia degli aghi, vero? Sarebbe bastato un solo test per smascherarlo».

«Sì. E quella cosa dell'ago non è stata resa pubblica», disse Jackson. «Quindi è molto probabile che il nostro rapitore conoscesse sia Gregory *che* Corey. L'amico più anziano di Gregory potrebbe aver fornito informazioni a Corey prima che si dirigesse verso la casa dei Boyle - forse il ragazzo sul sedile posteriore era l'amico più anziano. Ci deve essere qualche collegamento qui, anche se non riesco a vederlo».

Petrosky si strofinò il ginocchio ancora dolente. Tante incognite, tutte che portavano a un altro buco nero. «Odio Mancebo».

Jackson sospirò. «Lo so. Ma sicuramente non è il padre di Greg. Quando hanno inserito Gregory nel database, hanno preso campioni anche dai genitori. E Greg e Ron hanno lo stesso neo. Non l'hai visto sul braccio di Ron?»

No, non l'aveva visto. Avrebbe dovuto - era il suo lavoro, notare le cose. Cos'altro gli stava sfuggendo? «Farò fare un doppio controllo a Scott, giusto per essere sicuri».

«Va bene, qualunque cosa ti aiuti a dormire la notte». Lei lo scrutò con gli occhi socchiusi. «*Stai* dormendo, vero?»

«Sto bene».

«Non sembri star bene».

Lascia perdere. «Il cane russa».

«È per questo che indossi la stessa camicia di ieri, completa di macchia di caffè?»

Lui guardò la macchia scura sulle lettere rosse appena sopra la sua pancia, sentendo le costole stringersi. «Il cane sbava e sono un po' indietro con il bucato. Avresti dovuto vedere le altre opzioni». Mantenne la voce calma, ma il suo viso era accaldato. *Perché mi guarda in quel modo?*

Lei si sporse sulla scrivania e abbassò la voce. «Senti, Petrosky, se stai passando un momento difficile, se hai bisogno di aiuto...»

«Cristo santo, lascia perdere!» disse lui, troppo forte. L'ufficio si zittì. Dall'altra parte, Decantor si alzò dal suo posto.

Jackson fissò Petrosky. Preoccupata.

«Sta arrivando il tuo fidanzato», borbottò Petrosky.

Lei guardò oltre la sua spalla mentre l'uomo più grosso si avvicinava a lei. «Tutto a posto qui?»

«Alla grande», sbottò Petrosky, poi più basso, «Fatti gli affari tuoi, fottuto fan di J-Lo».

«Non sembri star bene».

C'era forse un maledetto eco qui? «Sono stitico».

152

Decantor guardò Jackson, poi tornò al suo posto, lanciando uno sguardo all'indietro a Petrosky mentre si rimetteva a sedere. Petrosky si strofinò il petto dolorante. La sua pelle bruciava, calda e formicolante.

«Se stai davvero bene, lascerò perdere».

No. No, non sto assolutamente bene. «Solo un po' di indigestione. Penso che devo tagliare l'avena e mangiare più ciambelle. Non avevo questo problema con gli éclair».

«No, tu hai avuto un attacco di cuore con gli éclair.»

«Infierisci pure, perché no?» Forzò un sorriso.

Lei non sembrava convinta.

CAPITOLO 18

'email di Shae McCartney arrivò un'ora dopo il loro ritorno al distretto, completa di una foto dei moduli di consenso per il tatuaggio firmati e di una patente di guida di un diciottenne di nome Corey Gagnon. Non c'erano dubbi su quella foto. Era il ragazzo - il giovane uomo - che per due anni aveva finto di essere Gregory Boyle. E quella non era la rivelazione più scioccante.

Il documento d'identità di Corey Gagnon era canadese - il ragazzo era un dannato canuck. Sarebbe già stato difficile rintracciare un ragazzo ad Ash Park o nella metropoli circostante, ma aggiungere un altro paese al mix? *Maledizione*. Petrosky avvicinò la tastiera e afferrò il telefono.

Per tre ore, fece ricerche, telefonò e cercò disperatamente di non sbottare contro i funzionari canadesi che avevano troppa difficoltà a pronunciare le loro vocali per preoccuparsi delle sue stronzate. Tutto sembrava legittimo - la foto era sicuramente del ragazzo all'obitorio, e il nome e la data di nascita corrispondevano al numero di assicurazione sociale canadese di Corey Gagnon. Il luogo di emissione della patente di guida era a pochi minuti dall'ultimo indirizzo conosciuto di Corey.

«La gente più gentile del mondo», disse Jackson, crollando sulla sedia accanto a lui con una pila di carte e una tazza di caffè - sarebbe stata la sua quarta. Ma invece di spingergli la tazza, ne bevve un sorso, poi la posò accanto ai suoi fascicoli.

Lui adocchiò la propria tazza fredda, ridotta ai fondi bruciati, e disse: «Ho parlato con il distretto vicino all'ultimo indirizzo conosciuto di Corey, quello sulla sua patente - è quello attraverso cui è passata la segnalazione quando non si è presentato a scuola. Quei poliziotti sembrano felici solo di essere lì».

«Quindi è stata la scuola a denunciare la scomparsa di Corey? Aveva diciott'anni - perché gli importava?»

«Corey era all'ultimo anno con una storia nota di abusi; quando non si è presentato per una settimana, senza chiamate e senza che nessuno rispondesse al telefono di casa, il preside ha chiamato i Mounties. Ma poiché aveva già diciott'anni, non c'era molto che potessero fare, soprattutto perché tutti presumevano che alla fine fosse scappato. Il che... si è rivelato vero».

«Un altro fuggitivo, eh? Sto notando uno schema. Ma guarda questo». Gli fece scivolare una cartella. «La madre, Rosalie Gagnon, è morta il cinque marzo al Fountainview Medical Center di Windsor. Overdose di droga. Ma Corey era con lei in ospedale quella notte. Quella è stata l'ultima volta che qualcuno lassù l'ha visto, per quanto la polizia possa accertare».

Petrosky socchiuse gli occhi per leggere le minuscole date sfocate sul certificato di morte. «Circa un mese prima che si presentasse affermando di essere il figlio dei Boyle».

«Esatto. Il che significa che sua madre era morta *prima* che si facesse quel tatuaggio - se la donna fuori dal negozio di McCartney era con lui, non era sua madre. Ma è possibile che non fossero mai stati insieme, che Corey abbia semplicemente indicato qualcuno quando ha ricevuto uno sguardo perplesso per quanto sembrasse giovane».

Ma non avrebbe dovuto dire a Shae McCartney che quella donna era sua madre - era tutto legale. Perché dirlo se non fosse stato vero? Petrosky si schiarì la gola. «Corey non era l'altro ragazzo nell'auto blu che il testimone di Mancebo ha visto - quel giorno era a scuola». Un altro vicolo cieco. «Il padre è presente?»

«Il padre biologico non c'è mai stato, ma ha vissuto con un patrigno». Jackson estrasse alcuni fogli pinzati dalla cartella, con le intestazioni in blu acceso: Servizi Sociali per l'Infanzia. Foto di Corey a pagina due. E tre. Cinque. Lividi viola intorno alla gabbia toracica, che sembravano causati da un pugno o un calcio al rene, strisce sanguinanti sulla schiena, e nell'ultimo foglio un Corey dall'aspetto molto diverso con entrambi gli occhi neri e blu e sangue sui denti.

«Era sotto custodia protettiva lassù?»

Lei scosse la testa e afferrò la sua tazza di caffè dalla scrivania di lui. Lui socchiuse gli occhi fissando una goccia vagante sul piano della scrivania mentre lei diceva: «Non è mai stato allontanato».

«Che diavolo?»

Jackson posò di nuovo la tazza e prese un foglio dalla cartella: un'altra patente. Il patrigno di Corey era un uomo bianco, sulla quarantina, con una barba folta e gli occhi freddi e morti di un serpente a sonagli. Magro nelle braccia, forse abbastanza piccolo da dover usare un divano come leva, ma Lowell Fournier non sembrava il tipo di uomo che avrebbe indossato scarpe da skater, ed era troppo alto per avere un piede di taglia 39... probabilmente. Petrosky stava per restituire la foto ma si fermò, socchiudendo gli occhi. La barba... assomigliava agli identikit che avevano diffuso quando pensavano che Gregory Boyle fosse tornato. Era questo l'uomo che Corey aveva descritto alle autorità quando lo avevano trovato nel cimitero? L'uomo dello skate park?

«Ecco come stanno le cose», disse Jackson. «Corey ha sempre negato gli abusi, ha detto alle autorità che veniva picchiato mentre tornava a casa da scuola, e loro ci hanno creduto - c'erano numerosi rapporti verificati di comportamento violento a scuola, espulsioni per risse e cose simili. Persino i segni sulla schiena sono stati attribuiti al fatto che fosse stato scaraventato contro una recinzione. E le indagini non hanno rivelato alcun illecito da parte della madre o di suo marito. La casa era pulita, nessuna prova di droga nonostante il passato travagliato della madre, e questa figura del patrigno... dai rapporti, sembra che fosse sobrio, almeno quando venivano a intervistarlo. Ma ascolta questa». Batté il dito sulla pagina così forte che doveva farle male. *Tum, tum, tum.* «Il nome che ha dato e la sua patente degli Stati Uniti - rubati. Non suoi. Tutte le informazioni che ha fornito erano false, fino al numero di previdenza sociale. I Servizi Sociali hanno fotocopiato la sua patente e preso nota del suo numero di previdenza sociale, ma non hanno cercato un certificato di morte. Il vero Lowell Fournier è morto vent'anni fa a Boston».

«Il vecchio Lowell sembra un imbroglione». E probabilmente uno psicopatico. Petrosky si passò una mano sul viso ispido e spinse via la tastiera così forte che il telefono cadde dalla base e sbatté sulla scrivania. Lo fissò. Jackson lo fissò. Lei si allungò e lo rimise a posto.

«Un imbroglione senza dubbio. Ho dato la sua foto al tuo amico giornalista, Acharya, ma il riconoscimento facciale ha trovato corrispondenze nel Vermont per crimini correlati prima ancora che riattaccassi il telefono. Frode previdenziale, riscossione di indennità dopo la morte delle persone, furto di pagamenti di invalidità... la lista continua. Speriamo che qualcuno lo riconosca e ci dica dove si trova.»

Forse lo avrebbero fatto. Ma aveva ucciso Corey? Avrebbe rapito Gregory? E perché? Rapire e uccidere il figlio di uno sconosciuto era ben diverso dalla frode previdenziale. Forse aveva intenzione di chiedere un riscatto. O forse sostituire Gregory con Corey era solo un'altra truffa elaborata per un tizio che amava causare dolore, ma perché Corey avrebbe accettato? Petrosky sospirò. «C'era un enorme allerta su questo tizio due anni fa - non il nome, ma avevamo un identikit simile. Corey lo aveva accusato di rapimento, in parole povere.» Il che significava che Corey e Fournier probabilmente non erano complici.

«Sì, ma se questo tizio era in Canada...» Scrollò le spalle.

«Bastardo scopamoose,» borbottò Petrosky. «Ok, quindi la madre di Corey... muore all'ospedale Fountainview, e - *Bam!* - Corey decide che impersonare Gregory è il suo biglietto d'uscita? Qualcuno doveva avergli parlato di Gregory in primo luogo, almeno aiutarlo ad attraversare il confine. Dubito che abbia pagato lui stesso le spese per il passaporto.»

«Forse sì, forse no. Ma probabilmente ha usato un passaporto vero invece di uno falso, il che ci dirà quando ha attraversato il confine - ha usato una patente vera al negozio di tatuaggi. Nessuno avrebbe battuto ciglio se avesse detto che stava venendo a vedere se la nostra poutine era migliore della loro.»

«Cosa che decisamente non è.» Petrosky annusò. «Le patatine fritte con la salsa sono sempre migliori oltre confine.» Sbirciò nella tazza di caffè di lei - vuota. *Dannazione.*

«Potrebbe non importare come ha attraversato il

confine - quella parte non sarebbe stata difficile, e una volta arrivato qui, ha pensato che avrebbe trovato un lavoro, organizzato una truffa, qualsiasi cosa. Non aveva molto da perdere. Ma dato che sapeva della fobia degli aghi... forse si è imbattuto nel rapitore una volta arrivato qui.»

«Quindi il rapitore va dietro a lui... o lo fa questo tizio.» Petrosky fissò la foto - Lowell Fournier. Chi chiamerebbe il proprio figlio Lowell? E con la sua storia di frode previdenziale, Fournier probabilmente stava vivendo sotto un altro nome falso ora. «Corey avrebbe potuto inventarsi qualcosa quando gli hanno chiesto chi lo aveva preso, avrebbe potuto dirci che non ricordava, ma ha descritto questo tizio alla perfezione, tranne per il colore variabile della barba. Forse Corey pensava che il tizio lo avrebbe cercato prima o poi - forse aveva ragione.»

«Ma se avessero davvero catturato Fournier, si sarebbero resi conto di chi fosse veramente Corey, che non era il figlio dei Boyle - è rischioso anche per Corey.»

Caddero nel silenzio.

Si appoggiò allo schienale della sedia, le molle che stridevano come un maiale arrabbiato. «Qualcuno ha visto questo pagliaccio dalla notte in cui è morta la madre di Corey?»

Jackson lo guardava in modo strano: gli si era incrinata la voce? Scosse la testa. «Secondo le autorità, è scomparso subito dopo la morte di Rosalie, proprio come Corey. Era il suo contatto di emergenza medica; lo hanno chiamato per chiedere informazioni sulle disposizioni per il corpo, supponendo che un'agenzia di pompe funebri se ne sarebbe occupata, e niente.»

«È scomparso? Dopo la sua overdose?» Di solito, le persone scappavano quando facevano qualcosa di sbagliato; forse pensava che avrebbe avuto problemi per aver tenuto la droga in casa, ma-

«L'overdose di eroina è la causa ufficiale, ma aveva anche una frattura cranica e dei lividi più vecchi intorno alla gola. Pensavano che si fosse ferita alla testa quando era svenuta, cosa non rara nei casi di overdose, ma scommetto che Fournier l'abbia malmenata. È possibile che questo tizio pensasse di averla ferita più gravemente di quanto avesse fatto e sia fuggito per evitare un processo: è stata una casualità che fosse così drogata da morirne, rendendo le altre ferite secondarie. Se riusciamo a trovarlo, potremmo usare questo per metterlo alle strette.»

Petrosky deglutì, la gola arida eppure in qualche modo acida, come i fumi residui dopo un esperimento chimico corrosivo. I lividi sul viso di Corey lampeggiarono nella sua mente: i denti insanguinati del ragazzo. «Psicopatici come questo... Posso immaginarlo scoprire cosa stava facendo Corey e andare dietro a Corey, ricattandolo... e Corey che paga Fournier per il suo silenzio.» Avrebbero dovuto portare la foto di Fournier ai ragazzi skater, vedere se Beef lo riconosceva come l'uomo nel parco.

Gli si annebbiò la vista. Sbatté forte le palpebre, cercando di eliminare l'offuscamento dalla visione, ma persistette.

«Stai bene, Petrosky?»

No. «Sì.» Socchiuse di nuovo gli occhi guardando il bruto barbuto nell'immagine. Un tipo come questo avrebbe saputo come usare un ago se la madre del ragazzo era un'eroinomane. Ma quelle piccole scarpe da skater.

Jackson tamburellò le dita sui fascicoli. «Se questo era il tizio che Corey incontrava allo skate park, posso immaginare che il ricatto fosse sul tavolo. Ma perché preoccuparsi di pagare? Solo per evitare di mettersi nei guai per aver impersonato Gregory? Corey era maggiorenne: avrebbe potuto lasciare la casa dei Boyle se avesse avuto bisogno di andarsene, uscire, trovare un lavoro, tornare persino in Canada. Perché avere a che fare con Fournier?»

«Forse non si sentiva in grado di farlo, o sentiva che fosse senza speranza.» A vent'anni, le sue capacità matematiche erano pari a quelle di un quattordicenne, ma era ancora più indietro nella comprensione della lettura. «Se fossi stato lui, avrei pensato di poter ripetere la scuola, diplomarmi e andare effettivamente al college... iniziare una vita migliore, una che non sarebbe stata disponibile prima. Di sicuro non avrei voluto rinunciarci.»

Le dita tamburellanti di Jackson si fermarono. «La borsa di studio definitiva.»

Petrosky annuì. Ma se questo era vero, le motivazioni di Corey e la sua morte non erano collegate alla scomparsa di Gregory, il che significava che non erano più vicini a trovare l'assassino di Gregory Boyle, se il ragazzo era morto come pensava Mancebo. Forse era solo stato gravemente ferito. Ma lo zaino, il sangue che lo aveva completamente inzuppato... no, qualcuno aveva assassinato il piccolo Greggie e lo aveva gettato nella spazzatura.

Il suo petto si strinse. «Abbiamo un set di impronte digitali di questo stronzo?» Non c'erano state impronte all'interno della casa dei Boyle - chiunque avesse ucciso Corey aveva indossato i guanti e sembrava molto più attento di un uomo a cui piaceva picchiare adolescenti e sua moglie per puro divertimento. Ma se Fournier fosse mai stato schedato, avrebbero potuto almeno esaminare il suo passato, forse scoprire i suoi contatti noti. E qualcuno dovrebbe avere il suo vero nome.

«No. Non è mai stato beccato quando viveva come Fournier, o in qualsiasi altro posto che io sappia. Persino la morte di Rosalie Gagnon è stata un'overdose, quindi non hanno esaminato la casa - l'unico motivo per cui sapevo delle ferite di Rosalie è grazie al medico legale di lassù. Non abbiamo impronte per il confronto».

«Forse non abbiamo bisogno di vecchie impronte». Petrosky socchiuse gli occhi guardando il muro. «Andiamo a dare un'occhiata alla scatola di cose che Scott ha preso dalla stanza di Corey dai Boyle».

«Stai bene, Petrosky?»

«Sto bene, perché-»

«È solo che... pensi che Fournier abbia frugato tra le cose di Corey? Non ha senso».

«Non mi stupirebbe. Il tizio è un ladro di professione».

«È un ladro di identità di professione, immagino, ma Scott ha già controllato lassù, lo sai. Ogni impronta sulle cose di Gregory... di Corey è legittima, e il tizio ha indossato i guanti per uccidere Corey - non è che se li sarebbe tolti per andare a rovistare tra le sue cose».

Aveva ragione. Petrosky si strofinò le tempie doloranti, cercando di schiarirsi le idee. «Allora... diciamo che Fournier è il tizio che i nostri skater hanno visto con Corey al parco - come faceva Corey a sapere quando incontrarlo? Avevano un giorno e un'ora prestabiliti, o Fournier lo contattava in qualche modo?» Scott aveva controllato il cellulare del ragazzo, e anche il telefono di casa - non c'erano numeri non identificati.

«Forse Fournier lo incontrava di persona. O dava a Corey un biglietto che lui buttava via dopo averlo letto».

Petrosky sbuffò. «Gli passava un biglietto? Cosa siamo, in quinta elementare? Corey stava molto al computer; potrebbero aver chattato lì». Ma... Si raddrizzò. «Qualcuno ha visto una macchina là fuori, giusto? Uno dei vicini ha visto un pick-up scuro sul marciapiede».

Jackson sfogliò alcuni fogli e indicò i suoi appunti. «Le cassette della posta, era la sua cosa. Era così che otteneva gli assegni della previdenza sociale dagli uomini morti, il motivo per cui la polizia del Vermont è finita con una foto; la telecamera di un campanello ha ripreso mentre frugava nella loro posta. E mettere una lettera nella cassetta dei Boyle sarebbe efficace, Petrosky. Potrebbe nascondere il viso, il corpo - non dovrebbe nemmeno scendere dal pick-up».

E nessuno aveva cercato impronte sulla cassetta della posta. «Mi chiedo se ci sarebbero ancora delle impronte».

«Sono sicura che il postino sarà entusiasta di dare le sue impronte per escluderlo. Ma vale la pena provare».

Petrosky allungò la mano verso il cellulare. «Chiamerò Scott, vediamo se può andare lì prima dell'ora di dormire di Stevie».

CAPITOLO 19

Tre cose», disse Scott prima che Petrosky potesse anche solo salutare. La voce di Scott aveva un'aria di superiorità, com'era giusto che fosse, ma quella sera irritava i nervi di Petrosky. Persino la sottile brezza del tanto necessario condizionatore del distretto improvvisamente gli faceva venir voglia di scagliare il dannato apparecchio dall'altra parte della stanza per l'alto crimine di rinfrescargli il collo.

«Uno: ho appena finito di esaminare le cose che hai ottenuto dall'investigatore privato. C'è una traccia su quella maglietta dello zaino, quella che Gregory indossava quando è stato rapito. Ho trovato una goccia o due di sangue di qualcun altro oltre a Gregory Boyle, ma quasi tutto è di Gregory».

Ma... era una buona o una cattiva notizia? Il sangue era del loro assassino? «Hai trovato una corrispondenza?»

«Solo un profilo parziale. I campioni erano troppo degradati». Troppo degradati perché erano passati sette maledetti anni. *Fottuto Mancebo*. Lo avrebbero sicuramente arrestato.

Scott continuò: «Sono più preoccupato per le condizioni della maglietta stessa: tagli netti, come ferite da coltello concentrate intorno al colletto. Qualcuno lo ha accoltellato, Petrosky, proprio nella zona del collo. Gli ha tagliato la gola. Un bambino di sette anni. Che tipo di mostro...»

La voce di Scott svanì nelle sue orecchie mentre immaginava Gregory Boyle, sette anni, che cercava di difendersi da un adulto armato di lama, il bambino che piangeva, urlava, la gola aperta... e poi era Julie, la gola squarciata da un'estremità all'altra come un sorriso spalancato sul suo collo pallido, l'odore di carne bruciata nelle sue narici. Non c'era aria. Ansimò.

«Stai bene?»

Allontanò il telefono dall'orecchio, tossì e si leccò le labbra, e forzò fuori: «Cos'altro?» Scott esitò un attimo, poi proseguì: «Due: Gregory era figlio di Ron Boyle, non di Mancebo. I risultati erano già nel sistema. Non c'è modo che siano sbagliati a meno che qualcuno non abbia hackerato il sistema, il che è praticamente impossibile».

«E tre?» Inspirò profondamente, costringendo i polmoni a gonfiarsi. Un altro vicolo cieco. C'erano notizie ancora peggiori che Scott aveva tenuto per ultime?

«Nessuna corrispondenza con le scarpe di nessuno dei ragazzi skater. Ho preso anche le scarpe di Stevie Boyle, giusto per sicurezza. I suoi genitori non erano affatto felici di rivedermi».

Il suo cuore era come un tamburo basso contro la gabbia toracica. «Forse avresti dovuto ricordare loro che starebbero ancora vivendo in un dannato hotel se tu non avessi i tamponi più veloci del West».

Scott rise. «Sai, ci ho provato, ma non riesco a fare il tipo del West. Troppo nerd per gli speroni».

«Mai troppo nerd, Scott». Il suo petto si rilassò. «Ma

dovrai far funzionare di nuovo il tuo fascino: ho bisogno di un altro favore». Petrosky lo mise al corrente dell'idea della cassetta postale.

«D'accordo, mi fermerò lì tra poco e riporterò tutto qui prima di andare a casa».

Petrosky lanciò uno sguardo alle finestre ma vide solo il riflesso dell'ufficio nel buio. Che ora era? E la linea era rimasta silenziosa. Petrosky stava per riattaccare quando il ragazzo si schiarì la gola. «Mio padre ha chiesto di te. Sei libero questa settimana?»

L'occhio di Petrosky ebbe un tic, il volto di Julie apparve e svanì. No, non libero questa settimana. «Questo caso mi sta prosciugando, Scott, ma andrò a trovare tuo padre una volta che si sarà concluso».

«Forse potresti solo prenderti una pausa di un'ora? Potreste ordinare la cena o qualcosa del genere».

Cena? George Scott era tutto patatine di maiale e partite di baseball, non chiacchiere inutili e cibo cinese d'asporto. Era una delle cose che Petrosky preferiva di lui. Petrosky lanciò un'occhiata alla sua partner, che fingeva ostinatamente di leggere un fascicolo alla sua scrivania. «Jackson ti ha messo su questa strada?» Lei non reagì al suo nome. Decisamente sospetto.

«Jackson? No, mio padre solo... sai com'è. Vuole vederti, ma è troppo orgoglioso per chiamare. E non può muoversi facilmente da solo. Ma posso portarlo io da te se vuoi. Anche stasera. Stai andando a casa presto, vero?»

Niente da fare. «Non ho tempo questa settimana, Scott. Fagli sapere che passerò da lui entro la fine del mese, va bene?»

Sperava che tra un paio di settimane sarebbe riuscito a mangiare una patatina di maiale senza sentire l'odore della carne carbonizzata di sua figlia.

Ma ne dubitava.

Petrosky si diresse verso casa con un peso sullo stomaco. Linda aveva chiamato tre volte nelle ultime due ore - le aveva mandate tutte alla segreteria telefonica.

Forse era uno stronzo. Forse doveva esserlo. È vero, tutto ciò che Linda voleva era compagnia, un po' di comprensione, qualcuno che le dicesse che sarebbe andato tutto bene. Ma preferiva essere uno stronzo piuttosto che un bugiardo.

Il primo negozio di alcolici passò in una nebbia, il vetro, persino le sbarre nere delle finestre riflettevano l'insegna al neon luminosa. La sua bocca si riempì di saliva mentre strappava un pacchetto di sigarette dal vano portaoggetti. Non l'aveva mai detto a nessuno che erano lì - dopotutto aveva smesso - ma stasera... non era mai stato così felice che le ragazze non le avessero trovate.

Il click dell'accendino era come musica, e il bruciore acre della prima boccata sembrava meno fumo e più il respiro caldo di un'amante. Delizioso. Una distrazione, ma non abbastanza. Le sue mani tremavano sul volante quando si fermò al semaforo a un miglio dall'ultimo negozio di alcolici. Solo a pochi minuti da casa. Che male poteva fare? Non è che il whisky potesse farlo sentire peggio di quanto già si sentisse.

Certo che può. Non ho ancora una pistola tra i denti.

Il semaforo cambiò. Tirò una boccata di fumo, cercando di ignorare la tensione nel petto, il modo in cui la gola gli prudeva dopo tanto tempo senza tabacco. Il modo in cui il suo cervello si rilassava facilmente nella piacevole nebbia della nicotina. *Se solo riuscissi a dormire, domani potrei fare meglio.* Solo un piccolo sorso, giusto un po' per smussare gli spigoli - se avesse bevuto abbastanza, avrebbe potuto mentire a Linda, e almeno uno di loro avrebbe potuto avere un po' di pace. Era la cosa decente da fare.

L'ultimo negozio di alcolici si avvicinava, luminoso, splendente, rosso e blu e verde. Avrebbe potuto benissimo avere un bersaglio sopra.

Frenò bruscamente, le nocche strette contro il volante, le gomme che stridevano sull'asfalto mentre svoltava nel parcheggio.

CAPITOLO 20

«Svegliati, vecchio bastardo. La Dogana e la Protezione delle Frontiere ci hanno risposto: nessuna traccia di Corey che abbia mai attraversato il confine, quindi o ha usato un passaporto falso, o è entrato nel bagagliaio di qualcuno».

«Mi hai svegliato per dirmi questo?» borbottò.

«No. Ti ho svegliato per dirti che le impronte digitali che Scott ha recuperato dalla cassetta delle lettere sono saltate fuori nel sistema».

Petrosky allontanò il telefono dall'orecchio, soffocò uno sbadiglio e trascinò i piedi dal divano del soggiorno al pavimento, mancando per un pelo la testa di Duke. Aveva rinunciato alla camera da letto intorno alle tre - per tutte quelle ore, la luce notturna di Julie gli aveva ammiccato, penetrando nel suo campo visivo anche dopo aver chiuso gli occhi, ricordandogli ciò che aveva perso. Che era colpa sua. Ma non era ancora riuscito a staccarla.

Lanciò un'occhiata alla bottiglia di Jack sul tavolino. *Ancora piena.* Ma aveva un peso che andava oltre i 1,7 litri di

169

liquore; poteva sentirlo sulla pelle, una vibrazione bassa e insistente che rendeva tutta la stanza più pesante.

«Hai sentito quello che ho detto?»

«Sì, sì, aspetta». Petrosky si spinse in piedi, instabile, ogni muscolo dolorante, la pelle che bruciava intorno alla vita dei jeans. Si diresse verso la lavanderia. «Quindi Scott ha trovato impronte utilizzabili. Il ragazzo è una star». La sua lingua era coperta di peluria cotonosa.

«Già. Il problema più grande è stato cercare di escludere tutte le impronte casuali - ci sono volute ore. Quello che ha ottenuto era un po' degradato, ma si è fermato una volta che ha avuto un buon indice di un uomo che assomiglia proprio al nostro sospetto».

«Quindi, dove si trova il nostro tizio adesso?» Petrosky frugò nel cesto della biancheria pulita per - *eccola*. Si infilò una maglietta nera sbiadita sulla testa e si guardò intorno in cerca di una giacca o una felpa. *Fa lo stesso*. «Non dirmi - sta scontando l'ergastolo senza condizionale in qualche penitenziario e non potrebbe assolutamente essere il nostro assassino».

«No. Il nostro tizio, il cui vero nome è Jemond Roux, è stato fermato venerdì scorso giù a Toledo per eccesso di velocità - andava a venti miglia oltre il limite verso sud lo stesso giorno in cui abbiamo trovato Corey appeso al soffitto dei Boyle».

Petrosky si fermò nella sua ricerca di vestiti. «Beccato per eccesso di velocità, eh? Doveva avere una gran fretta».

«Sicuramente: guida spericolata. Ma sono state le sue impronte a fregarlo. È anche ricercato nel Maryland per frode ai danni della previdenza sociale; hanno preso le sue impronte da una casella postale dove riscuoteva gli assegni di invalidità di un morto. Deve essere stato in viaggio negli Stati Uniti per le sue truffe mentre viveva con Rosalie e Corey in Canada - il procuratore distrettuale del Maryland pensa di averlo incastrato per una dozzina di capi d'accusa là, calcola che Roux sconterà quindici anni se lo condannano».

Petrosky afferrò un blazer blu dal retro della porta della lavanderia e se lo infilò. «Andiamo a parlare con quel pezzo di merda scopracapre». Toledo era a solo un'ora di distanza, e avevano prove che collegavano Roux alla loro vittima e alla scena del crimine. Quest'uomo che aveva fratturato il cranio di Rosalie Gagnon, che probabilmente aveva picchiato Corey fino a ridurlo in fin di vita - il povero ragazzo probabilmente aveva avuto paura di questo bastardo fino al giorno in cui qualcuno lo ha finito.

Il viaggio fino a Toledo durò cinquantasei minuti, e ci volle un'altra ora per avere a che fare con le detective che stavano lavorando al caso di frode, due donne indurite con chignon e tailleur che probabilmente non usavano il rossetto se non per testarlo per il DNA. Quando il fior fiore dell'Ohio finì di interrogare Petrosky e Jackson, lui era ancora più esausto di quanto non fosse stato la notte prima.

Ma si svegliò quando entrarono nella sala interrogatori.

Nel momento in cui Petrosky posò gli occhi su Jemond Roux, i peli sulla nuca gli si rizzarono, fremendo con quell'energia fredda e nervosa che sentiva sempre intorno a qualcuno a cui non importava un fico secco se le persone vicine a lui vivessero o morissero. Barba nera folta, come aveva detto Corey, spalle da boscaiolo, testa rasata e unta che brillava sotto le luci: niente a che vedere con il tipo molto più magro e molto più peloso della foto sulla patente, eccetto per gli occhi spenti. Roux era uno psicopatico di sangue freddo. Ma l'uomo sapeva di essere in trap-

MEGHAN O'FLYNN

pola, e i detective che sicuramente li stavano osservando in quel momento da dietro lo specchio unidirezionale avevano già ottenuto una confessione e un accordo dal procuratore distrettuale del Maryland. Molte cose possono accadere in cinquantasei minuti.

Roux si appoggiò allo schienale della sedia, con le braccia incrociate - piuttosto sicuro di sé per uno che sapeva già che sarebbe finito in prigione. «Quindi ho preso i numeri di previdenza sociale di alcune persone, mi avete beccato. Cos'altro volete?»

Petrosky sorrise in un modo che sperava sembrasse predatorio. «Voglio sapere se hai venduto un numero di previdenza sociale a Corey Gagnon.»

Arricciò il naso come se avesse sentito un cattivo odore. «Ora, *questo* non è nel mio curriculum criminale.»

«Voglio solo sapere se l'hai fatto, Roux. Non m'interessa incriminarti per questo.» *Perché finirai dentro per omicidio di primo grado.*

«I miei avvocati dicono che è una pessima idea ammettere cose che non hai fatto.» La sua voce era viscida come un sacchetto dell'immondizia oleoso.

«È un'idea peggiore mentire alla polizia», disse Jackson. E sapevano che il tipo non aveva chiamato un avvocato - stava scommettendo sulla propria intelligenza per tirarsi fuori da questa situazione, il che era un'idea terribile. Per lui, comunque.

Petrosky resistette all'impulso di guardare verso lo specchio unidirezionale. Poteva quasi sentire gli occhi dei detective che gli trapassavano il viso, e se questo stronzo avesse chiesto il suo avvocato ora... Petrosky strinse i pugni e nascose le mani sotto il tavolo.

«Ripartiamo da capo, signor Roux.» Jackson sorrise, ma non era un sorriso amichevole - era il suo sorriso da mentimi-e-ti-faccio-a-pezzi. «Sappiamo che vivevi con

Corey in Canada. Sappiamo che sei sparito dopo la morte di sua madre. Forse te la ricordi? Rosalie Gagnon?»

Lui socchiuse gli occhi, anche se il suo sguardo brillava di riconoscimento. «Mi suona familiare, ma potrei aver bisogno di un piccolo rinfresco.»

Falso.

Jackson estrasse due fogli dalla sua cartella: Corey che fissava dalla foto della sua patente, e un'altra della patente di Rosalie Gagnon che i Mounties avevano inviato via fax - capelli crespi color topo, cicatrici d'acne, occhi marroni incavati. Jackson le dispose fianco a fianco sul piano di legno del tavolo.

Roux diede un'occhiata alle foto, ma quando alzò la testa, mantenne lo sguardo fisso su Petrosky. «Non la vedo da anni». Un tic gli contrasse l'angolo del labbro.

«Vuoi dire dal giorno in cui l'hai uccisa», disse Petrosky.

«Oh, quasi mi hai fregato». Roux si leccò i denti come un vampiro che cerca di decidere se sono abbastanza affilati per tagliare la carne. «Non ero nemmeno lì quella notte. Puoi chiedere a chiunque».

Jackson scosse la testa. «Sei una merda, Roux, ma non siamo qui per Rosalie. Siamo qui per Gregory».

Roux socchiuse gli occhi. «Gregory? Chi è Gregory?»

«Non è questo Gregory Boyle?» Jackson estrasse una terza foto dalla cartella - Corey morto su un tavolo nell'ufficio di Woolverton. La fece scivolare sul tavolo. «Lo conoscevi prima che cambiasse nome. Conosci molte persone prima che inizino a pasticciare con le loro identità, vero?»

Roux diede appena un'occhiata alla foto. «Qualcuno ha ucciso quel pezzo di merda?» Aggrottò la fronte, ma i suoi occhi non cambiarono - nessun rimorso e, cosa più importante, nessuna sorpresa.

«Qualcuno l'ha fatto», disse Jackson, con voce bassa e

pericolosa. «Forse qualcuno in questa stanza, che ne pensi?»

«Assolutamente no». Scosse la testa. «Voglio dire, non mi piaceva quel piccolo stronzo, ma non gli avrei fatto del male».

Ma gli aveva fatto del male. Forse avrebbero dovuto tirar fuori le immagini della carne contusa di Corey. Il suo naso rotto. «Avevi una gran fretta di allontanarti dal Michigan la notte in cui è morto».

«Non stavo cercando di scappare da niente. Stavo andando a trovare la mia ragazza».

Jackson: «Come si chiama?»

«Candy».

Petrosky sbuffò. «Credo di conoscere sua sorella. Cinnamon, ma con la *S*, giusto?»

Il viso di Roux era scolpito nella pietra, immobile se non per il pericoloso luccichio nei suoi occhi. Petrosky lo fissò.

«Hai un numero di telefono per Candy?» disse Jackson, con la penna sospesa sopra il fascicolo del caso.

«No». Roux stava fissando Jackson - non le avrebbe detto un cazzo. Era un razzista, un misogino o odiava semplicemente i poliziotti? In ogni caso, Petrosky voleva dargli un calcio nel culo.

Jackson posò la penna sul tavolo e si appoggiò allo schienale della sedia, osservandolo con calma. «Indirizzo?»

«So com'è fatta casa sua».

«E dove si troverebbe esattamente questa casa?»

«Tennessee. Sulle montagne». Fece l'occhiolino a Jackson. *L'occhiolino.* «Non credo nemmeno che abbia una cassetta della posta per l'indirizzo».

«Comodo per te».

Petrosky sbuffò. Non stavano andando da nessuna parte, e non era come se Candy, se esisteva, fosse in combutta con questo stronzo. Probabilmente. «Quando hai visto Corey l'ultima volta?»

«Due anni fa. Pochi giorni prima che scappasse».

«Risposta sbagliata, Roux». Petrosky estrasse un foglio dalla cartella e lo fece scivolare sul tavolo insieme a una foto della cassetta della posta dei Boyle - ora sul tavolo d'esame di Scott.

Roux si leccò nervosamente le labbra, come un formichiere che saggia il terreno in cerca di cena.

«Indovina le impronte di chi sono state trovate ovunque sulla cassetta delle lettere della casa in cui Corey ha vissuto negli ultimi due anni?»

Lui alzò le spalle, ma i suoi occhi avevano ora una ferocia più amara: modalità difensiva. *Proprio dove ti volevo, stronzo.*

«Abbiamo anche alcune persone che possono collocarti allo skate park dove ti sei incontrato con Corey». Questa era un'esagerazione: non erano del tutto sicuri che fosse lui dalla vaga descrizione di Beef, e non avevano ancora avuto il tempo di tornare a chiedere. Ma dal modo in cui la mascella di Roux si irrigidì, Petrosky aveva indovinato. «Quindi ora, invece di essere accusato di frode, sarai accusato di omicidio di primo grado».

Roux ridacchiò, ma era forzato. «Non potete provare nulla. E questo è un abuso».

Abuso? Era per questo che non aveva chiamato il suo avvocato, pensando di poter ingannare un giudice facendogli credere che la sua confessione fosse stata estorta? Ma Petrosky sapeva bene di non doversi preoccupare di questo: le signore fuori stavano sicuramente registrando.

«Ti sbagli, Roux. Su entrambi i fronti. Anche se pensi di essere stato attento qui, non sei stato perfetto, come dovrebbero ricordarti le impronte digitali sparse su tutta la dannata cassetta delle lettere». Ma il loro assassino... era prudente, no? Petrosky mise da parte quel pensiero. «Abbiamo parlato anche con il medico legale in Canada. Sai cosa ci hanno detto? Che il cranio di Rosalie era fratturato in due punti insieme all'osso ioide: probabilmente avevi le dita intorno alla sua gola, eh?» Anche questo non era vero: sì, aveva dei lividi intorno al collo, ma nessun osso rotto oltre alla frattura del cranio. Le sue ferite non l'avrebbero uccisa, motivo per cui non c'era stata un'indagine, non senza un testimone che potesse accusarlo: non avrebbero mai ottenuto una condanna. Ma questo tizio non era rimasto in giro per scoprire se stesse bene. Probabilmente non sapeva il danno che aveva causato. O non gli importava.

Roux incrociò le braccia.

Pensi di potermi fissare? Petrosky sostenne il suo sguardo. «Lo sai che possono abbinare un'impronta della mano dalle dimensioni e dalla forma dei lividi?»

La bocca di Roux ebbe un altro spasmo insieme agli angoli degli occhi, movimenti minuscoli, ma decisamente presenti: stava cercando di decidere se credere a Petrosky? Non avrebbe dovuto: era per lo più una stronzata, ma Petrosky era un bugiardo migliore di Roux. Anche se non poteva, o non voleva, mentire a Linda.

È ora di concludere. «Ancora più rivelatori sono le dichiarazioni dei testimoni dei vicini nell'edificio di Rosalie. Vuoi provare a indovinare cosa hanno detto?»

Le narici di Roux si dilatarono, la sua bocca era una singola linea esangue, troppo tesa ora per contrarsi.

Petrosky sorrise. «I canadesi ti rivogliono indietro, Roux. Hanno intenzione di metterti sotto processo lassù nel momento in cui finirai di scontare la tua pena qui. Non potrai nemmeno contare i tuoi anni in Maryland come tempo già scontato. Sconterai qualunque accordo di merda hai ottenuto in Maryland più qualsiasi cosa ti appioppino in Vermont, e poi tornerai a casa per essere rinchiuso per il resto della tua vita naturale con quella stronzata dei venticinque anni obbligatori che fanno i canadesi».

Roux deglutì a fatica.

«A meno che non faccia una telefonata». Petrosky si sporse verso l'uomo dall'altra parte del tavolo, il legno molto più caldo dell'acciaio inossidabile del distretto di Ash Park, o forse era il suo sangue che bruciava nelle vene, ribollendo sempre più mentre si avvicinava allo stronzo spietato di fronte a lui. «Sto cercando di risolvere l'omicidio di Corey. Aiutami a farlo, e forse possiamo convincere i canadesi che Rosalie è stato un incidente, vedere se puoi ottenere un po' di clemenza. Forse lassù ti crederebbero davvero, gentili bastardi come sono».

Roux si leccò le labbra, gli occhi che scivolavano sul viso di Petrosky, poi su quello di Jackson. Infine, sospirò e lasciò cadere le braccia ai lati della sedia. «Va bene, d'accordo. Gli ho lasciato un biglietto mercoledì, e dovevamo incontrarci al parco la sera in cui è morto, ma non si è mai presentato».

Questo spiegava perché c'erano impronte da recuperare. «Sei andato a vedere cosa gli fosse successo?»

Roux scosse la testa. «Non sono un idiota».

«Non ne sono convinto, Roux».

«Perché ci sarei dovuto andare? Avrei rischiato che qualcuno mi vedesse. E quando ho sentito cosa era successo al telegiornale, sono scappato, volevo mettere più distanza possibile tra me e lui».

«Perché hai pensato che saresti stato un sospettato», disse Jackson.

Roux scrollò le spalle. Su questo, almeno, sembrava sincero.

«Quando hai incontrato Corey per la prima volta?» chiese Petrosky.

«Circa... un anno fa, credo. Gli ho lasciato un messaggio, l'ho incontrato al parco». Questo si adattava alla cronologia, quando Corey aveva iniziato a comportarsi male.

«E perché hai organizzato questo incontro?»

«Mi sono preso cura di quel ragazzo per tutta la sua vita». Roux rise, un suono insipido e senza umorismo. «Sua madre non valeva un cazzo, sempre fuori di testa per la droga, non lo *nutriva* nemmeno. L'unico motivo per cui era vivo era grazie a me». Tirò su col naso e incrociò di nuovo le braccia. «L'ho visto al telegiornale, quella gente che piangeva per lui, lo abbracciava... Ho pensato che avesse un buon posto qui, doveva ricambiare il favore».

«Quindi un po' di ricatto, eh?» Non lontano dallo schema della previdenza sociale per cui lo stronzo stava andando in galera.

Il viso di Roux non cambiò espressione. «Gli ho solo ricordato che era importante aiutare il suo vecchio. Anche se non poteva tirar fuori più di un paio di centinaia qui e là, presto avrebbe avuto un sacco di soldi una volta uscito quel libro».

Un centinaio qui e là: ecco perché rubava i soldi dalla borsa di Adrian.

«Ma non eri davvero suo padre, vero?» disse Jackson.

«Ero il più vicino che avesse».

Jackson si sporse in avanti sulla sedia, i gomiti sul tavolo, gli occhi fissi su Roux. «Questo significa che avevi il diritto di picchiarlo? Di rompergli le costole?»

Arricciò il naso. «Non è illegale dare una sculacciata a un bambino. E Dio sa che quel ragazzo ne aveva bisogno».

«Penso che lasceremo a lei e al suo avvocato preoccuparsi di questo, signor Roux». La voce di Jackson era diventata pericolosamente bassa: probabilmente stava cercando di trattenersi dal prendere a calci questo stronzo nelle palle tanto quanto Petrosky. «Ha un alibi per giovedì notte fino a venerdì mattina? Intorno a mezzanotte?»

Lui aggrottò la fronte. «Ero fuori a bere». Ma la sua pelle era diventata cerosa.

«Qualcuno che possa confermare questa storia?»

«Beh... avevo una compagnia femminile».

«Avremo bisogno del suo nome e dei suoi contatti», disse Jackson.

«Non siamo mai arrivati a... le formalità. Ma ci siamo incontrati in un bar nella zona ovest. Il Cervo Maldestro».

Petrosky lo conosceva: un buco di taverna se mai ce ne fosse stata una. Potevano controllare le telecamere di sicurezza e parlare con il barista, ma Petrosky aveva la sensazione che se questo idiota avesse ucciso Corey, avrebbe tirato fuori un alibi più velocemente di quanto potesse dire "Sono un fottuto coglione". Ma non era l'unico motivo. Roux si considerava un uomo d'affari. E i morti non potevano pagare il ricatto. Inoltre, le scarpe: taglia 39. Questo tizio che sembrava un boscaiolo non ci si avvicinava nemmeno, e sicuramente non avrebbe avuto bisogno di un divano come leva per sollevare il corpo di Corey.

Jackson scosse la testa. «Deve fare di meglio, Roux».

«È lì che ero! Non posso mica mentirvi, no?»

«Il miglior alibi è dirci chi altro potrebbe averlo fatto», disse Petrosky. «Lei conosceva Corey meglio di chiunque altro, conosceva la sua vera storia. Chi altro potrebbe avercela avuta con lui?»

«Forse il ragazzo che avrebbe dovuto vivere lì. Perché non lo chiedete a lui?»

Il mondo si fermò. «Sta parlando di Gregory Boyle?»

«Sì, quel ragazzo. Forse era arrabbiato perché Corey si era intrufolato lì e stava vivendo la vita che avrebbe dovuto avere lui. Se fossi quel ragazzo, sarei incazzato nero che qualcuno si fosse preso la mia famiglia».

Se Gregory era incazzato, era perché la sua carne era stata mangiata dai ratti nella discarica. Ma Roux chiaramente non lo sapeva. «Gregory non aveva bisogno di essere geloso, Roux. Avrebbe potuto tornare a casa in qualsiasi momento».

Roux scrollò le spalle.

«Sa qualcosa di Gregory Boyle?» insistette Jackson.

Roux scosse la testa. «Ho già abbastanza casini di cui preoccuparmi. Ma Corey sapeva molto di quel ragazzo. Diceva che qualcuno gli aveva raccontato tutto sul ragazzo che stava fingendo di essere, che lo avevano aiutato a far sembrare tutto perfetto... immagino che conoscessero Gregory molto bene. Corey è rimasto con loro qui per un po' prima di andare a vivere con quella famiglia, ma non so dove».

Quindi qualcuno *lo aveva* aiutato. E non era la madre biologica di Corey, che cercava di proteggere suo figlio: era morta prima che lui lasciasse il Canada. Chi altro c'era? Chi altro poteva avere interesse a mandare un impostore nella casa dei Boyle? Il rapitore avrebbe sicuramente conosciuto Gregory, ma perché mandare Corey al suo posto quando la sua sola presenza avrebbe attirato un'attenzione indesiderata su un caso altrimenti archiviato? «Ha mai visto questa persona misteriosa? Quella che ha aiutato Corey ad entrare nella famiglia Boyle?»

«Nah».

«Uomo? Donna?»

«Non l'ha mai detto» Roux scrollò le spalle. «Ha solo detto che qualcuno l'aveva aiutato e di non preoccuparmi. Cosa che non ho fatto, finché mi pagava.» Su questo, Petrosky gli credeva. La frode non era la stessa cosa del rapimento, e Gregory era stato manipolato, costretto a scappare, non preso a calci nelle costole finché non avesse acconsentito. Roux non era versato nell'arte della finezza.

Roux socchiuse gli occhi. «Posso tornare nella mia cella ora? Sto iniziando a stancarmi, e credo di avervi dato più che abbastanza per meritarmi un trattamento migliore.» Sorrise. *Bastardo presuntuoso.* Non era mai stato arrestato prima - fortunatamente per lui - ma sfortunatamente, non conosceva le regole del gioco come la maggior parte dei criminali incalliti.

«Ancora una cosa, Roux.» Petrosky si alzò, e Jackson spinse indietro la sedia accanto a lui. «Sai qual è la pena per aver collaborato a un piano come quello di cui Corey faceva parte? Ingannare la famiglia per tutti quegli anni, facendoci smettere di cercare il vero Gregory Boyle?»

Il sorriso di Roux vacillò. Si raddrizzò, le narici dilatate. «Ehi, dove state andando? Mi avevate promesso un accordo!»

Petrosky si voltò con la mano sulla maniglia. «Ho detto che ti avrebbe aiutato se avessi fatto una telefonata. Non ho detto che l'avrei fatta. Sarà un freddo giorno all'inferno prima che ti lascino uscire.» Peccato che quello stronzo non avesse ottenuto nulla per iscritto, né avesse chiamato il suo avvocato - era abbastanza narcisista da credere di essere più intelligente della polizia. E Petrosky avrebbe fatto tutto ciò che era in suo potere per assicurarsi che Roux non vedesse mai più la luce del sole.

CAPITOLO 21

«Maledizione, speravo davvero fosse lui». Jackson sbatté il palmo contro il volante con abbastanza forza da far trasalire Petrosky. *Anch'io.* Avrebbero controllato il suo alibi, ma l'unico modo per Roux di farsi pagare era mantenere Corey vivo, e Corey aveva ancora più da perdere di Roux se lo avesse smascherato - non che Corey lo avrebbe denunciato.

«Ma quello che ha detto; Corey che ha saputo di Gregory da qualcun altro...» Petrosky riusciva a pensare a un solo motivo per tentare qualcosa di così folle, così disperato. «E se chi ha rapito Gregory avesse bisogno che tutti smettessero di cercare, così hanno deciso di mettere qualcuno al posto di Gregory? Il nostro caso si era raffreddato, ma Mancebo stava ancora indagando in giro. Forse il rapitore si è innervosito o si è stancato di aspettare di essere catturato». Dopotutto, non era solo un rapimento: Gregory era stato pugnalato al collo, dissanguato. «Stanno cercando di farla franca con l'omicidio».

Jackson tolse una mano dal volante e la scosse, presumibilmente per alleviare il bruciore nel palmo. «Quindi pensi che il rapitore viva in Canada, forse conosceva Corey lassù, abbastanza da vedere che aveva bisogno di uscirne? E la morte di sua madre è stata l'occasione perfetta per mettere in atto il loro piano».

«Forse, ma il rapitore ha trascorso del tempo anche in Michigan, per preparare Gregory alla fuga». Aggrottò la fronte guardando il marciapiede, il cemento che sfrecciava in una scia di grigio sporco. «Forse sono andati in Canada specificamente per trovare un sostituto. I nostri fascicoli della polizia non si sovrappongono, e nemmeno le nostre notizie, non veramente. Sarebbe più sicuro prendere un ragazzo impostore da fuori stato, e fuori dal paese è mille volte meglio se vuoi assicurarti che il tuo segreto rimanga al sicuro».

«Sì, finché Roux non si è presentato chiedendo un'elemosina».

Il marciapiede aveva lasciato il posto ai muri di cemento altrettanto tetri dell'autostrada; persino il sole era nebbioso oggi, una tinta gialla sporca che colorava i paraurti come una pellicola di plastica itterica. «E una volta che Roux è entrato in scena, hanno capito che la loro copertura era saltata. Potevano o sperare in Dio che Roux non spifferasse - il che è una scommessa terribile - o sbarazzarsi delle prove. Sbarazzarsi di Corey. Forse si sarebbero sbarazzati anche di Roux, se fossero riusciti a trovarlo. La sua sfilza di nomi falsi potrebbe essere l'unico motivo per cui respira ancora». *Che peccato.*

Lei annuì, pensierosa. «Ma questo presuppone che il rapitore fosse ancora in contatto con Corey. Che in qualche modo abbiano scoperto che Roux lo stava ricattando». Le dita di Jackson tamburellavano sul volante: *tap, tap, tap, tap, tap.* Il sibilo degli pneumatici sull'asfalto grattava sui timpani di Petrosky. Estrasse una sigaretta dal pacchetto.

«Non c'è nessuna dannata possibilità che tu lo faccia qui dentro». Aggrottò la fronte. «Da quando hai ricominciato a fumare?»

«Da sempre».

«Smettila di fare lo stronzo, Petrosky».

«Va bene. Ma sembra che tu ne abbia bisogno più di me». Accennò alle sue dita tamburellanti, ma rimise la sigaretta nel pacchetto, il tabacco secco che gli pizzicava le narici. Lei gli lanciò un'occhiataccia.

Deglutì con difficoltà. «Non sappiamo se il rapitore fosse a conoscenza di Roux», disse. «Potrebbe essere stata l'instabilità di Corey a renderli ansiosi di eliminarlo». Ma c'era qualcosa che non quadrava. «Uccidere il ragazzo, però... richiama più attenzione su tutto».

«Motivo in più per essere cauti: si sono dati molto da fare per farlo sembrare un suicidio». *Toc, toc, toc, toc, toc.*

E forse uccidere Corey faceva parte del piano fin dall'inizio: era l'ultimo capo sciolto. Tranne Mancebo. Il rapitore non doveva sapere che Adrian e Mancebo erano consapevoli che Corey non era un Boyle. E in realtà, se non fosse stato per Woolverton, il mondo avrebbe pensato che Gregory Boyle fosse nella tomba di famiglia. Nessun motivo di cercare nella discarica o altrove.

Jackson fissava la strada, le dita che lavoravano senza sosta sul volante. «Ti ricordi cosa ha detto Stevie? Che Gregory era scappato per stare da un amico?» *Toc, toc, toc, toc, toc.*

Petrosky annuì. Ecco perché avevano pensato che fosse stato preso da qualcuno che conosceva, qualcuno che gli si era avvicinato.

Il silenzio riempì l'auto e si strinse intorno alle costole di Petrosky. Le mani tamburellanti di Jackson si fermarono. «E se... e se fosse come il caso Ponce? Te lo ricordi? Credo fosse di Decantor».

Petrosky fissò il cruscotto. Aveva pensato la stessa cosa l'altro giorno, e il fatto che anche Jackson avesse percepito la somiglianza gli fece formicolare la base della spina dorsale e gli fece venire la pelle d'oca. Il caso Ponce era stato un terribile esercizio di brutalità. Il rapitore aveva adescato ragazze giovani, una alla volta, poi le aveva rapite e rinchiuse in casa sua. Ogni volta che una vittima non gli serviva più, o iniziava ad annoiarlo, Ponce la strangolava e seppelliva il corpo nel terreno compatto del suo seminterrato. Ma non prima di aver portato ogni ragazza in un'ultima uscita: per incontrare la sua sostituta.

«Stai pensando al ragazzo sul sedile posteriore...»

Jackson scrollò le spalle. «Non so cosa pensare. Il sangue di Gregory su quella maglietta, la sua borsa... forse ha lottato e hanno dovuto sbarazzarsi di lui prima del previsto. Ma non porti un altro ragazzo a un rapimento, o a incontrare una futura vittima, senza un motivo».

Annuì. Che l'altro ragazzo fosse stato sul sedile posteriore di quell'auto come esca o per trattenere Gregory, aveva uno scopo per il rapitore. Ma chi era l'altro bambino? Un'altra vittima di rapimento? «I detective originali hanno esaminato altri rapimenti nella zona. Se solo ne avessero trovati».

«Beh, sì. Ma credo sia una buona scommessa. C'è un livello di pianificazione qui che fa pensare che non fosse la prima volta. Ma forse non era etichettato come rapimento: i detective del caso Boyle hanno esaminato solo i rapimenti, ma non sapevano che Gregory era scappato».

«Quindi, esamineremo i casi di fughe». Il ronzio dei pneumatici coprì il resto dei suoi pensieri, tranne il suo fastidioso bisogno di fumare. Afferrò la maniglia della portiera e si appoggiò allo schienale del sedile.

Annuì lentamente, con gli occhi ancora fissi sulla strada. «Dovremmo parlare con il dottor McCallum,

Petrosky. Potremmo usare il parere di uno psicologo su questa faccenda».

Lui scosse la testa. «Abbiamo già parlato con lo strizza-cervelli della scuola. E sappiamo abbastanza sui rapitori, Jackson, vediamo queste stronzate in continuazione».

Lei lo guardò con occhi socchiusi, sospettosa? Ma sembrò ripensarci prima di discutere, perché disse: «Anche così, tutto quello che sappiamo sono generalità». Alzò un dito. «Il rapitore è molto probabilmente un uomo». Un altro dito. «Più di tre quarti delle vittime di rapimento sono morte entro tre ore». Abbassò la mano. «Questo non è un caso di riscatto, quindi ci sono altre motivazioni: potrebbe essere una situazione di pedofilia per Gregory, poi una situazione di eliminazione delle prove per Corey, se abbiamo ragione sul fatto che siano collegati».

«Non abbiamo abbastanza elementi perché McCallum possa aiutarci. È bravo a fare ipotesi, ma...»

«Cosa pensi che stiamo facendo noi? Speculare, fare ipotesi educate, è quello che facciamo noi, ed è quello che fa lui... e lui ha più istruzione del tuo povero culo. E da quando in qua non vuoi...»

«D'accordo, sono uno che fa ipotesi». Il suo sorriso gli fece male al viso. Non voleva vedere McCallum. Non voleva che il dottore lo vedesse così, annusando tabacco secco per avere una dose, gli occhi ancora annebbiati dopo una notte passata a fissare una bottiglia. Il dottore aveva un modo di vedere attraverso le stronzate di Petrosky, e McCallum avrebbe insistito per farlo restare a chiacchie-rare dopo il profilo, forse persino toglierlo dalla strada finché non si fosse "rimesso sotto controllo". *Scordatelo*. Petrosky aveva già Jackson che gli stava col fiato sul collo. E Scott. Linda. Persino Shannon ci stava provando, ma per lei era più difficile da Atlanta. E andare a una seduta di terapia o a un dannato incontro degli AA non avrebbe reso Julie meno morta.

«Ho un tizio», disse Petrosky.

Le sue sopracciglia schizzarono in alto. «Oltre a McCallum?»

«McCallum è occupato questa settimana. Vacanza».

Lei aggrottò le sopracciglia.

«Fidati di me, okay?»

Lei incontrò i suoi occhi. E annuì.

Il video era sfocato, ma Petrosky poteva ancora vedere il ghiaccio nello sguardo dell'uomo, il luccichio del bianco dei suoi denti come un predatore schiumante prima di uccidere. Che era esattamente ciò che Ponce era. Il solo guardare quel tizio faceva rizzare i peli minuscoli tra le scapole di Petrosky, e stava solo guardando uno schermo.

Decantor, più giovane di anni ma altrettanto robusto, sedeva al tavolo di acciaio inossidabile di fronte all'assassino, con le spalle rigide, le grandi mani ferme: nessun sorriso facile o battute sulle Kardashian sarebbero accadute in quella stanza. Solo la cattiveria del poliziotto cattivo.

Le manette ai polsi di Ponce brillavano sotto le luci fluorescenti accecanti. Ponce era minuscolo accanto alla mole di Decantor, con i capelli ondulati biondo cenere, il viso lungo e sottile di un elfo e le manine nervose che avevano fatto così tanto danno. Un uomo a cui nessuna donna avrebbe dato una seconda occhiata in un bar: tipico dei pedofili. Merda, forse avevano davvero a che fare con un uomo piccolo, uno che aveva deciso di prendere ciò che voleva dai bambini dato che nessuna donna lo avrebbe voluto. Bambini che non sarebbero stati in grado di respingerlo. Decantor aprì il fascicolo davanti a sé e dispose le foto sul tavolo. In una, la terra si spargeva attorno a timide ossa bianche e un pezzo di vestito ammuffito, il cranio un guscio ingiallito. Un'altra mostrava più terra, più ossa, l'orlo di un vestito rosa con fiori bianchi ancora intatto. Decantor tenne gli occhi fissi su Ponce.

Di solito, i colpevoli distoglievano lo sguardo dalle prove, se non altro per evitare sospetti, ma Ponce fissava le foto con interesse evidente, le labbra che si sollevavano agli angoli, lo sguardo che si illuminava in un modo che non aveva fatto finora. Decantor posò l'ultima immagine lucida sul tavolo di acciaio inossidabile. Tutte le ragazze di cui erano a conoscenza, tutte in vari stadi di decomposizione, tutte estratte dalla terra compatta sotto il pavimento della cantina di Ponce. Per lo più ossa, ma l'ultima bambina, la più grande, la più fresca, era un ammasso di carne gonfia e lucida e le ferite spalancate di un lebbroso.

«Incantevoli, non è vero?» La voce di Ponce era setosa, morbida, come quella di un cantante da lounge o di un pastore alla messa domenicale. Sarebbe stato facile per quei poveri bambini fidarsi di lui.

La bile salì alla gola di Petrosky.

«Difficile dirlo ora, Ponce. Ma erano certamente incantevoli in vita». Ora Decantor tirò fuori nuove foto: immagini scolastiche piene di volti sorridenti e felici, tutti con lunghi capelli castani, grandi occhi azzurri, labbra rosa. *Le labbra di Julie, le sue labbra blu, morte.* Ognuna di queste ragazze avrebbe potuto essere sua sorella.

«Sono così felice che tu sia d'accordo». Ponce sorrise, le luci che brillavano sui suoi denti affilati. «Un genitore ama sentirlo dire».

«Conoscevi i loro genitori? Perché io sì. Li ho incontrati tutti».

Il sorriso dell'uomo vacillò e quando parlò di nuovo, la

sua voce era più alta, tesa. «Io ero il loro padre. Avevano tutte bisogno di un padre».

«Sì, molto paterno». Decantor toccò la foto della ragazza morta con le ferite spalancate, la pelle che si staccava dalle ossa come grasso di pollo scartato. Ponce seguì il suo dito, poi alzò la propria mano, le manette che tintinnavano contro il tavolo, e toccò l'immagine, accarezzando la sua guancia. Quante volte l'aveva fatto alla sua pelle fredda prima di metterla sotto terra?

«I posti da cui venivano... quegli uomini non meritavano di avere queste ragazze».

Non meritavano di avere queste ragazze. Il cuore di Petrosky si strinse. Lui non aveva meritato sua figlia, non aveva meritato nulla di buono che gli fosse capitato. E ora non gli era rimasto niente.

«Ti dicevano quanto ti amavano mentre le strangolavi a morte? Te lo gracchiavano mentre stringevi quella cintura intorno alle loro gole?»

Ponce sbatté le palpebre. «Stavano soffrendo. Le ho aiutate a lasciarsi andare nel modo più pacifico possibile». La voce era di nuovo bassa, la voce di un uomo che credeva fermamente in ciò che stava dicendo, lo credeva con tale convinzione che non aveva bisogno di alzare la voce di un solo decibel. E il modo in cui parlava, quel timbro morbido, calmo e determinato, era così simile a quello dell'uomo che aveva ucciso la figlia di Petrosky che il suo cuore si strinse.

«Avresti potuto rimandarle a casa».

«Le ragazze hanno bisogno del loro padre. Altrimenti, il mondo è troppo spaventoso». E quello... era il movente. Il movente per Ponce allora, e per il loro assassino ora. Sia Gregory che Corey provenivano da case dove si erano sentiti, come minimo, non amati. Era così che il rapitore li stava scegliendo? I predatori erano bravi a individuare i bambini vulnerabili. Potevano fiutarlo come un profumo, un anelito salato-dolce di accettazione reso pesante dal muschio della disperazione.

«Li hai portati fuori nel mondo, però», disse Decantor. «Ma non li hai portati al centro commerciale o al cinema. Li hai portati a incontrare la tua prossima vittima. È così che hai fatto salire ogni nuova vittima in macchina, vero?»

Petrosky si sporse in avanti, scrutando lo schermo televisivo: il ragazzo che il testimone di Mancebo aveva visto in quella macchina blu. Era per questo che quel bambino era lì? Per Ponce, avere un'altra ragazza con sé faceva abbassare la guardia a ogni nuova vittima di rapimento. Non doveva nemmeno adescarle; Ponce non aveva alcun legame con le sue nuove vittime prima del giorno in cui le prelevava dalla strada.

Ponce abbassò lo sguardo sulle immagini ancora una volta e toccò l'orlo fiorito del vestito, poi tracciò quello che sembrava un femore sporco, i polsini che strisciavano contro il piano del tavolo come l'avvertimento frenetico di un serpente a sonagli arrabbiato. *Shhhht-shhht-shhht.* «Questa è una questione privata tra un padre e sua figlia».

«Cosa facevi, gli dicevi che le avresti lasciate andare se ti avessero procurato una nuova vittima?»

La testa di Ponce scattò di nuovo verso l'alto, ma i suoi occhi rimasero freddi, le dita sulla foto. «Non erano vittime. Volevano aiutarmi».

Questo stronzo delirante credeva davvero a quello che stava dicendo: che quelle ragazze volevano che lui fosse felice dopo che se ne fossero andate. Che volevano aiutarlo a scegliere la loro sostituta. Ma qualunque cosa avesse detto a quelle ragazze era irrilevante: c'erano molti modi per convincere un bambino ad aiutarti. Tutto quello che dovevi fare era mentire.

«Parlami del luogo di sepoltura», disse Decantor, con

un tono basso quanto quello di Ponce, ma molto più agitato, come se fosse a un passo dall'afferrare l'uomo per la gola. Forse lo era.

«Volevo seppellirle di nuovo fuori, ma non potevo sopportare l'idea, non potevo immaginare che fossero al freddo senza nessuno che le amasse. Senza di me».

«Cosa intendi con 'di nuovo', Ponce? Dove sono gli altri corpi?»

Ma Ponce non glielo avrebbe detto. Non l'aveva mai detto a nessuno. Quanti altri padri erano là fuori ad aspettare che le loro figlie tornassero a casa? Forse era meglio non saperlo. Non vedere le loro ossa. Non vedere il modo in cui questo stronzo accarezzava l'immagine del loro cadavere.

«Ponce!» Decantor sbatté le mani sul tavolo e si sporse in avanti, il naso quasi a toccare la fronte di Ponce, probabilmente sentendo l'odore del suo alito muschiato, dello shampoo in dotazione del carcere, il tanfo salato e acetoso del suo sudore. Quando Decantor parlò di nuovo, la sua voce era bassa e più minacciosa di quanto Petrosky l'avesse mai sentita. «Mi dirai cosa hai fatto a quelle ragazze, o sfogherò la mia frustrazione sul tuo pallido culo assassino».

Ponce sorrise.

Il nastro diventò nero.

CAPITOLO 22

«Sei stato qui tutta la notte?»

Petrosky alzò lo sguardo verso Jackson con occhi stanchi. «Sì, non riuscivo a dormire». *La bottiglia sul tavolino mi parlava anche qui, cercando di richiamarmi a casa.* Ma sapeva cosa sarebbe successo se fosse andato.

Jackson guardò accigliata il suo bicchiere di polistirolo mezzo pieno, con una dozzina di mozziconi di sigaretta che galleggiavano nell'ultimo caffè di ieri... o nel primo di stamattina. Aveva perso il conto. Posò un bicchiere di carta del Rita's sulla sua scrivania. «Immagino che avrai bisogno di questo». Diede un'occhiata alla sua camicia, fece una smorfia e si lasciò cadere sulla sedia di fronte a lui. Stava considerando cosa significasse quello sguardo quando lei disse: «Ora aggiornami».

«Aggiornarti? Tutto quello che devi sapere è che sarà impossibile». Dopo aver visto Decantor intervistare Satana Reincarnato, aveva passato la notte all'inferno, faticando tra anni di dati, con circa 1,6 milioni di bambini elencati come fuggitivi ogni anno. Anche dopo aver ristretto la ricerca a maschi con i capelli scuri, aveva ancora centinaia di migliaia di fuggitivi ogni anno da escludere. E c'erano più vittime di rapimento in questo caso; dovevano essercene di più, lo sentiva come un'anguilla che si contorceva nelle sue viscere. Il loro rapitore non era soddisfatto di un solo bambino rubato più di quanto lo fosse stato Ponce.

«Ho controllato anche gli omicidi di bambini», disse, «cercando di trovare connessioni, ma penso che sia meglio presumere che Gregory sia stato ferito perché non ha collaborato. Preparare un bambino per mesi solo per ucciderlo poche ore dopo non sembra giusto. Non che pensi che il nostro colpevole stia lasciando vivere qualcuno dei bambini, ma... un pianificatore, giusto? Non qualcuno che normalmente lascerebbe sangue su un marciapiede». Afferrò il suo caffè. Caldo e acido sulla lingua, ma lo assaporò appena.

«Questo mi ricorda: ho chiamato il capo per far venire dei cani da cadavere alla discarica», disse lei, osservandolo. «Vedremo come andrà a finire: per perlustrare un posto di quelle dimensioni, avremo bisogno di molto personale, quindi ci vorranno almeno due settimane per organizzarlo. Ma almeno i pezzi grossi sanno di Mancebo, sanno con cosa abbiamo a che fare. Lo accuseranno, ma ho detto al capo che probabilmente avresti voluto ammanettarlo tu stesso per aver nascosto prove».

Lui scrollò le spalle. «Non m'importa chi lo fa, purché riceva quello che si merita».

«Aspetta... davvero?» Si fermò, l'indice che tamburellava sul lato del suo bicchiere da asporto. Il silenzio si prolungò, poi: «Hai fatto progressi con il tuo nuovo contatto psichiatra?»

«Oh, era occupato ieri sera, ma ci andrò questa settimana». Petrosky si passò una mano sul viso, sentendo i suoi calli sulla barba ruvida, ora più morbida ora che i peli erano abbastanza lunghi da adagiarsi sulla pelle. La sua piccola bugia sullo psichiatra non importava: avevano cose più urgenti da fare che chiacchierare con uno psicologo. «Se crediamo al testimone di Mancebo, riguardo al bambino dall'aspetto simile sul sedile posteriore dell'auto con Gregory, sappiamo già che il rapitore ha un tipo».

«O i rapitori».

«Cosa?» Quando lei inarcò un sopracciglio, lui si corresse: «Certo, potrebbero essere più di una persona. Una coppia uomo-donna, o anche due uomini o due donne». Ma almeno uno di loro doveva essere una donna, un adolescente, o un uomo di piccola statura - un uomo come Ponce. Quest'ultima ipotesi lo spaventava di più, ma meno del cinque percento dei rapitori erano donne, e le donne quasi sempre rapivano neonati, di solito cercando di convincere un fidanzato a restare perché aveva dato alla luce il loro figlio, quel genere di stronzate. Sbatté le palpebre. Avrebbe voluto poter credere che fosse una donna - avrebbe aumentato le possibilità che eventuali altre vittime potessero essere trovate vive. In ogni caso, uomo o donna o entrambi, la loro migliore possibilità di chiudere il caso era se i sospetti l'avessero già fatto prima. I canadesi avrebbero dovuto avere presto più informazioni su Corey, ma al momento, il caso di Gregory era vecchio di sette anni e freddo come il ghiaccio. «Ho già esaminato i quattro anni precedenti e successivi alla scomparsa di Gregory Boyle», disse. «Ho iniziato con un raggio di otto chilometri. I bambini di sette anni scappati di casa come Gregory sono meno comuni, quindi ho iniziato da lì, e ho incrociato ogni caso, cercando somiglianze. Quasi tutti sono tornati a casa da soli o sono stati trovati con un familiare». E quelli che non erano tornati a casa erano stati trovati morti nel giro di settimane - nessuno di loro nascosto, nessuno nella spazzatura. «Solo due sono ancora scomparsi, ma non corrispondono al profilo fisico di Gregory Boyle o del ragazzo nell'auto». Buttò giù altro caffè - ancora caldo, che gli bruciava la gola - e quando il liquido amaro colpì la bile oleosa nel suo stomaco, si raddrizzò per paura che potesse risalire.

Jackson stava fissando il desktop. «Petrosky?»

Lui sbatté le palpebre, cercando di mettere a fuoco gli occhi - l'offuscamento si schiarì un po', ma non abbastanza. Il mondo era ancora nebbioso, come un sogno che si aggrappava ostinatamente alla sua coscienza. «Cosa?»

«Stiamo cercando casi di bambini di età simile, pensando che il rapitore abbia un tipo specifico. Ma se non fosse così?»

«Intendi dire che gli piacciono semplicemente i ragazzi giovani?» Ma il ragazzo nell'auto e Gregory Boyle, entrambi corrispondevano a un certo profilo - stessa età, capelli scuri, tutto quello. La coincidenza era solo una parola che la gente usava quando non riusciva a capire la connessione. E qui doveva esserci una connessione, doveva esserci.

I suoi occhi brillarono. «Stessa età. Ma non necessariamente entrambi rapiti a sette anni. Ricordi di cosa stavamo parlando ieri?»

«Abbiamo parlato di molte cose ier-»

«Di Ponce».

Diede un'occhiata allo schermo del computer, quasi certo che avrebbe visto il volto di Ponce fissarlo, occhi azzurri che brillavano sopra una pila di foto - immagini delle ragazze che aveva ucciso. «Sì, ricordo».

«Mi stava dando fastidio, quindi ho parlato con Decantor del caso ieri sera. Quattro ragazze, tutte prese a età diverse, progredendo negli anni, motivo per cui inizialmente non l'hanno collegato: prima, ha preso una bambina di quattro anni, l'anno successivo, una di cinque anni, due anni dopo, una di otto, ma sembrava più giovane. La bambina di otto anni è durata più a lungo; non ha preso un altro bambino fino a quando non ha rapito una bambina di dieci anni tre anni e mezzo dopo, ma lei è durata solo sei mesi».

Lo stomaco di Petrosky si contorceva, caldo e oleoso e nauseato. Aveva guardato quel video di Ponce perché stava pensando all'ipotesi della sostituzione, che l'altro bambino nell'auto potesse essere parte di un rituale del "nuova vittima" - che il suo corpo fosse anch'esso da qualche parte là fuori. Ma Ponce aveva avuto bisogno di aiuto perché era un tipo inquietante che non si preoccupava di adescare nessuno; il loro rapitore non avrebbe avuto bisogno di aiuto per trattenere un bambino di sette anni, non dopo averlo adescato per farlo scappare.

Tuttavia... doveva esserci una ragione, anche se fosse solo per mettere Gregory a suo agio. Per costruire fiducia.

Petrosky si schiarì la gola. «Pensi che questo rapitore stia seguendo lo schema di Ponce? Progredendo con le età?»

«Non credo che sia questo il caso», disse Jackson. «L'attacco a Gregory è stato probabilmente improvvisato, quello di Corey più pianificato, ma entrambi sono stati brutali - non si trattava di adorazione, non con le uccisioni. Persino il caso Ponce aveva elementi di rimorso: quelle sepolture erano altamente ritualizzate. Metteva fiori sui luoghi dei rapimenti, per l'amor del cielo. È così che Decantor lo ha catturato».

Le sue dita bruciavano - abbassò lo sguardo sul caffè che ancora stringeva in mano, la cera all'esterno della tazza era ammaccata, raggrinzita intorno al pollice. Per quanto calmo e controllato fosse stato quell'assassino di bambini durante l'interrogatorio, Ponce aveva pianto al suo processo, parlando di quanto gli mancassero quelle ragazze - le sue vittime. Il rimorso non aveva impedito a quel bastardo di uccidere. E non avrebbe fermato il loro criminale. «Che cazzo stanno cercando?»

Lei scosse la testa. «Non ne ho la minima idea. Ma dobbiamo esaminare bambini di altre età visto che non abbiamo fatto progressi concentrandoci sui sette anni. Sto pensando che il ragazzo nell'auto fosse un'altra vittima - semplicemente non sappiamo quando sia stato preso. Potrebbe essere il figlio del rapitore, ma non abbiamo modo di verificarlo; non possiamo certo interrogare tutti i genitori i cui figli sono nati nei tre anni prima o dopo Gregory Boyle».

Petrosky annuì, ma il suo petto era caldo. Avrebbe dovuto considerare questo prima. E anche se il rapitore non stesse usando età progressive come aveva fatto Ponce, allargare la ricerca a più età avrebbe dovuto essere il prossimo passo sulla sua lista. Forse dovrebbe semplicemente appendere il distintivo al chiodo - andare in pensione. Starsene a casa con il cane.

E quella maledetta luce notturna.

E un pacchetto di sigarette.

E la mia bottiglia di Jack.

«Petrosky?»

Finì il resto del caffè in tre lunghi sorsi e sbatté la tazza vuota come se fosse un bicchierino da shot - desiderando che fosse davvero un bicchierino da shot. «Il nostro rapitore potrebbe essere ancora nelle vicinanze se stava osservando Corey, soprattutto se sapeva che Roux gli stava alle calcagna». E qualcuno aveva fornito a Corey tutte quelle informazioni su Gregory Boyle. Scosse la testa. La maggior parte sarebbe scappata, ma il loro rapitore aveva troppo in ballo sulla capacità di recitazione di Corey per andarsene semplicemente dalla città, e ora che Corey era morto...

Jackson lo stava ancora osservando, con la fronte corrugata.

Petrosky avvicinò la tastiera. «Mettiamoci al lavoro».

«Ho qualche potenziale, ma nessuno è perfetto». Jackson dispose le sue immagini sulla scrivania, con dei post-it gialli attaccati nell'angolo in basso a destra di ciascuna. Quattro bambini, tutti con i capelli scuri e grandi occhi marroni, tre sorridenti, uno accigliato nella sua foto scolastica come se sapesse che questa sarebbe stata la sua ultima foto, ed era arrabbiato per questo.

Petrosky mise cinque foto sulla scrivania accanto alle sue. Niente post-it per lui: aveva scarabocchiato i suoi dati sul retro dei ritratti. «Sembra che stiamo coprendo fughe di età compresa tra i cinque e i nove anni?» Il più grande che aveva trovato aveva otto anni.

Lei toccò il bambino accigliato. «Questo ne ha dieci, ma sembra giovane come Corey. E tutti entro un raggio di sedici chilometri».

Era ancora un'area di ricerca minuscola, ma sentiva la vicinanza di questo rapitore - *assassino* - nelle ossa.

«Nessuno di questi bambini ha attirato l'attenzione dei detective sul caso Boyle?»

«No. Si sono concentrati su rapimenti più palesi, anche se tutti questi erano elencati tra i bambini scomparsi e sfruttati». Jackson si sporse sulla scrivania, socchiudendo gli occhi sulle immagini. «Ne ho altri due, confermati deceduti, ma ho preso comunque le loro foto, perché...»

Perché anche Gregory era quasi certamente morto, come Corey. Sospirò. Questo caso stava mettendo il suo cervello sotto torchio. Un suicidio trasformato in omicidio, un rapimento con presunta morte, un bambino maltrattato in cerca di una nuova famiglia, un ladro di professione con una predilezione per il ricatto, un investigatore privato con un legame affettivo con la madre di una vittima. Dove sarebbe finita? E quali pezzi contavano per trovare il loro colpevole?

Studiarono i nove casi di bambini fuggiti al ritmo frenetico riservato ai fantini di cavalli, ai drogati di metanfetamine e ai poliziotti che inseguono un sospetto. Lesse i comunicati stampa, esaminò le piste su ogni caso, per quanto minuscole, scansionò le segnalazioni arrivate alla stazione. E poi... le chiamate alle famiglie. Si odiava sempre di più ad ogni numero che componeva.

«Signora Beckett? Sono il detective Petrosky del Dipartimento di Polizia di Ash Park. La chiamo in merito a-»

«L'avete trovato?» La sua voce era così eccitata che lo pugnalò dritto al petto, il suo cuore si illuminò con il suo dolore. «Avete trovato il mio Raymond?»

E ogni volta doveva ascoltare il loro spirito sgonfiarsi. Lui aveva perso Julie, ma sapeva dov'era. Sarebbe stato peggio non saperlo mai? Immaginare che soffrisse ancora nelle mani di un mostro? Dio sa che l'aveva visto abbastanza volte nella sua carriera: gabbie e catene, prigionia. Tortura. La morte era migliore.

La morte era sempre migliore.

Aveva appena riattaccato dopo l'ultima chiamata quando Jackson scivolò di nuovo sulla sua sedia, questa volta all'angolo della sua scrivania, il cui piano di legno era quasi completamente coperto di carte, cartelle e tazze di caffè vuote. Posò i suoi fogli accanto ai suoi. Due delle loro possibili vittime erano state trovate morte, all'aperto, quindi probabilmente non collegate al loro caso attuale. E una era tornata a casa: sei anni, si era nascosto nel capanno del vicino per tre giorni dopo aver rotto un vaso. Petrosky si appoggiò allo schienale della sedia, la schiena che protestava gemendo. «Ne ho ancora tre dei miei che non posso escludere, ma non ci sono stati nuovi sviluppi, nulla che suggerisca che abbiamo lo stesso colpevole. Nessuna prova che siano stati adescati in anticipo. Anche brave famiglie, nessuna delle stranezze come i Boyle, o abusi come quelli subiti da Corey».

«Lo stesso», disse Jackson. «Molte possibilità, nessun nuovo dato. Tranne lui». Aprì il suo fascicolo a una delle foto più recenti: Kingsley Stinton, scattata due anni prima di Gregory Boyle a... cinque anni? «Questo ragazzino era stato segnalato come fuggitivo?» Lui sfiorò la foto: una piccola linea deturpava la foto sopra l'orecchio del bambino. Il segno non si spostò. Probabilmente qualche imbecille maldestro l'aveva piegata o ci aveva disegnato sopra con una penna sbadata.

«Tecnicamente, è registrato come persona scomparsa, ma questo ragazzino ha lasciato persino un biglietto». Quando Petrosky alzò un sopracciglio, lei continuò: «Ha detto ai suoi amici, alla sua insegnante, a chiunque volesse ascoltarlo che sarebbe scappato. Ci sono state anche due chiamate ai Servizi di Protezione dell'Infanzia su di lui, quindi sicuramente un bambino vulnerabile a un rapitore super gentile. Ma le chiamate ai Servizi non hanno mai portato a nulla. Nessun abuso confermato, solo... stranezze».

«Stranezze?»

«Credo che la famiglia sia appassionata di giochi di ruolo o qualcosa del genere. Bloccati nel passato. Incasinato, ma non illegale». Si strinse nelle spalle. «Comunque, era prevista una riunione genitori-insegnanti sulle minacce di fuga per la sera dopo la sua partenza. E...» Gettò il suo blocco legale sulla scrivania. «Quando ho chiamato poco fa, suo fratello maggiore Roman ha detto che l'anno scorso hanno ricevuto una chiamata da qualcuno che affermava di aver visto Kingsley. Il padre pensava fosse uno scherzo, quindi non si è preoccupato di segnalarlo».

Che idiota. «Non è una ragione per tenerselo per sé». Qualsiasi genitore avrebbe dato il proprio occhio destro per ricevere una chiamata che dicesse che il proprio figlio stava bene, almeno vivo. L'avrebbero segnalato non importa quanto fosse improbabile. E quello strano distacco, trattenere le informazioni... sembrava simile ai Boyle.

«Lo so, ho pensato la stessa cosa, ma abbiamo ricevuto un sacco di lamentele dal padre nel corso degli anni, tutte annotate nel fascicolo. A quanto pare, la casa è stata inondata di chiamate subito dopo il rapimento di Kingsley. Hanno cambiato numero sei volte negli ultimi nove anni».

Nove anni. Osservò la foto, le guance rotonde del bambino. Kingsley non avrebbe avuto lo stesso aspetto ora; i bambini crescono in fretta, soprattutto tra i cinque e i quattordici anni. Ma avrebbe avuto la stessa età che avrebbe avuto Gregory Boyle, il che sembrava il punto cruciale.

Petrosky allungò la mano dietro di sé per prendere la giacca, poi si ricordò che indossava una felpa. Non c'era da meravigliarsi che Jackson lo avesse guardato in modo strano: aveva tirato fuori questo bestione dal bagagliaio nel cuore della notte: Michigan State. *Julie sarebbe andata alla Michigan State?*

Si schiarì la voce e si alzò. «Portiamo la foto di Kingsley a Scott, vediamo cosa può fare con la progressione dell'età. Voglio sapere come apparirebbe questo ragazzo oggi». Se c'era anche una minima possibilità che qualcuno avesse effettivamente visto Kingsley, avrebbero dovuto diffondere la sua foto al pubblico. Forse avevano una chance di salvare almeno una vittima. Forse avrebbero trovato un modo per riportarlo a casa.

Ma ne dubitava.

CAPITOLO 23

La casa della famiglia di Kingsley Stinton si trovava appena oltre il confine della scuola che Gregory Boyle aveva frequentato. Nei pochi isolati tra i limiti del distretto di Anderson e West Shores Middle, le case erano passate da una stravaganza benestante a quartieri più piccoli e uniformi, pieni di case coloniali ben costruite con scandole di cedro.

Il vialetto che portava alla casa degli Stinton era fiancheggiato da begonie color pesca, il prato bordato con linee così maniacali che avrebbero potuto tagliarti il piede se ci avessi camminato sopra nel modo sbagliato. Petrosky lasciò cadere il batacchio di ottone e ascoltò il rumore sordo di passi e il profondo *clunk* del chiavistello.

La donna dall'altro lato della porta indossava un vestito rosso al ginocchio con una sottogonna bianca con volant visibile sotto. Tacchi rossi. Come una pin-up degli anni '50. Persino i suoi capelli sembravano di un'epoca lontana, acconciati e spruzzati in un perfetto casco alla Marilyn Monroe.

«Signora Stinton?»

«Bonnie Stinton, a vostra disposizione». Sorrise con labbra piene dipinte del rubino brillante del sangue. «Posso esservi d'aiuto?»

«Siamo qui per suo figlio».

Il suo sorriso non vacillò, anche se i suoi occhi si spensero. «Roman?»

«Kingsley».

«Oh. Beh... non è qui».

Petrosky e Jackson si scambiarono uno sguardo. Jackson mostrò il suo distintivo. «No, signora, lui è...»

«Bonnie! Chi c'è alla porta?» La voce era profonda e intrisa di agitazione, rimbalzando nell'atrio con una forza simile al tuono. Perché stava urlando? Forse non erano abituati ai visitatori.

Tuttavia, il sorriso della signora Stinton - Bonnie - rimase, anche se i suoi occhi si allargarono come quelli di un procione sorpreso da un'improvvisa luce di torcia mentre foraggiava. E proprio sotto la sua mascella... era quello un tocco di viola sotto il suo trucco pesante?

Si girò a guardare oltre la spalla - c'era decisamente una linea di lividi dalla mascella fino al lato posteriore del collo. «C'è qualcuno alla porta per Kingsley, caro».

L'uomo che avanzò nel corridoio dietro Bonnie era più basso di sua moglie ma aveva spalle più larghe della sua gonna a volant e gli avambracci di un tizio che aveva passato la vita a masturbarsi ambidestro guardando pubblicità di birra. Socchiuse gli occhi già piccoli verso di loro - verso il distintivo di Jackson - e aggrottò le sopracciglia.

Il glorioso ma ridicolmente falso sorriso di Bonnie rimase incollato sul suo viso. «Prego, entrate, agenti, siamo sempre felici di ricevere ospiti».

Il signor Stinton sbuffò, poi girò sui tacchi - mocassini consumati, un buco sul lato che sarebbe dovuto essere inaccettabile per un tipo così rigido. Sua moglie lo seguì, i

suoi tacchi rossi - più bassi degli stiletti di oggi, ma probabilmente ancora scomodi - ticchettavano contro le
piastrelle. Apparentemente, l'atmosfera perfettamente
coordinata degli anni '50 si applicava solo a Bonnie. E
all'interno...

Petrosky non aveva mai visto così tanto turchese in
tutta la sua vita. Le pareti del corridoio erano dipinte di
questo colore, così come i mobili della cucina, visibili attraverso un arco alla loro sinistra mentre seguivano gli Stinton
più in profondità nella casa. Ma non tutta la cucina era
monocromatica; il frigorifero era rosso ciliegia come il
vestito della signora, i pavimenti a scacchiera bianca e
nera. *In che anno siamo?*

Si fermarono in un soggiorno sul retro della casa:
moquette turchese, un lungo divano giallo, una poltrona
gialla con gambe dritte in legno. Un orologio che sembrava
una smisurata plettro deforme pendeva sulla parete laterale. Tutto vecchio, forse originale, tranne il televisore a
schermo piatto che troneggiava sul caminetto in mattoni. A
quanto pare, Stinton non riusciva a mantenere la messinscena quando si trattava di elettronica.

Un ragazzo in jeans sbiaditi, presumibilmente Roman,
era accasciato su una poltrona a sacco arancione nell'angolo della stanza, con un controller per videogiochi tra le
mani. Sui sedici anni, i primi accenni di un misero baffo gli
ombreggiavano appena il labbro superiore, i capelli scuri e
lunghi fino alle spalle gli coprivano metà del viso. L'unico
occhio che Petrosky riusciva a vedere era fisso sullo
schermo nero - il televisore era spento. Forse stava solo
cercando di evitarli.

«Posso offrirvi qualcosa da bere?» chiese Bonnie, la
perfetta padrona di casa indipendentemente da ciò che
pensava della loro presenza. Stinton si limitò a fissarli con
sguardo torvo.

«No, grazie, signora, non abbiamo intenzione di trattenerci a lungo». Estrasse il blocco note, quello che Jackson gli aveva ficcato in mano mentre uscivano dall'auto. «Quando avete ricevuto l'ultima telefonata riguardo a Kingsley?» chiese Petrosky.

Per un momento, nessuno rispose, poi il ragazzo incrociò lo sguardo di Petrosky - occhi grandi, interrogativi. Nervosi. Si girò altrettanto rapidamente, ma non prima che Petrosky avesse intravisto la lunga cicatrice sottile che gli attraversava la guancia e scompariva nell'ombra del collo. Frastagliata, ma bianca, netta, fatta da qualcosa di incredibilmente affilato. Era stato un incidente? Petrosky si irrigidì.

«Riceviamo continuamente chiamate di scherzo», tuonò il signor Stinton, fulminando con lo sguardo il ragazzo sulla poltrona a sacco.

Cristo, urla sempre così? Sai cosa si dice: voce grossa, pene piccolo. Petrosky osservò di nuovo il collo di Bonnie. Lanciò un'altra occhiata a Roman. Il pugno di Petrosky si strinse intorno alla penna, ma si sforzò di rilassare le mani. Una cosa alla volta. Avrebbe chiamato i Servizi di Protezione dei Minori, ma senza un piano di fuga, lanciare accuse era spesso la cosa peggiore da fare in una situazione di violenza domestica. I più vulnerabili avrebbero pagato per qualsiasi cosa avesse detto.

Petrosky ci riprovò, abbassando il blocco note. «Ci risulta che abbiate ricevuto una chiamata non molto tempo fa. Da qualcuno che affermava di aver visto Kingsley».

Bonnie inclinò la testa, le labbra che si piegavano in un broncio amichevole e curioso. I suoi grandi occhi marroni, però, erano decisamente confusi. Il signor Stinton sbatté le palpebre. Anche i suoi occhi erano marroni. Da dove aveva preso Roman gli occhi nocciola? Forse la signora Stinton non era così stabilmente nel suo ruolo come voleva far credere al marito. Bene per lei.

Le narici del signor Stinton si dilatarono. «No, niente, mai nulla di utile da quei pazzi».

Ma Jackson aveva appena chiamato, e la persona che aveva risposto aveva detto... Il suo sguardo si posò sul ragazzo - Roman. Aveva risposto lui al telefono, giusto? E ora il più giovane degli Stinton alzò di nuovo la testa, il controller del videogioco dimenticato sul ginocchio. «È passato un anno, ma hanno chiamato, papà; lo sai che l'hanno fatto. Ti ho sentito parlare con-»

Stinton si voltò verso il figlio, gli occhi lampeggianti. «Ragazzo, faresti meglio a ricordare il tuo posto».

Roman strinse le labbra, ma il fatto che avesse parlato così audacemente... Non temeva per la sua vita, e il modo sfacciato con cui ora guardava suo padre non era il segno di un bambino che fosse stato aggredito con una lama. E il ragazzo certamente non si conformava ai desideri di papà con il suo abbigliamento.

Petrosky fissò lo sguardo su Stinton. «E qual è il Suo ruolo, signor Stinton? Come padre di Kingsley?»

L'uomo si voltò di scatto verso Petrosky. «Il mio ruolo è qui, come capofamiglia, e faresti bene a rispettare-»

«E Lei farebbe bene a rispettare il fatto che sta ostacolando un'indagine di polizia sulla scomparsa di Suo figlio». Petrosky rimise il blocco in tasca e tirò fuori le manette. «Forse Le piacerebbe discuterne meglio in centrale».

Stinton incrociò le braccia, con aria compiaciuta. «Come se qualcuno La prendesse sul serio con il Suo»- indicò la felpa di Petrosky-«abbigliamento». Jackson guardò anche lei la sua maglia, accigliandosi, e distolse lo sguardo.

«Come se qualcuno prendesse Lei sul serio dopo il

1952». Incontrò gli occhi socchiusi dell'uomo. «Lo sa che hanno curato la polio?»

Gli occhi di Stinton si spalancarono, furiosi, ma strinse le labbra. Un respiro, e un altro, fissando Petrosky e poi Jackson come se cercasse di decidere se fosse nel suo interesse rispondere, se potessero davvero portarlo via. Alla fine, sospirò. «Va bene, maledizione, va bene».

Bonnie Stinton si mise le mani sulla bocca come se non avesse mai sentito un linguaggio del genere in vita sua. Dove l'aveva trovata? Stava recitando una parte o era davvero così?

«Ci parli della telefonata, signor Stinton».

«Niente da dire. Ha chiamato un ragazzino, con quella voce acuta e spezzata che si ha intorno ai tredici anni. Ovviamente uno scherzo».

«Scherzo o no, cosa ha detto?»

«Ha solo detto di aver visto Kingsley. Poi ha iniziato a ridere».

«E poi?»

«Poi niente. Ho riattaccato».

«Non stava ridendo». Roman si alzò dal suo pouf, più aggraziato di quanto Petrosky avrebbe immaginato possibile per un adolescente allampanato. «Ero qui anch'io, e non stava ridendo, l'avresti detto se stava ridendo».

Stinton si voltò di scatto verso suo figlio. «Se dico che è successo, ragazzo, è successo». Tirò su col naso. «Come se ti importasse comunque: era sempre geloso di te, e tu eri altrettanto cattivo con lui».

Ma i fratelli non si dimenticano l'un l'altro, piccola rivalità o meno. Roman distolse lo sguardo, verso il televisore spento. «Voglio solo sapere dov'è». La sua voce tremava. Aveva paura di suo padre o stava soffrendo per la perdita di suo fratello?

«Signora Stinton, sono sorpresa che Lei non sia più

comunicativa». Jackson si avvicinò alla padrona di casa, che aveva ancora le mani premute sulle labbra. «Non è preoccupata per Suo figlio?»

La donna scosse la testa e abbassò le mani, sorridendo di nuovo come un manichino. «Oh, mi dispiace. Non ho mai conosciuto Kingsley».

«Come, scusi?» sbottò Petrosky, mentre Jackson disse: «Non conosceva Kingsley?»

«Oh, no, mi sono unita a questa adorabile famigliola circa sei anni fa». Sorrise di nuovo, ma i suoi occhi la tradivano: erano tesi.

Quindi... tre anni dopo il rapimento di Kingsley. Quanto tempo ci aveva messo il signor Stinton a trasformarla in un manifesto da area di servizio? L'aveva plagiata come qualcuno aveva plagiato le vittime di rapimento a lasciare le loro case? Non avrebbe plagiato sua figlia per farla scappare, ma un bambino abituato a sentirsi dire come pensare, abituato ad essere controllato... questo avrebbe reso Kingsley più facile da controllare anche per qualcun altro.

«Dov'è la vera madre del ragazzo?» chiese Petrosky.

Bonnie sussultò abbastanza da toccare il cuore di Petrosky, ma Stinton si schiarì la gola. «Maisey non aveva idea di cosa fosse la responsabilità. Nessuna nozione dell'importanza della famiglia».

«Sì, sono sicuro che fosse questo il motivo», mormorò Petrosky. Maisey doveva essere stata disperata se aveva lasciato i suoi due figli alle cure di un pazzo per sfuggire alla sua vita di acconciature da pin-up e vestiti buffi... e a qualunque cosa le avesse fatto suo marito con i suoi pugni enormi. Il suo sguardo si spostò ancora una volta sul collo di Bonnie e poi di nuovo altrove prima che il "capofamiglia" lo cogliesse a guardare.

«Sa dove si trova Maisey adesso?» disse Jackson.

Lui scosse la testa. «No, se n'è andata l'anno prima di Kingsley, probabilmente ha cambiato nome o qualcosa del genere. La polizia pensa che sia tornata e l'abbia preso. Kingsley. Hanno persino emesso un avviso di ricerca per entrambi. Ma andava bene così - buon viaggio, dico io. Quel ragazzo era un problema». Lanciò un'occhiata a Roman come se lo sfidasse a negarlo, ma la mente di Petrosky era altrove.

Una madre in fuga, un bambino successivamente scomparso. Ecco perché il caso non aveva avuto molta risonanza mediatica. Gli ultimi detective avevano un sospetto plausibile per il rapimento, e ad essere onesti, se Petrosky avesse ricevuto questa chiamata, non avrebbe insistito troppo. I poliziotti avevano fatto il loro dovere, emesso un Amber Alert, cercato di rintracciare la madre, ma alla fine della giornata, se Kingsley fosse stato con sua madre, probabilmente stava meglio che qui con questo buffone. Eppure... le probabilità che avesse lasciato Roman qui e preso Kingsley sembravano scarse. Il suo istinto si irrigidì. Date le somiglianze con il caso di Gregory Boyle, avrebbe scommesso che Kingsley fosse stato preso da qualcun altro.

«Kingsley aveva amici più grandi, signor Stinton?»

Gli occhi di Roman si spalancarono, la consapevolezza che albeggiava nelle sue iridi. Petrosky rivolse la sua attenzione al ragazzo. «E tu, ragazzo? Conosci qualcun altro di cui tuo fratello era amico?»

Roman aprì la bocca per parlare, ma Stinton lo interruppe: «Aveva un'amica là fuori, una ragazza. Non era nella sua classe. Nessuno in quella classe lo sopportava».

«E allora come la conosceva?» Non è che i bambini di cinque anni andassero al bar a cercare di conoscere ragazze.

Stinton aggrottò la fronte. Si strinse nelle spalle.

«Nome?»

«Non l'ha mai detto».

Roman tirò su col naso. «Sì, perché lo prendevi in giro per avere una fidanzat-»

«Era un problema», ripeté Stinton, come se un bambino di cinque anni potesse essere così terribile - il povero ragazzo probabilmente stava solo reagendo a causa del suo padre stronzo. «E non è che una piccola puttana di fidanzata l'abbia portato via».

Non se detta fidanzata avesse avuto anche lei cinque anni, ma se quella "piccola puttana" fosse stata un'adulta...

Jackson fissò l'uomo con uno sguardo infuocato. «Che tipo di problemi può mai creare un bambino di cinque anni, signor Stinton?»

«Era semplicemente sbagliato. Ricordate le mie parole. Sbagliato come sua madre». Cosa significava? Che non ascoltava? Sicuramente pensava che anche Roman fosse cattivo. Stinton tirò su col naso di nuovo. «Grazie al cielo Bonnie sa distinguere meglio, sa riconoscere una donna onesta».

Le spalle di Bonnie si raddrizzarono, le mani si strinsero più fermamente sul ventre, un gesto orgoglioso ma stranamente difensivo. Forse era difesa, forse tutte le sue reazioni artificiali erano autodifesa, ma era troppo coinvolta per andarsene semplicemente.

«Quando esattamente ha ricevuto questa chiamata?» chiese Jackson.

Stinton marciò intorno al divano e si accomodò sulla poltrona gialla di fronte a Roman, gli occhi puntati sul televisore spento, un silenzioso "andate al diavolo" rivolto ai suoi visitatori. Aveva una zona calva sulla nuca. Ben gli stava. «Era estate».

Jackson lanciò un'occhiata da Bonnie alla nuca calva di Stinton - stava ancora fissando lo schermo nero?

«Abbiamo bisogno di una data precisa, signor Stinton. Non possiamo rintracciare una telefonata solo con 'estate'».

In realtà potevano, ma ci sarebbe voluto molto più tempo per esaminare novanta giorni di chiamate. Petrosky si avvicinò di lato per poter vedere il viso dell'uomo.

E che spettacolo fu. Le grosse guance di Stinton si erano tese, i muscoli della mascella lavoravano. «Era la Festa del Papà. Quel piccolo bastardo ha rovinato la mia mattinata, l'unico giorno in cui la gente dovrebbe lasciarmi in pace».

Roman stava aggrottando le sopracciglia, armeggiando con le estremità sfilacciate di un buco nei suoi jeans.

Lasciarlo in pace per la Festa del Papà? Ma dallo sguardo negli occhi di Roman, il ragazzo sarebbe stato felice di lasciare Stinton in pace ogni giorno della settimana. Non c'era da meravigliarsi che Kingsley fosse così ansioso di scappare: la pecora nera della famiglia. Quello cattivo. Chiunque l'avesse preso probabilmente aveva dovuto chiederglielo una volta sola, specialmente se l'aveva fatto gentilmente.

CAPITOLO 24

tabulati telefonici della Festa del Papà erano gloriosamente scarsi: quattro numeri in entrata. Sembrava che il signor Stinton non avesse molti amici, nessuno che volesse fargli gli auguri, forse perché sapevano che era un padre di merda e un essere umano di merda.

Il primo numero era una chiamata di telemarketing. I due numeri successivi erano ancora attivi e facilmente verificabili come amici di famiglia: il compagno di classe di Roman per ben ventiquattro secondi, e una chiamata più lunga dai genitori della moglie.

E poi ce n'era uno.

La residenza collegata al telefono fisso era di proprietà allora e ora di una donna di nome Marianne Bishop: nessun coniuge elencato nei registri, né sul telefono, né sulle utenze, né sul mutuo, e una rapida ricerca mostrava un divorzio dieci anni prima, poco prima dell'acquisto della casa. Suo figlio Wes, presumibilmente il ragazzo responsabile della telefonata, aveva compiuto sedici anni il mese scorso.

Speriamo che siano più normali degli Stinton: non possono essere più incasinati, vero? Petrosky era in piedi sul portico dei Bishop, una leggera brezza faceva fremere le foglie bordeaux dell'acero giapponese nell'aiuola frontale. Erano passate meno di due ore da quando avevano lasciato la casa degli Stinton, ma sembrava un'eternità, probabilmente perché questa era l'unica vera pista che avevano. Se questa non avesse portato a nulla... Jackson suonò il campanello.

Petrosky vide i capelli arancio fiammante della donna, ricci e selvaggi, prima di registrare il suo viso: naso leggermente all'insù, occhi castani profondi del colore di una buona bottiglia di whisky, una bocca sottile ma accogliente. Ma il suo sorriso svanì quando Jackson mostrò il suo distintivo. «Siamo qui per Wes». Quando la mascella della signora Bishop si abbassò, Jackson aggiunse: «Per una chiamata anonima che ha fatto l'anno scorso riguardo a un bambino scomparso».

Li condusse lungo il corridoio fino a una cucina inondata di sole. Una ciotola di mele e arance era posata sul bancone della colazione, le loro bucce colorate riflettevano raggi di giallo pomeridiano, proprio come in una dannata natura morta.

Marianne Bishop stava in piedi vicino al lavello in stile fattoria; Petrosky e Jackson si trovavano di fronte a lei dietro gli sgabelli del bancone e ascoltarono il suono pesante e sgraziato di passi adolescenziali che correvano giù per le scale e si dirigevano su per il corridoio.

«Ehi, mamma, che succede?»

Anche Wes aveva occhi castani profondi, ma era lì che finiva la somiglianza con sua madre: naso largo, labbra piene, capelli neri lisci, pelle olivastra. Torreggiava sulla madre mentre si posizionava accanto a lei. Un metro e novanta almeno.

«Questi sono detective. Stanno cercando un ragazzo che... hai chiamato l'anno scorso?»

Gli occhi di Wes si allargarono. «Oh. Sì».

La mascella di sua madre si abbassò: se la frutta era una natura morta, il suo viso era una versione più realistica de *L'Urlo*.

Jackson si schiarì la gola. «Può dirci qualcosa di più al riguardo, signor Bishop?»

«L'ho visto nella casa all'angolo, quella con la recinzione di legno».

«Hai parlato con lui, Wes?»

«Cioè, un po', ma...»

Lo shock della signora Bishop sembrava finalmente essersi esaurito: scosse la testa, con gli occhi fissi su suo figlio. «Wes! Hai visto un bambino scomparso, proprio qui nel nostro quartiere, e non l'hai mai menzionato? Perché non hai detto niente?»

Il ragazzo abbassò lo sguardo, non nervoso come Roman, ma imbarazzato. «Avevo paura, credo».

«Di cosa? Sono dalla tua parte, lo sai, Wesley. Qualsiasi cosa accada, qualsiasi cosa. Sono tua madre; posso proteggerti da... qualunque cosa.» Scosse la testa, gli occhi stretti dal dolore o forse dall'incredulità. «Posso aiutarti con qualsiasi cosa ti preoccupi.»

Se solo fosse così facile. Se solo i genitori potessero proteggere i loro figli dall'oscurità di questo mondo. L'odore della carne carbonizzata di Julie gli solleticò il naso e svanì.

Wes stava scuotendo la testa. «È solo che... è strano, okay? La loro famiglia era strana. La signora mi ha beccato mentre sbirciavo oltre la recinzione e mi ha urlato di stare lontano dalla sua casa.»

Sua madre aggrottò la fronte. «Avevi paura di *lei*? Di solito erano così... silenziosi.»

Ma lo era anche Jeffrey Dahmer. Urlare ai bambini di stare lontani dal suo prato non significava che la donna fosse una rapitrice - non potevano nemmeno essere sicuri che il ragazzo fosse Kingsley, non ancora. Ma sembrava proprio che la vicina avesse qualcosa da nascondere.

«Come puoi essere così certo che il ragazzo che hai visto fosse Kingsley Stinton?» chiese Jackson. «Ti ha detto il suo nome?»

La sua fronte si corrugò. «No. Ma sono sicuro che fosse lui - totalmente sicuro. Aveva quella cosa strana sull'orecchio. L'ho vista sul poster. Come... la parte superiore era divisa.» Si toccò la cartilagine sulla parte superiore del proprio orecchio.

Petrosky ripensò all'immagine di Kingsley. C'era una linea lì, ma l'aveva attribuita a un difetto della foto stessa. Era una ferita? Oh... forse come quella che aveva Roman, il taglio dalla mascella alla gola. Non era nel fascicolo delle persone scomparse, ma se Stinton non l'avesse menzionata, una cicatrice potrebbe essere stata trascurata.

Jackson allungò la mano - il suo telefono. La foto dell'invecchiamento di Kingsley sullo schermo. Wes annuì enfaticamente. «Sicuramente. Assomiglia molto di più a lui rispetto alla foto che ho visto - in quella era più giovane.»

Qui. Kingsley Stinton era in questa strada l'anno scorso, a meno di trenta chilometri dalla sua scuola. E... era vivo? Ma c'era qualcos'altro che infastidiva Petrosky. «Come hai saputo di chiamare gli Stinton in primo luogo?» *Invece della polizia?*

Wes scrollò le spalle. «Ho visto un poster alla stazione di servizio con il numero di telefono.»

Un poster? Stinton non aveva detto nulla riguardo all'aver messo un poster. Se era così preoccupato che la sua casa fosse invasa da telefonate, perché mettere il suo numero di telefono, il suo sesto numero di telefono, di

nuovo in pubblico, e poi non dare seguito ad ogni maledetta pista? Non aveva senso.

«Kingsley sembrava ferito?» chiese Jackson. «Malato?»

«No, stavano solo... giocando. Non mi hanno detto
granché, ma sembravano stare bene. Ho avuto un po' l'impressione che non gli piacessi, però. Kingsley sembrava...
arrabbiato.»

Le spalle di Jackson erano rigide, il suo viso teso come
se pensasse di poter vedere direttamente nel cervello di
Wes se si fosse concentrata abbastanza. «Wes, hai detto
'loro' - che 'stavano' giocando nella casa all'angolo. Intendi
il ragazzo e sua madre?»

Wes scosse la testa. «Sì. Cioè, più o meno.» Scrollò le
spalle. «In realtà intendevo lui e suo fratello.»

La stanza si fermò; l'aria divenne elettrica, la lingua di
Petrosky che prudeva con il sottile sapore di metallo. Suo
fratello. *Suo fratello?*

Ma Jackson stava già dicendo: «C'era un altro ragazzo
lì?»

Questa volta, la signora Bishop annuì. «In effetti, li ho
visti un paio di volte... mentre passeggiavano con la loro
mamma quando si sono trasferiti qui circa otto anni fa. In
tutto questo tempo non mi sono mai avvicinata quanto
Wes, immagino».

Tutti si voltarono verso Wes.

«Sì, erano in due. Ho parlato con loro oltre la recinzione, il giorno in cui lei mi ha sgridato - era in casa, però,
quindi non riuscivo a vederla bene. Ma loro erano in
cortile, leggevano libri di fisica, uno sotto l'albero e Kingsley... semplicemente sdraiato sul prato».

«Fisica?»

Lui alzò di nuovo le spalle. «Qualche libro di testo, non
so. L'ha chiuso quando mi sono avvicinato. Non sono

sicuro di quale libro fosse esattamente; non frequentavano la mia scuola».

Il rapitore li stava istruendo? Il cuore di Petrosky ebbe uno spasmo. Anche Ponce aveva istruito le sue "figlie". Avevano trovato un video di Ponce che picchiava una ragazza con una cintura, usando prima l'estremità metallica, per non conoscere le informazioni che presumibilmente aveva insegnato alla sua precedente prigioniera. «Questo altro ragazzo... che aspetto aveva?»

«Beh... come Kingsley, suppongo. Pensavo fossero gemelli, di quelli che non si somigliano? Ma lui non era nel manifesto».

Jackson era rimasta in silenzio, digitando sul suo cellulare. Petrosky si rivolse di nuovo a Wes. «Capelli scuri? Occhi scuri?»

«Sì. Entrambi».

Kingsley e... Gregory? Era possibile? Ma con i vestiti insanguinati, era più probabile che fosse un altro rapito. Quanti bambini aveva preso il loro criminale? «Se pensavi che fossero gemelli, i ragazzi dovevano sembrare della stessa età».

Wes annuì. «Beh, più o meno, ma loro stessi hanno detto di essere gemelli. È stato allora che la donna ha iniziato a urlare. Credo che li abbia sentiti litigare».

«Litigare su...»

«Quello sotto l'albero ha detto che erano gemelli, e Kingsley si è arrabbiato e gli ha detto di stare zitto».

Gli aveva detto di stare zitto perché in realtà non erano gemelli - l'unico fratello che Kingsley aveva era Roman, e non aveva visto Kingsley da quando era stato rapito.

Mmh. Il fatto che la donna li spacciasse per gemelli... sembrava significativo. Ma quale rapitore lascerebbe i suoi bambini rapiti seduti in giardino quando tre parole a un vicino potrebbero far saltare la sua copertura? *Era* davvero lei la loro rapitrice?

Petrosky si rivolse alla signora Bishop. «Ha mai visto qualcun altro lì fuori? Un uomo, un'altra donna oltre a quella che ha menzionato?»

Entrambi i Bishop scossero la testa. «Non c'è mai stato nessun altro, mai una volta», disse la signora Bishop. «Le uniche persone che ho mai visto erano la donna e quei due ragazzi, e anche allora, non molto spesso. Ripensandoci, suppongo che sia un po' strano, non avere mai amici in visita, nessun ospite. Il servizio di giardinaggio veniva una volta ogni due settimane per tagliare l'erba del fronte per metà isolato - lavorano tramite l'agenzia immobiliare. Ma non l'ho mai vista parlare neanche con loro».

Una donna. Una singola rapitrice - e assassina - donna.

Jackson mostrò di nuovo il suo telefono - una foto di Gregory Boyle con invecchiamento progressivo. Petrosky non si era nemmeno reso conto che avesse fatto fare a Scott una foto del genere di Gregory, ma il suo cuore fece improvvisamente un balzo. *Per favore, fa' che sia qualcosa di completamente diverso dal caso Ponce; per favore, fa' che sia vivo.*

«Questo ragazzo ti sembra familiare?» disse Jackson.

Wes aggrottò la fronte. «No, non è lui. Ma lo riconoscerei sicuramente se lo vedessi».

Dannazione. Aveva davvero pensato che Gregory fosse vivo? Ma questo era qualcosa, almeno; avevano Kingsley Stinton e un altro bambino. L'altro ragazzo era il figlio biologico della donna, o un'altra vittima di rapimento che dovevano ancora identificare? C'erano così tante somiglianze con il caso Boyle, da un "amico" che li convinceva a scappare, ai ragazzi che vivevano a meno di sedici chilometri di distanza, e i loro profili fisici erano quasi identici: stessa età, vite familiari instabili... Doveva essere il loro rapitore, no? La stessa persona che aveva tagliato la gola a Gregory Boyle e gettato il suo zaino nella discarica.

«Avete mai visto una macchina lì fuori?»

La signora Bishop strinse le labbra, poi annuì. «Sa, ho visto una macchina alcune volte. Una berlina. Ma non sono mai stata molto interessata alle auto, quindi non sono sicura del tipo.»

«Era blu, però,» disse Wes. «E tipo... vecchia.»

«Come una muscle car?» Ma sapeva che non lo era. Questa era l'auto che il testimone di Mancebo aveva visto. L'auto con il ragazzo sul sedile posteriore che parlava con Gregory Boyle il giorno prima che scomparisse per sempre.

Wes scosse la testa. «Nah, niente di figo. Solo più vecchia.»

«Dice che anche la mia auto è vecchia,» disse la signora Bishop. «Ho un'Altima del 2005.»

«Grazie, Wes, sei stato molto utile.» Jackson rimise in tasca il cellulare e il blocco note. Non l'aveva nemmeno vista tirarlo fuori, vero? «Se poteste indicarci la casa, possiamo togliere il disturbo.»

La casa. Avrebbero riunito le famiglie per cena? Ma non voleva davvero riportare Kingsley dai Stinton. Se non altro, voleva portare via Roman da lì.

Forse era più simile al loro rapitore di quanto volesse ammettere.

Marianne Bishop stava aggrottando le sopracciglia, mordendosi il labbro inferiore.

«Signora Bishop?» disse Jackson.

«È solo che... si sono trasferiti.»

Cazzo. «Quando?»

«Un anno fa, hanno fatto le valigie e...» Guardò suo figlio. «Dev'essere stato subito dopo che hai chiamato. Si sono trasferiti dopo che lei ti ha urlato contro?»

Wes deglutì a fatica. E annuì. «Ho fatto un casino, li ho spaventati? Ho cercato di fare la cosa giusta.»

«Hai fatto bene, figliolo. La prossima volta, chiama semplicemente la polizia.» Come se Wes si sarebbe mai trovato di nuovo in quella posizione. Per come stavano le cose, aveva spaventato la loro migliore pista. Si sperava che ci fosse un mutuo, un contratto d'affitto, *qualcosa* che li avrebbe portati ad almeno un bambino rapito.

CAPITOLO 25

Jackson gettò il cellulare nella console dell'Escalade e frugò nella tasca della giacca per prendere le chiavi.

«A quanto pare è stato l'altro ragazzo, Roman, il fratello di Kingsley, a mettere il poster. Lo fa da anni, ne appende di nuovi ogni volta che cambiano numero.»

Non c'era da meravigliarsi se ogni nuovo numero di telefono finiva per ricevere un milione di chiamate di scherzo. «Mi sorprende che papà gli abbia permesso di rispondere di nuovo al telefono.»

«Non gliel'ha permesso. Ho chiamato la stazione dove Wes ha detto di aver visto quel poster.» Infilò le chiavi nell'accensione ma non le girò. Invece, fissò l'acero giapponese nell'aiuola di fronte dei Bishop. «Quindi, il nostro rapitore ha lasciato vivere Kingsley: era vivo quando ha preso Gregory. Kingsley potrebbe essere stato persino l'altro bambino in macchina. Ma perché prendere un secondo bambino?»

Un solo bambino avrebbe dovuto soddisfare qualsiasi motivazione materna. Stava prendendo spunto dal libro di Ponce, usando Kingsley come esca per nuove reclute?

Gregory sarebbe stato bene se avesse solo collaborato? E...
gemelli. *Che cazzo sta succedendo?*

Petrosky volse lo sguardo verso la casa all'angolo
mentre si dirigevano verso il luogo che Wes aveva indicato.
Due piani, rivestimento in legno dipinto del giallo pallido
del moccio di due giorni. La casa era in buone condizioni,
ma avrebbe capito che era abbandonata dal disordine nel
cortile anteriore: erba croccante alta fino alle caviglie,
aiuola infestata da erbacce e siepi che ostentavano viticci
serpeggianti di sempreverde, sottili e ispidi, che si contorce-
vano per graffiare il rivestimento.

Jackson attraversò il portico e provò il campanello -
«Giusto per sicurezza» - il sottile *ding* che filtrava nel pomeriggio mentre Petrosky si fermava accanto al cartello nel
cortile anteriore: Relenski Rentals. Aspettarono. Nessuna
attività all'interno della casa.

Le finestre del secondo piano fissavano in basso con
occhi vitrei e spalancati. Le tende gialle sbiadite sopra le
due finestre centrali trasformavano la facciata anteriore in
un cipiglio agitato. Immaginò lo sguardo freddo e blu di
Ponce, il suo sorriso mentre diceva a Decantor: «Ero il loro
padre. Avevano tutti bisogno di un padre.» Il fine ultimo di
Ponce non era l'omicidio; l'uccidere era stato un effetto
collaterale, un ostacolo, ciò che aveva ritenuto un male
necessario. Ciò che voleva era... una famiglia. Il volto di
Julie gli balenò nella mente. La scacciò via. Di nuovo.

Jackson ora stava scrutando la casa dall'altra parte della
strada, lo stesso cartello "In affitto" anche in quel cortile
anteriore. E c'era un'altra casa più su per la strada con un
cartello Relenski Rentals davanti.

«Mi chiedo cosa ci sia con questi tizi della Relenski,»
disse Jackson.

«I valori immobiliari crollano, aziende come questa
comprano tutto ciò che possono all'asta. La maggior parte

delle persone in questo quartiere probabilmente lavorava alla Edwards Tooling a pochi chilometri da qui prima che dichiarasse bancarotta.» Almeno la compagnia di affitti avrebbe dei registri. Un nome. Una patente di guida. Qualsiasi cosa sarebbe stata utile.

Si diressero verso l'auto, l'erba che sfiorava i suoi jeans e scricchiolava sotto le suole - irritante. I piccoli peli sulla nuca gli si rizzarono come se il fantasma di Gregory Boyle gli stesse graffiando la pelle.

Petrosky si allacciò la cintura di sicurezza. «Ci vuole un bel narcisista per rimanere così vicino ai luoghi dei rapimenti per tutti quegli anni, soprattutto con tutte le indagini degli investigatori privati». Ma almeno più vittime avrebbero dovuto ampliare il loro gruppo di sospetti. I detective precedenti avevano esaminato il personale scolastico, il personale di quartiere, ma Kingsley e Gregory non erano andati nella stessa scuola. Forse avrebbero trovato qualche nuova connessione condivisa. «Dovremo esaminare... accidenti, le linee degli autobus, di nuovo le scuole. Tutti gli insegnanti supplenti che hanno attraversato i confini del distretto». Petrosky osservava il cielo, il suo disagio era una costante pressione formicolante alla base del cervello. Un banco di nuvole strisciava verso sud all'orizzonte, ingiallito dal sole del tardo pomeriggio, tanto da sembrare grumi bulbosi di grasso di pollo indurito. La casa si allontanava nello specchietto retrovisore. L'alta recinzione per la privacy si ergeva in un mare di cortili spogli. E... Si raddrizzò di scatto, la cintura di sicurezza che gli stringeva la vita. *La recinzione*. «Jackson, aspetta».

Lei frenò, le sopracciglia alzate, e lui alzò una mano, il cervello improvvisamente in fiamme per le parole di Corey, per quello che aveva detto ai Boyle: «Il piccolo Greggie è morto». I Boyle avevano pensato che Corey intendesse che la persona che era stata era morta, che era tornato cambiato. Ma Corey non era cambiato: non era Gregory in primo luogo. Sapeva che Gregory era morto perché ne era stato parte, o era stato un testimone? *Sette anni.* Marianne Bishop aveva detto che la famiglia si era trasferita otto anni prima. Kingsley e quest'altro bambino vivevano qui quando Gregory era stato preso... e accoltellato. La borsa e la maglietta erano state trovate, ma non il ragazzo.

Non il ragazzo.

Petrosky aprì gli occhi. «Torna indietro. Voglio dare un'occhiata al cortile». *E al seminterrato.* Probabilmente era una pazzia, probabilmente avrebbero finito per trovare il corpo di Gregory nella discarica dove Mancebo aveva trovato il suo zaino, ma il cortile lo chiamava come una sirena: quali orrori attendevano oltre quelle assi? Aprì la portiera dell'auto prima che fosse completamente parcheggiata e corse verso la recinzione. E ora era lo sguardo d'acciaio di Ponce nella sua testa, il bagliore malato nei suoi occhi: *Li volevo vicini a me, non volevo seppellirli da qualche parte dove dovevano essere soli.* Le assi di legno gli mordevano i palmi e gli pungevano i polpastrelli, ma l'adrenalina nelle vene attutiva il dolore. Saltò, poi si issò oltre la recinzione, scorticandosi la pancia attraverso la felpa. Le ginocchia gli cantarono quando atterrò dall'altra parte. Il dolore gli risalì attraverso i fianchi.

«Niente male, vecchio mio», lo chiamò Jackson, già a metà strada dietro di lui.

Il cortile era piccolo e incolto come la parte anteriore; probabilmente non era mai stato particolarmente bello. Erba ingiallita, una grande quercia al centro, un set da patio all'aperto arrugginito sulla lastra di cemento accanto alla casa.

Jackson atterrò accanto a lui. «È tutto quello che speravi?»

«Forse». Esaminò la lastra: da quanto tempo era lì? C'era un bambino sepolto sotto; carne e ossa mescolate con il cemento? L'erba lungo la linea della recinzione sembrava croccante e arrabbiata come quella nel cortile anteriore - niente di interessante lì - e le aiuole erano un groviglio di cespugliosi denti di leone e asclepiade. Ma... Il suo sguardo si fermò su una sezione della proprietà vicino all'albero, una forma oblunga dove l'erba non era così gialla - decisamente non il pasticcio croccante che gli scricchiolava sotto le scarpe. Non a causa dell'ombra. Sembrava che qualcosa la stesse... fertilizzando. «Vedi quello? Sul lato destro delle radici dell'albero?»

Lo sguardo di Jackson si oscurò. «Immagino che ci serva un mandato».

«O qualche pala». Quando lei aggrottò la fronte, si corresse: «Farò una chiamata».

«Me ne occupo io. Ho un giudice che mi deve un favore».

Alzò un sopracciglio. «Davvero?»

Ma lei si era già voltata, con il telefono all'orecchio. Sarebbe andato a chiedere gli attrezzi alla madre di Wes Bishop. Le avrebbe comprato una nuova pala se avessero dovuto portarla al laboratorio forense.

***

La signora Bishop aveva due pale, che diede senza fare domande ma con uno sguardo inorridito negli occhi che rispecchiava il presentimento nel petto di Petrosky.

Non era un fan della preghiera, non ci credeva affatto, ma chiuse gli occhi qualche momento in più quando infilò delicatamente la pala nel terreno.

Ti prego, fa che Gregory non sia qui.

Sollevò una palata di zolle e terra dietro di sé. Jackson fece lo stesso.

Fa che non lo colpisca.

Scavò, con il sudore che gli colava lungo la fessura del sedere. Le ascelle della sua felpa erano completamente bagnate.

Ti prego, fa che non ce ne sia più di uno.

«I Relenski si arrabbieranno per quello che stiamo facendo al loro giardino», ansimò Jackson accanto a lui. Si asciugò il sudore dalla fronte.

«Abbiamo un mandato, che si arrabbino pure». Petrosky infilò di nuovo la pala nella terra - *clunk*. Qualcosa di duro.

Jackson ritirò la sua vanga. E indietreggiò.

Petrosky si mise in ginocchio, spostando attentamente la terra e qualche lombrico strisciante. Fece scivolare le dita più in basso, sempre più in basso finché non raggiunse il punto in cui la pala aveva colpito - duro. Freddo. Asciutto.

«Cosa hai trovato?»

Ritrasse la mano. Le sue dita erano incastrate nel cranio di un bambino.

CAPITOLO 26

Jackson gettò una cartella sulla sua scrivania. «L'ultima volta la casa è stata affittata a una certa Dakota Hodgson, con un numero di previdenza sociale appartenente a una donna con lo stesso nome che è caduta da cavallo durante una vacanza a Londra circa nove anni fa. Frattura del cranio. Nessuna famiglia, nessun amico, nessun funerale... sembra che il suo corpo non sia stato mai reclamato».

Si lasciò cadere sulla sedia accanto a Petrosky e aprì la cartella, toccando il foglio in cima. «Il contratto d'affitto elenca due bambini, Joey e James, entrambi di sei anni al momento della compilazione della domanda di affitto... la stessa età che avrebbe avuto Kingsley. La stessa età che avrebbe avuto Gregory, se... fosse stato lì». Ma Gregory probabilmente era stato lì per tutto il tempo. Scott stava confermando le analisi forensi sul cranio che avevano trovato, ma dalle dimensioni del cranio, doveva avere circa sette anni, l'età di Gregory quando scomparve. Almeno i Boyle avrebbero finalmente potuto seppellire ciò che restava del loro bambino.

Petrosky fece una smorfia guardando la pagina: Joey e James. Dakota Hodgson. Sicuramente tutti nomi falsi, e quel numero di previdenza sociale falso per la madre. Roux era coinvolto? «La faccenda del numero di previdenza sociale sembra una coincidenza dopo tutta quella merda con il patrigno di Corey».

«Roux è già stato rispedito in Maryland, ma il nome Dakota Hodgson non era nella lista delle identità rubate, ho controllato».

Quindi nessuna prova che Roux fosse mai stato coinvolto con il rapitore: probabilmente aveva davvero visto Corey in televisione mentre era qui per una delle sue truffe e aveva iniziato a ricattarlo. Si adattava alla cronologia. Corey era scomparso dal Fountainview Hospital di Windsor la notte in cui sua madre era morta, proprio come Roux, ma Roux aveva detto che qualcuno stava aiutando Corey, gli aveva "passato informazioni" e gli aveva dato un posto dove stare. Corey si era fatto fare quel tatuaggio. Poi era arrivato dai Boyle e a quanto pare stava prosperando fino a quando Roux non era tornato nella sua vita. È allora che aveva iniziato a crollare, a litigare, a prendere a pugni le infermiere e roba del genere. Ed era diventato una responsabilità troppo grande per il rapitore. Petrosky non riusciva a pensare a nessun altro che avesse interesse a cercare di far smettere Mancebo di cercare Gregory, nessun altro che sarebbe stato abbastanza preoccupato da uccidere Corey una volta che aveva iniziato a dare di matto... nessun altro con dei conti in sospeso da sistemare.

Inspirò profondamente dal naso. «Allora, qual è la nostra mossa?»

«Sto mandando le foto di Kingsley con l'invecchiamento ad Acharya». Quando lui esitò, lei alzò una mano e disse: «So che non può ancora pubblicare un articolo con quelle, altrimenti la rapitrice saprà che l'abbiamo scoperta».

«Voglio solo essere cauto, Jackson. Se c'è anche una minima possibilità che Kingsley e quest'altro bambino siano ancora vivi...» La rapitrice non era contraria all'idea di uccidere per coprire le sue tracce.

«È solo per far sì che Acharya sia pronto se avremo bisogno di lui. Fino ad allora, torneremo indietro, rifaremo il lavoro che hanno fatto i detective originali, cercheremo luoghi comuni, addetti ai servizi, qualsiasi posto dove i ragazzi potrebbero aver incontrato un adulto in comune... posti che il detective Harris non sapeva di dover cercare. Potrebbe essere un pediatra, un oculista, una pista di pattinaggio, la postina... il maledetto guidatore del furgoncino dei gelati, chi lo sa?»

«Abbiamo controllato il computer? I giochi online a cui giocava Corey?»

«Scott l'ha fatto. Non c'è niente, nessuna chat room, nessuna diretta, e Corey non aveva nemmeno un headset nonostante i giochi... nemmeno un profilo sui social media. Nessun posto dove avrebbe potuto comunicare con la rapitrice. E Gregory non era online prima di essere rapito. Farò una chiamata ai Stinton, ma non riesco a immaginare che un bambino di cinque anni fosse online in quel modo, soprattutto non nove anni fa».

Il cuore di Petrosky batteva ancora dolorosamente, ma non così forte come prima. L'acutezza si era attenuata in una pressione che vibrava lentamente sotto le costole. «Manderò un disegnatore dai Bishop, vediamo se riusciamo a ottenere uno schizzo della donna che viveva lì. E dell'altro ragazzo che Wes ha visto con Kingsley». E se questo caso fosse stato come quello di Ponce... Quell'erba rigogliosa dietro la casa dei Relenski. Tutte quelle ossa nella cantina di Ponce. «Dobbiamo dare un'occhiata al resto della proprietà».

«Ho già fatto richiesta per un mandato: l'ultimo copriva solo il cortile». Le unghie di Jackson tamburellavano sulla scrivania, facendo eco al martellare nel suo cervello, amplificando il battito sordo del suo cuore.

Annusò l'aria, fissando la montagna di carte sulla sua scrivania: fascicolo dopo fascicolo di vicoli ciechi. «Forse dovresti tornare alla tua scrivania per lavorare».

Lei sbuffò e alzò gli occhi al cielo.

«È stata una lunga giornata, Jackson. Sono... stanco di tutti».

«Lo so». Si alzò. «Ma non credo che si tratti di me. Penso che tu debba andare a trovare Linda».

Lui grugnì ma non distolse lo sguardo dal disordine di numeri di caso e scarabocchi di detective. «Non ho bisogno di fare un cazzo».

«Vai a trovarla comunque. Non dovresti stare da solo questa settimana».

E ora lui la guardò: lo stava fulminando con lo sguardo, aspettando che acconsentisse. Sarebbe rimasta lì tutta la notte? Probabilmente, se non avesse detto di sì. Annuì, i muscoli del collo che gli facevano male insieme alla mascella.

Non dovrebbe stare solo in questo momento?

Tu non sai di cosa ho bisogno.

Ma lo sapeva.

Eccome.

E, *oh dio*, stava cercando come un dannato di non farlo.

Fumò una sigaretta dietro l'altra mentre tornava verso casa, con i finestrini alzati, l'aridità secca che gli bruciava nei polmoni. E negli occhi. Il primo semaforo che lo fermò era una foschia sanguigna come nebbia in un quartiere a luci rosse.

Forse qualcosa gli avrebbe fatto cambiare idea prima di arrivare a casa. Forse il semaforo successivo sarebbe diventato rosso, e mentre aspettava il verde, avrebbe avuto un'epifania, o un improvviso scoppio di determinazione, la voce di Julie che gli sussurrava nel cervello che poteva resistere, che le cose non andavano così male, che sarebbe passata, e la sua mente sarebbe cambiata proprio come il segnale del traffico.

Ogni semaforo dopo il primo era verde. Come se l'universo gli stesse dicendo che andava bene lasciarsi andare, smettere semplicemente di sforzarsi così maledettamente tanto. Smettere di lottare.

Il negozio di liquori passò, luminoso e allegro, la luce sfocata e diffusa attraverso il fumo nella sua auto. Accese un'altra sigaretta. Aveva già quello di cui aveva bisogno.

La bottiglia era dove l'aveva lasciata, al centro del tavolino, che brillava nella fioca luce della lampada come se fosse stata lì ad aspettarlo per tutta la vita per offrirgli qualche momento di tregua - di *insensibilità*. Le tende anteriori erano già chiuse. La stanza era un santuario, nascosto dal mondo esterno.

Ma non da te stesso, sussurrò la voce del Dr. McCallum. Ma lo strizzacervelli non era qui per salvarlo, non questa sera. Nessuno era qui per salvarlo.

Nessuno tranne il suo amico, Jack.

Si tolse la felpa; gli si era appiccicata alla schiena e, mentre la gettava via, notò lo sporco nero sotto le unghie - terra dalla tomba di Gregory Boyle. Si lasciò cadere lentamente sul divano. Forse avrebbe dovuto fare una doccia, andare in camera da letto, vedere se riusciva ad addormentarsi. Ma poteva sentire il battito costante della luce notturna da qui, la luce notturna di Julie, quella che probabilmente avrebbe avuto in casa sua, magari nella stanza di un bambino se non fosse stato per lui. Se non fosse stato un poliziotto. Se non avesse fatto arrabbiare l'uomo sbagliato. Julie aveva pagato per i suoi peccati con la vita.

La bottiglia era pesante nella sua mano, il vetro fresco.

Il viso di Julie, le sue labbra blu.

Il palmo gli formicolava.

La risata di Julie, che risuonava nel soggiorno.

Mi dispiace, tesoro. Mi dispiace tanto.

Aprì la bottiglia, sentendo sua figlia, sentendola supplicare, urlare, acuta e disperata. Per quanto tempo aveva urlato? Quanto ci aveva messo a morire? Aveva saputo che era colpa sua? Aveva desiderato che lui fosse lì?

Portò la bottiglia alle labbra, il puzzo che gli bruciava nelle narici, le sue viscere che tremavano. La bocca gli si riempì di saliva. Le sue ghiandole salivari bruciavano, calde e-

Bang! Bang! Bang!

Sussultò, una goccia di whisky gli cadde sulla nocca, una bellissima gocciolina d'ambra purissima.

Bangbangbangbang!

La porta. E poi una voce smorzata: «Eddie?» Il bussare riprese, e questa volta, un altro suono lo accompagnò - un abbaiare.

Vattene. Abbassò la bottiglia, osservando il liquido che ondeggiava all'interno come onde, come l'oceano, profondo e pieno di promesse, della possibilità di annegare. La goccia sulla nocca scivolò lungo il dorso della mano. La pelle gli formicolava come se cercasse di assorbire il liquore attraverso i pori.

«Eddie!» Billie stava praticamente urlando. «Duke sta grattando alla porta da quando ha sentito la tua macchina.» *Bangbangbangbangbang!* «Apri!» *Bangbangbang!* «Stai bene?» La sua voce era tesa ora, preoccupata - decisamente urlava. «Sfonderò questa porta, Eddie, te lo giuro.»

Rimise la bottiglia sul tavolo con un *tonfo*. Più pesante di quanto non fosse sembrata solo pochi istanti prima - la mano gli faceva male nel punto in cui aveva stretto il collo di vetro. «Arrivo! Aspetta un secondo, Cristo.»

Tappò la bottiglia e la nascose dietro il cuscino del divano, poi si infilò di nuovo la felpa sulla testa - umida. Anche le gambe erano più pesanti, come se tutta la sua energia fosse fuoriuscita dalla sua carne come sudore. Persino la maniglia della porta sembrava impossibile da girare.

Duke balzò oltre la soglia nel momento in cui la porta fu aperta abbastanza.

Billie inclinò la testa. «Sei occupato?»

Certo che sono fottutamente occupato. Ma quando incrociò i suoi occhi blu, quello sguardo preoccupato e spaventato, la sua rabbia si placò - *Che pezzo di merda sono.* «Sono solo stanco. Lunga giornata di lavoro. Un caso infernale.»

I capelli di Billie brillavano argentei al chiaro di luna; il lato sinistro evidenziato dal sottile bagliore giallo proveniente dalla casa dall'altra parte della strada - non aveva nemmeno acceso la luce del portico. Allungò la mano e azionò l'interruttore.

Billie sbatté le palpebre nell'improvvisa luminosità. Dietro di lui, il soggiorno sembrava eccezionalmente buio e vuoto, come una bocca spalancata a cui fossero cresciuti i denti. Billie non poteva vedere la bottiglia di Jack dietro il cuscino - pensava. E se avesse potuto, cosa avrebbe detto?

Ma non stava guardando nella stanza. Stava fissando... lui. Riusciva a vedere la disperazione nel suo sguardo o nella postura delle sue spalle? Lui si raddrizzò e si sforzò di assumere un'espressione accigliata mentre lei diceva: «Vuoi un po' di arrosto?»

Le sue spalle si afflosciarono di nuovo: le sue ossa erano troppo pesanti. Duke gli sfiorò la mano, e lui la cacciò in tasca. *Non sono buono per te, ragazzo. Non sono buono per nessuno.* «No, grazie. Ho mangiato al distretto.»

«Puoi fare di meglio del distributore automatico.»

«Lo so, e lo apprezzo davvero. Sono solo stanco.»

Ora sì che guardò oltre lui, le labbra strette, cercando... cosa? Una pistola carica sul bancone? No, non sarebbe arrivato a tanto. Era giù, ma non così a pezzi. Non ancora.

Alla fine, lei scrollò le spalle. «Pensavo che dopo cena potremmo giocare tutti a poker. È passato un po' di tempo.» E c'era sospetto nel suo sguardo scrutatore.

«Penso davvero di aver bisogno di riposare un po'.»

«Capisco.» Ma i suoi occhi dicevano di più: *Lo capisco, ma non lo approvo.* «Siamo qui se hai bisogno di noi, Eddie, tutti noi. Abbiamo tutti passato dei brutti momenti. E ricorda, Duke conta su di te. Gli sei mancato molto oggi.» Sorrise guardando oltre lui, e Petrosky si voltò per vedere Duke seduto sul linoleum della cucina, la coda che faceva swish, swish, swish contro il pavimento, aspettando pazientemente che Petrosky gli grattasse la testa, che smettesse di essere un tale stronzo egocentrico: aveva quasi dimenticato che il cane fosse lì. «Dagli una grattatina extra stanotte, okay, Eddie? Anche lui ha avuto una giornata difficile.»

Gli strinse il braccio, sorrise e si allontanò, circondata dalla luce del portico e dalla luna argentata. Praticamente fluttuando sull'erba. Come un angelo.

Molto meglio di un semaforo rosso.

Ti sento, piccola. Ti sento.

Chiuse la porta.

Duke guaì mentre Petrosky strappava la bottiglia dal suo nascondiglio sul divano, facendo cadere il cuscino a terra. La bottiglia sbatté contro il piano della cucina. Duke seguì Petrosky, le sue unghie che ticchettavano sulle piastrelle della cucina.

Il tappo si svitò con un ronzio.

Duke gemette.

Le nocche di Petrosky si tendevano contro il collo della bottiglia. La sua mano tremava. Il fondo della bottiglia oscillava sul bordo del lavello in acciaio inossidabile.

Bevila. La sua bocca si fece acquolina.

Non berla. Il volto di Gregory Boyle emerse nella sua mente, la foto sorridente della scuola, pelle pallida, capelli scuri, occhi scuri, e poi la sua carne si sciolse rivelando quel terribile teschio grigio che aveva dissotterrato solo poche ore prima. Poi c'era la lingua viola di Corey Gagnon, le sue gambe macchiate di merda. E c'erano altri bambini là fuori, bambini che non avrebbe mai trovato se fosse stato ubriaco. Bere era ciò che aveva fatto dopo la morte di Julie. Quante altre ragazze erano morte prima che trovasse il loro assassino?

Troppe. Molte troppe morte perché lui aveva fallito. Il suo stomaco si contorse. La bile gli salì in gola.

Julie rise.

Capovolse la bottiglia sopra il lavandino, la bocca che gli si faceva acquolina, gli occhi che bruciavano, l'odore del liquore nel naso benvenuto e ripugnante e adorabile e nauseante.

Sono così orgogliosa di te, papà.

Si chinò e appoggiò la fronte contro il rubinetto, lasciando che il liquore si mescolasse alle sue lacrime mentre vorticava nello scarico.

CAPITOLO 27

Lo sbattere della portiera della sua auto risuonò nel parcheggio, il gomito gli doleva per la forza con cui l'aveva chiusa. Il fumo si era attaccato alla sua giacca e all'interno delle sue narici, fuoriusciva dai suoi capelli. Stringeva i caffè così forte da lasciare le impronte digitali sul rivestimento di cera dei bicchieri. Ma questo era il minore dei suoi problemi; i suoi nervi erano a pezzi, l'adrenalina in eccesso vorticava nel suo sistema insieme alla calda pressione della stanchezza. Avevano almeno due bambini in pericolo, quelli che Wes Bishop aveva visto - se non erano già morti - e piste molto più scarse di quanto avrebbe voluto. E le loro due vittime di rapimento, Gregory e Kingsley, avevano frequentato scuole diverse, non avevano insegnanti in comune. Non erano nemmeno nello stesso anno quando erano stati rapiti. Come erano stati presi di mira?

Jackson era già alla sua scrivania - la *sua* scrivania. Una sedia extra era vuota di fronte alla sua. Non alzò lo sguardo quando lui scivolò al suo posto e posò i caffè sulla sua scrivania, ma sarebbe arrivata presto a reclamare il suo. La vergogna si depositò in fondo al suo stomaco, la pelle sulla schiena gli formicolava - lo stava guardando? Sapeva quanto fosse andato vicino a ricadere nel vizio?

Era paranoico, ovviamente.

Dall'altra parte della stanza, Decantor digitava al ritmo frenetico di uno che aveva appena preso una dose di troppo di anfetamine. *Click-clack-tap-clackclickclackclick-clickclick.*

«Perché sei così in ritardo?» Jackson si lasciò cadere sulla sua sedia di fronte a lui e afferrò il caffè che lui aveva messo davanti al suo posto, facendo cadere una goccia sulla manica della sua giacca blu navy.

«Non so. Perché indossi il blu?» Petrosky si passò una mano sulla propria giacca blu navy. «Se avessi saputo che avresti copiato il mio outfit, avrei indossato il mio Gucci». Si raddrizzò sulla sedia, sentendo l'odore di tabacco dal suo cappotto. Una giacca e una rasatura lo facevano sentire meno come se si stesse arrendendo, ma se dovesse essere onesto, voleva solo che Jackson lo lasciasse in pace. Forse non diceva molto, ma ieri aveva visto nei suoi occhi quando guardava la sua felpa stropicciata - non voleva che sapesse che si stava spezzando. Si raddrizzò il risvolto per buona misura.

«Come se tu sapessi cos'è Gucci», disse lei ora.

«È pelliccia di panda, giusto?»

Lei alzò gli occhi al cielo, sorseggiò il suo caffè e lo fissò.

«Va bene, va bene», disse lui, cercando di sembrare noncurante. «Ho fatto fissare un appuntamento con Wes per il nostro disegnatore nei prossimi giorni. E ho camminato per il quartiere dei Bishop tutta la mattina». Due ore a bussare alle porte prima che la gente andasse al lavoro, sperando che i residenti fossero ancora le stesse persone di un anno fa quando il loro sospetto viveva da quelle parti. I polpacci lo stavano uccidendo. Almeno aveva potuto vagare e fumare a catena senza che nessuno gli rompesse le scatole per questo.

«Puzzi di tabacco scadente», disse Jackson come se gli leggesse nel pensiero.

«Meglio che di alcol». Ma la sua bocca si riempì di saliva anche mentre si contorceva interiormente. *Che finezza.*

Aggrottò le sopracciglia. «Sì, è vero», disse lentamente, poi: «Ancora nessun mandato per la proprietà, ma credo che arriverà entro domani». Inclinò la testa. «I vicini dei Bishop hanno detto qualcosa?»

Sorseggiò il suo caffè, insipido oggi, anche se Rita's era di gran lunga il suo posto preferito per una tazza di caffè. «Alcune persone hanno visto una donna con i capelli scuri e due ragazzi con i capelli scuri, ma nessuno è mai andato a presentarsi. Nessuno nel vicinato l'ha effettivamente incontrata o ha incontrato i suoi figli, a parte Wes, e non lo chiamerei certo una presentazione. Sembra che fosse una reclusa, abbastanza distante da non essere avvicinata da nessuno. Nessuno le ha nemmeno visto il viso. Ed entrambi i testimoni hanno detto che indossava una tuta; difficile indovinare il peso, ma pensano che fosse alta circa un metro e sessantacinque. Nella media». Non molto utile, se non per confermare che poteva essere abbastanza piccola da calzare un 37. «Ho anche avuto la conferma dell'auto blu», disse. «Quel cretino dell'investigatore privato aveva ragione, come Marianne Bishop. Ma il vicino dall'altra parte della strada è stato più preciso sul tipo: una Tercel».

«Ok, questo è qualcosa». Jackson annuì. «Ho passato la mattinata a esaminare tutti i vecchi appunti sui casi Boyle e Stinton. Gli autisti degli autobus si alternano nel distretto, prima le superiori, poi le medie, poi le elementari, ma Gregory e Kingsley non hanno condiviso lo stesso personale, nemmeno gli autisti sostituti. Nemmeno insegnanti a tempo pieno, cosa che già sapevamo dato che non possono lavorare in più di una scuola contemporaneamente. I postini non si sovrappongono - gli Stinton erano appena oltre il confine del territorio successivo - e i ragazzi non frequentavano gli stessi parchi, campi o club. Ma» - fece una pausa per un effetto drammatico, o forse solo per respirare - «ci sono membri del personale che sono passati per entrambe le scuole in qualche momento mentre i ragazzi erano lì e che potrebbero aver incontrato entrambi, sia che abbiano cambiato lavoro per lavorare nell'altra scuola, sia che lavorino in giorni diversi in diverse sedi del distretto. Ventitré possibili candidati. Se contiamo gli insegnanti supplenti, quel numero schizza a cinquantotto. E la psicologa è una di loro». Jackson riportò la tazza di caffè alle labbra mentre Petrosky socchiudeva gli occhi.

«La consulente scolastica?» Era dell'altezza giusta, e Holloway aveva detto che si spostava tra le scuole, che era alla Anderson Middle School solo due giorni alla settimana. Ovviamente visitava anche le scuole elementari. Ma era stata controllata; Harris le aveva parlato dopo il rapimento di Gregory.

Jackson posò la tazza. «Prima che tu lo dica, so che l'hanno esaminata, come tutti alla scuola. Ma non credo che l'abbiano fatto molto approfonditamente. Perché avrebbero dovuto? Presumevano che Gregory fosse un crimine d'opportunità, non un rapimento pianificato, perché Stevie non aveva mai menzionato l'amico adulto di suo fratello».

E ora sapevano di più. Il cuore di Petrosky accelerò. «Questo spiegherebbe perché Corey si è rifiutato di vedere un altro psicologo. Se conosceva Holloway, se era lei a fornirgli informazioni su Gregory-»

«D'accordo. E lavora per la contea da dieci anni. Non

ci sono prove che abbia mai incontrato Kingsley, ma le scuole la chiamano su appuntamento, quindi è sempre in giro. Avrebbe avuto tutto il tempo di adescarli entrambi anche se non avesse trattato Kingsley o Gregory prima che fossero rapiti». Tamburellò con l'unghia sul coperchio del bicchiere di caffè. «Vorrei sapere chi fosse il terzo bambino, quello che Wes ha visto con Kingsley, ma...»

Petrosky fissava il suo bicchiere di caffè, ancora in mano. Se i solchi ai lati fossero stati più profondi, l'intero bicchiere sarebbe collassato. «Ma la Holloway non ci ha detto che Gregory aveva minacciato di scappare? Se ha convinto questi ragazzi a fuggire, perché dircelo? Non pensava che avremmo fatto il collegamento?»

«Perché avremmo dovuto? Nessuno stava cercando Kingsley. Sua madre era già scomparsa, quindi hanno supposto che lo avesse portato con sé. E la psicologa è ovviamente una donna intelligente. Anche se pensava fosse un indizio troppo grande, un po' di psicologia inversa può creare molta confusione. Ecco perché ne stiamo parlando adesso».

Petrosky si passò una mano sul mento ormai liscio. Nancy Holloway. Vestito a fiori, occhi viola profondi - lenti a contatto. «È la rossa, vero?»

«Non sono sicura che sia appropriato chiamarle così».

«Però aveva le radici scure». E la donna che viveva poco più in là dei Bishop aveva i capelli scuri. Quale modo migliore per una donna di nascondere la propria identità se non cambiando il colore dei capelli?

«C'è un'altra cosa interessante sulla Holloway: ha due figli, secondo i registri delle nascite, ma non vivono con lei. Entrambi i suoi figli adolescenti vivono con i loro padri, rispettivamente il suo secondo e terzo marito. Uno dei padri ha due condanne per guida in stato di ebbrezza, mentre la madre non ha nemmeno una multa per eccesso di velocità».

Petrosky aggrottò le sopracciglia. Di solito, le madri ottenevano la custodia, specialmente una psicologa con un impiego stabile e nessuna macchia sul suo curriculum. Anche se metà delle volte, gli psicologi erano i più incasinati di tutti, e con tre ex mariti... forse non avrebbe nemmeno bisogno di un'identità segreta, solo abbastanza cognomi per confondere tutti. «Pensi che stia cercando di sostituire i suoi figli? Prendendo quelli degli altri?» I suoi ragazzi ora erano adolescenti, forse vicini all'età di Gregory, di Kingsley...

Jackson scrollò le spalle. «Ho sentito cose più strane. È una merda tornare a casa in una casa vuota».

Questa è la verità. La stanza cadde in silenzio per un battito cardiaco fin troppo acuto, poi si rianimò, il ticchettio della tastiera di Decantor dall'altra parte risuonava nelle orecchie di Petrosky facendogli serrare la mascella. «La Holloway ha mai avuto una Tercel intestata?»

«No. E non ci sono prove che abbia mai soggiornato nel posto vicino ai Bishop. Ma ci sono modi per aggirare la registrazione di un'auto». E molti modi per nascondere un'auto che non volevi fosse collegata a te; una volta aveva lavorato a un caso di pedofilia in cui il sospetto teneva un secondo veicolo nascosto in un vicolo a sedici chilometri da casa sua. Lo prendeva solo quando era il momento di andare a caccia. Il loro sospetto potrebbe cambiare auto ogni mattina se volesse.

Petrosky si alzò. «Andiamo a fare due chiacchiere con Nancy Holloway».

Quel giorno Holloway lavorava al liceo Southbend. La trovarono seduta dietro una scrivania di pino, con indosso una lunga gonna rosa e una camicetta bianca. Alzò la testa e inarcò le sopracciglia quando Petrosky e Jackson si sedettero di fronte a lei.

«Ci sono novità? Avete scoperto chi ha ucciso quel povero ragazzo?»

Petrosky osservò il suo viso, il suo sguardo fermo. Il rapitore, l'assassino, aveva ucciso Corey in preda al panico, ma credeva di aver risolto il problema? Il mondo non sapeva ancora che avevano dissotterrato il corpo di un bambino.

«Stiamo seguendo alcune piste», disse Jackson, «ma dovremo chiederLe di mantenere il riserbo, per ora. Sono sicura che Lei sia brava in questo, essendo una psicologa e tutto il resto». Ma essere una psicologa non le aveva impedito di rivelare i segreti di un ragazzo traumatizzato, modulo di autorizzazione o meno.

Holloway annuì, e Petrosky si appoggiò allo schienale della sedia. I suoi capelli erano ormai completamente rossi; si era fatta la ricrescita. Gli occhi però erano gli stessi, di quel viola pazzesco che nascondeva il suo vero colore. «Ha mai posseduto una Tercel blu, signora Holloway?» Non ce n'era una nel parcheggio, ma il loro rapitore aveva un ottimo motivo per disfarsi dell'auto usata per rapire i bambini.

Lei strinse le labbra. «No, mai. Perché?»

«Abbiamo un testimone che ha visto Gregory parlare con qualcuno in una berlina blu prima di essere rapito. Pensiamo che quella persona possa avere informazioni sul nostro rapitore». Osservò attentamente per cogliere un barlume di colpevolezza - o panico totale - ma a parte la bocca stretta, non vide alcun segno di angoscia. Sincera ignoranza? O una psicopatica insensibile?

«Oh, cielo». Mise le mani sul tavolo - braccia forti e carnose. Sarebbe stata in grado di sollevare 63 chili di peso morto, o avrebbe dovuto fare leva con il suo peso contro il divano?

«Il preside della Anderson una volta aveva un'auto blu, ma credo fosse una Corolla».

No, avevano controllato i presidi - non avevano cambiato scuola, e nessuno di loro avrebbe conosciuto sia Kingsley che Gregory. Questa sembrava più una deviazione che un tentativo di aiutare. «Dov'era il giorno prima della scomparsa di Gregory?»

«Qui? Credo? Non sono sicura esattamente quando lui-»

«Il ventuno maggio, sette anni fa».

I suoi occhi si strinsero.

«È solo una domanda, signora. Stiamo cercando chiunque possa aver visto l'auto che ha preso Gregory. Sa, solo per verificare». Intrecciò le dita in grembo. «Quindi, dov'era?»

Il suo sguardo si indurì. «Sicuramente non stavo guardando nessuna auto». La sua voce era tesa - agitata. Colpevole, o solo arrabbiata per l'accusa velata?

Jackson inclinò la testa. «Come può esserne così sicura, signora Holloway?»

«Ero alle Hawaii».

Non sarei stata così sicura se non avessi pianificato un alibi. «Sei piuttosto sicura di quelle date», disse lui lentamente, con gli occhi fissi sul suo viso.

«Certo che lo sono», sbottò lei. «Il ventitré è il mio anniversario, e sette anni fa mi stavo sposando». Indicò una foto sulla sua libreria, la stessa che aveva alla Anderson Middle School, quella colorata con lei e l'uomo calvo sorridente che indossavano collane di fiori. Lo scaffale era leggermente storto, proprio come la libreria nell'appartamento bianco e noioso dell'infermiera Ogden. Perché la gente non sapeva usare una livella?

«Sei ancora sposata con lui?»

«Sì». Tolse le mani dalla scrivania e le posò in grembo, sporgendosi all'indietro, il più lontano possibile da loro. «Che razza di domanda è questa?»

Petrosky la ignorò e disse: «E la notte dell'otto agosto, nelle prime ore del nove agosto. Di quest'anno».

Ora lei sospirò, sporgendosi in avanti per dare un'occhiata a... un calendario. Come avrebbe dovuto fare lui. «Oh, era proprio giovedì scorso. Ero a casa, a cena con mio marito, poi a fare i bagagli. Poi... dormivo, suppongo».

«Stava per partire per un altro viaggio, signora?»

Lei lo fulminò con lo sguardo - se fosse stata innocente, probabilmente se lo sarebbe meritato. «No, per il mio ufficio - mi stavo preparando per l'anno scolastico. Ho trasferito le mie cose qui e mi sono sistemata in alcune altre scuole quella settimana». Sbatté quegli innaturali occhi viola, le sue iridi sprizzavano fuoco. «Se ricordo bene, Lei era lì per testimoniarlo di persona».

L'avevano vista disfare i bagagli all'Anderson. Ma quanto ci voleva davvero per fare una scatola? In ogni caso, l'alibi sarebbe stato abbastanza facile da verificare con suo marito.

«Ti ricordi di Kingsley Stinton?» intervenne Jackson, chiaramente stanca delle stronzate sull'alibi - il che probabilmente significava che la sua partner credeva a Holloway.

Lei aggrottò la fronte. «No, non posso dire di ricordarlo».

«Un bambino della Garden Grove Elementary, circa nove anni fa».

«Oh, dev'essere stato subito dopo che ho iniziato. Con il permesso dei genitori, posso recuperare i fascicoli, ma...» Alzò le spalle robuste.

«Minacciava di scappare; l'insegnante aveva fissato un incontro con suo padre, ma è scomparso. Proprio come Gregory Boyle».

Ora i suoi occhi viola si spalancarono. «Oh... sì! Me lo ricordo. La polizia venne a scuola allora, intervistò tutti, mi chiese di fare da intermediaria con i bambini se qualcuno di loro si fosse turbato. Non ho mai incontrato il bambino di persona, però. Se avessi saputo che minacciava di scappare prima che scomparisse, certamente avrei cercato di...» Il suo sguardo vagò oltre la spalla di Petrosky.

Lui si girò. Una ragazza con pantaloni mimetici verdi era in piedi sulla porta, il viso per metà coperto da lunghi capelli ricci tinti di un viola pastello. L'unico occhio che poteva vedere era guardingo. Sospettoso. Lei e Roman probabilmente si sarebbero divertiti un mondo insieme.

Holloway salutò la ragazza con un cenno e si alzò. «Se hai altre domande, possiamo parlare di nuovo più tardi», disse dolcemente.

Gli occhi di Petrosky si posarono sulla foto appesa al muro. Le ghirlande di fiori. Un alibi inattaccabile. E il vicino aveva detto che la donna che aveva visto con quei ragazzi era di corporatura media. Holloway aveva l'altezza giusta, ma era robusta, abbastanza forte da essere menzionata da un testimone. Se n'era dimenticato.

Avevano ancora cinquantasette possibili sospetti.

Cinquantasette possibilità di mettere in allarme la rapitrice - no, l'assassina - che erano sulle sue tracce. Una mossa sbagliata, e Kingsley e il ragazzo con lui sarebbero stati sepolti proprio come Gregory Boyle.

CAPITOLO 28

«Qualche novità sul corpo?» Jackson rimise il telefono in tasca e scivolò nel separé in vinile, provocando uno squittio che sembrava il sedere di Duke dopo una serata a base di tacos. Era comunque più silenzioso delle canzoni di Elvis Presley che rimbombavano dal jukebox in stile anni '50 e della folla rumorosa che occupava ogni altro posto disponibile.

«Ancora nessun DNA sulle ossa», disse Petrosky, riponendo anche lui il cellulare. «Ma è passato solo un giorno. Scott ha ancora lo zaino di Gregory e la maglietta insanguinata di Mancebo, e sta facendo la sua magia forense anche sul luogo di sepoltura... e sulle pale. Woolverton ha detto che dalle ossa, il bambino sembra avere circa sette anni al momento della morte, quindi sicuramente non è uno degli adolescenti visti da Wes Bishop, quasi certamente è Gregory». Odiava questo, lo odiava maledettamente, ma almeno i Boyle avrebbero avuto una conclusione. Non che questo avrebbe fermato la ferita sanguinante nei loro cuori. Quel tipo di ferita non guarisce mai.

«Ma confermare che si tratta di Gregory Boyle non ci aiuterà a trovare l'assassino», disse Jackson. «Se abbiamo qualche possibilità di salvare Kingsley, dobbiamo capire dove sia andato il rapitore dopo aver lasciato la proprietà di Relenski Rentals, sempre che Kingsley e l'altro ragazzo non siano sepolti da qualche parte in quel cortile».

Con la squadra forense al lavoro, l'avrebbero saputo presto. Almeno Stinton non sarebbe stato affranto se fosse successo il peggio: pensava comunque che Kingsley fosse cattivo. Ma Roman... il ragazzo aveva messo i manifesti. Voleva disperatamente che suo fratello fosse vivo. I ragazzi si sarebbero legati nella stranezza condivisa di quella casa, che Kingsley fosse "cattivo come sua madre" o meno.

Jackson posò il palmo sulla pila di cartelle manila al centro del tavolo, lanciando un'occhiata rapida alle saliere e pepiere che aveva equilibrato sopra il portatovaglioli per fare spazio. «Dei cinquantasette sospetti che ci erano rimasti, quindici hanno degli alibi per l'omicidio di Corey che possiamo verificare senza interviste. Alibi con carta di credito». Rimosse il gruppo di cartelle in cima e le mise da parte. «Questo gruppo è fuori. Ora puoi dirmi perché abbiamo guidato per quarantacinque minuti per arrivare a questa tavola calda? Non ne avevi avuto abbastanza di quell'atmosfera anni '50 a casa degli Stinton?»

Petrosky diede un'occhiata al pavimento a scacchi bianco e nero, uguale a quello che gli Stinton avevano in cucina, poi al lungo bancone di un rosso brillante, agli sgabelli girevoli abbinati, tutti al momento occupati. «Chiamiamolo un progetto parallelo».

«Ehi, fai pure. Basta che questo posto abbia hamburger, per me va bene».

«Hamburger e patatine e frappè al malto». Proprio come ci si aspetterebbe da una tavola calda chiamata The Soda Shop. «Quindi siamo scesi a quarantadue possibili», disse, massaggiandosi un punto dolente alla base del cranio. Quarantadue persone, una qualsiasi delle quali potrebbe avere i ragazzi.

Ma dove cercare? Il rapitore aveva bisogno di una casa per nasconderli, o in un quartiere dove la gente era abituata a guardare dall'altra parte o in un posto più isolato. Ma forse aveva imparato ad essere più attenta dopo essere dovuta scappare dal suo affitto. Lasciava ancora uscire i bambini? Sperava contro ogni speranza che dopo aver tenuto Kingsley per nove anni, avrebbe cercato di tenerlo ancora un po' - che si fosse affezionata a lui. Soprattutto, sperava che la loro indagine non la spingesse a fare qualcosa di più drastico per impedire che Kingsley venisse scoperto - nessuno rimaneva in silenzio come i morti. Petrosky aprì la cartella in cima alla pila di Jackson: Gloria Miller, un'insegnante di musica che aveva lavorato in entrambe le scuole... e in altre tre scuole elementari della zona. Poi Raquel Albertson, una donna che una volta insegnava arte al liceo, ma che era finita a fare la supplente in tutte le scuole elementari della contea dopo i tagli ai finanziamenti. Il loro rapitore era probabilmente una donna, basandosi su chi avevano visto collegato a Kingsley - e a Corey se era lei la donna fuori dal negozio di tatuaggi. Ma la maggior parte del personale scolastico per entrambi i ragazzi era composta da donne, quindi questo non aiutava molto. «Come sono questi quarantadue possibili? Bambini, famiglie? Situazioni abitative?»

Jackson tamburellò con le unghie sul tavolo. «Nessuno dei nostri quarantadue ha collegamenti evidenti sia con Gregory che con Kingsley, almeno da quello che ho potuto trovare», disse. «Queste sono tutte persone che potrebbero aver *incontrato* entrambi. E la maggior parte di loro ha figli, ma ho guardato con particolare attenzione a chi ha subito una perdita - qualcosa che potrebbe spingerli a sostituire un bambino. Un bidello che ha lavorato in entrambe le scuole ha perso un figlio per leucemia tre anni fa - triste, ma non si adatta alla tempistica. E abbiamo alcuni divorzi con affidamento condiviso, ma niente di brutto.»

Petrosky fissò la pagina finché le parole non si sfocarono. «E i... gemelli?» Mise da parte la cartella. «Wes Bishop ha detto che i ragazzi gli hanno detto di essere gemelli. Chiaramente non lo sono, ma vengono cresciuti come gemelli - erano elencati nel contratto d'affitto come se avessero entrambi dieci anni. Se ne avesse avuti due che ha perso, sarebbe probabile che ne prendesse due - avrebbe preso Gregory anche se aveva già Kingsley.» E le nascite di gemelli, e le successive morti, sarebbero state più facili da rintracciare.

Ma Jackson stava già scuotendo la testa. «Nessuno con gemelli in questa pila, tanto meno gemelli morti.»

«Che sfortuna.»

I suoi occhi si strinsero. «Sì... che sfortuna.»

«Sai cosa intendo. Se qualcuno avesse avuto dei gemelli morti la settimana prima della scomparsa di Kingsley, andremmo subito a prenderli.»

Ma Jackson non lo guardava più; stava fissando la cameriera, con gli occhi spalancati.

«Beh, detective, non è una coincidenza?»

Petrosky seguì lo sguardo di Jackson. Bonnie Stinton indossava il blu oggi ma aveva ancora lo stesso rossetto rosso sangue. E lo stesso falso sorriso che doveva nascondere ciò che pensava veramente. Come una brava casalinga degli anni cinquanta, o una cameriera nel pieno di un pranzo affollato.

Forzò le labbra in quello che sperava passasse per un sorriso. «Signora... Stinton, giusto?»

«Se l'è ricordato. Dovrò darle una fetta di torta extra per questo.» Lanciò un'occhiata a Jackson - la sua partner era rimasta in silenzio, gli occhi su di lui ora, un sorrisetto sulle labbra.

«Allora, cosa prenderete?» chiese Bonnie.

Jackson gli fece un cenno. «Tu conosci questo territorio meglio di me.»

«Due cheeseburger, entrambi con patatine fritte», disse Petrosky. «E frappè al cioccolato per tutti.»

«Te li porto subito, tesoro». Sempre sorridendo, si diresse verso il bancone sui suoi tacchi rossi lucidi.

Jackson lo stava ancora fissando. «Come facevi a sapere che lavorava qui?»

«Progetto parallelo, Jackson».

«Sto solo dicendo, di tutti i posti-»

«Uno: sono a corto di soldi - lui ha perso tutto in borsa qualche anno fa, come dimostrano i suoi mocassini consumati. E Bonnie interpreta questo ruolo meglio di chiunque altro lavori qui perché lo interpreta anche a casa».

Jackson incrociò le braccia. «Questa non è l'unica tavola calda, Petrosky».

«L'ex moglie di Stinton lavorava qui. Era nel fascicolo di Kingsley». *E potrei aver fatto una telefonata per sapere quando lavorava Bonnie.* Le fece l'occhiolino.

«Sei un maniaco».

«Fa parte del mio fascino».

Il tintinnio delle forchette sui piatti e il brusio delle conversazioni dagli altri tavoli li avvolsero. Finalmente, Jackson si schiarì la gola. «Se questa faccenda del rapimento è una cosa materna, qualcuno che cerca di sostituire un figlio o due persi, pensi che Kingsley sia vivo?»

Lo spero proprio. «Non abbiamo modo di saperlo, questo è il problema». Sospirò. «Ma probabilmente sì. Se fosse una pedofila, si sarebbe già stancata di loro. Inoltre, sta educando i bambini che ha - questo indica che li sta crescendo invece di prenderli per un altro motivo. Ma se ora li vede come suoi figli, i suoi gemelli, farà di tutto per non perderli. E se c'è resistenza... guarda cos'è successo a Gregory, a Corey». Questa rapitrice non aveva problemi a uccidere quando lo riteneva necessario - e dovevano presumere che sarebbe diventato necessario se avesse pensato che fossero vicini a catturarla.

«Dovremmo parlare con McCallum», disse Jackson.

Petrosky prese un'altra cartella e la sfogliò, le parole sfocate, poi incontrò i suoi occhi sopra di essa. «Non c'è questa settimana».

«Davvero?»

«Deve fare un intervento o qualcosa del genere».

«Non ti ha chiamato l'altro giorno?»

«Sì, solo per tenermi aggiornato. Per farmi sapere che sarebbe tornato presto».

Lei aggrottò le sopracciglia. «Ma avevi detto che era in vacanza».

«Ha dovuto usare i giorni di ferie per l'intervento, sai come funziona». Petrosky sbatté le palpebre, vedendo il whisky che vorticava nello scarico. Lo strizzacervelli aveva il diritto di essere preoccupato. E anche Jackson. Ma la settimana era quasi finita - ancora qualche giorno di finzione, e il compleanno di Julie sarebbe passato come ogni altro anno, e lui avrebbe dimenticato. Di nuovo.

Spinse da parte i fascicoli, mentre Bonnie tornava portando un vassoio carico di grasso, carne, carboidrati e spessi frappè al cioccolato ghiacciati. L'odore salato gli fece venire l'acquolina in bocca - *finalmente, del cibo vero*. Bonnie gli lanciò un'occhiata mentre posava i piatti, ma si voltò una volta che l'ultimo piatto fu servito.

Quando Bonnie fu tornata ancheggiando al bancone, Jackson prese di nuovo il fascicolo in cima. Almeno aveva abbandonato l'idea di vedere McCallum. «Una dozzina sulla lista sono single», disse. «Solo due hanno altre proprietà a loro nome, e quei posti sono fuori dallo stato - è improbabile che tengano i bambini lì, ma possiamo assicurarcene». Fece scivolare alcuni fascicoli dalla pila e li mise da parte. «Credo che ce ne siano altri venti che possiamo escludere in base ad altre persone che vivono in casa - specificamente, bambini che frequentano la scuola. Non vedo come potrebbero mantenere il silenzio se ci fossero bambini rapiti che se ne stanno nelle loro camere mentre loro sono seduti a lezione di algebra».

«Quindi siamo scesi a ventidue?»

Lei annuì. «Ventidue.»

Lui affogò i suoi dispiaceri nel grasso e nel sale, lasciando che l'hamburger gli scivolasse giù per la gola. *Fantastico*. Perché aveva mai smesso di mangiare così?

Jackson si ficcò una patatina in bocca e la fece scivolare giù con il frappè. «Ma è qui che diventerà più difficile: tutti quelli su questa lista sembrano legittimi. Hanno lavori, famiglie, obblighi che non permetterebbero loro di stare a casa con due bambini. E tutti i numeri di previdenza sociale di questi ventidue sono validi, niente di strano come quello che abbiamo visto con quella proprietà in affitto, con Dakota Hodgson. Nessun collegamento con il Canada. I numeri di licenza dei consulenti scolastici sono corretti, le certificazioni di insegnamento sono collegate ai numeri giusti, e nessuno di quei numeri ha un certificato di morte allegato... incrociamo le dita che il nostro rapitore abbia usato il falso solo per l'affitto della casa.»

Lui sospirò. Più ricerche facevano, più sembrava che stessero andando nella direzione sbagliata, soprattutto perché molti della loro lista erano stati controllati quando Harris stava lavorando al rapimento di Gregory. *Probabilmente anche Mancebo li ha esaminati.* «Dovremo parlare con i Boyle quando torneranno i risultati della scientifica.»

Jackson gettò il suo hamburger mezzo finito sul piatto.

«Sono solo contenta che sappiano già che Corey non era loro figlio. Non renderà più facile dire loro che abbiamo trovato il corpo di Gregory, ma...»

Lui afferrò il suo frappè, freddo e scivoloso contro i polpastrelli. «Sì. Stavano crescendo un canadese. La costante gentilezza avrebbe dovuto essere un indizio rivelatore.»

Jackson aggrottò le sopracciglia, con lo sguardo perso nel vuoto. «Forse c'è qualcosa in questo.»

«In cosa? Sono sicuro che si siano sentiti meglio quando ha iniziato a prendere a pugni la gente. È il modo di fare americano.»

Jackson lo ignorò e rubò una patatina dal suo piatto: le sue erano finite. «Non sappiamo esattamente come Corey sia finito qui, ma sappiamo che era canadese. Dev'essere lì che ha incontrato il rapitore: si è trasferito a casa dei Boyle un mese dopo la morte di sua madre, e prima di allora, secondo Roux, viveva con qualcuno che gli forniva informazioni su Gregory. Forse è venuto qui con il nostro sospettato.» Non potevano esserne certi, poteva essere stato qualcuno che voleva solo aiutare Corey a uscire dalla sua situazione, ma quella persona non avrebbe avuto motivo di fargli del male. Solo qualcuno con qualcosa di più serio da nascondere avrebbe ucciso per proteggere quel segreto: rapire Kingsley, pugnalare Gregory? Queste erano sicuramente cose per cui valeva la pena uccidere... be', se eri un disperato psicopatico assassino.

Anche se... «L'abbiamo già considerato, che il rapitore sia andato lassù per reclutare un sostituto.»

«Ma il rapitore potrebbe aver vissuto lì a un certo punto, aver avuto una vita lì,» disse Jackson. «Prima di trasferirsi qui e iniziare a rubare bambini. Non è che sia andata da uno sconosciuto e gli abbia detto: 'Ehi, vuoi fingere di essere un adolescente e vivere con una nuova, strana famiglia?'»

Lui inghiottì il suo frappè, con un mal di testa che gli pugnalava le tempie, poi si attenuò mentre si riempiva la bocca con l'ultimo morso di hamburger.

Jackson si pulì le mani con il tovagliolo. «Vedremo cosa possiamo scoprire dai nostri vicini del nord: i canadesi dovrebbero avere qualcosa ormai. Darò anche un'occhiata più approfondita alla scuola di Corey, ma se non otteniamo nulla entro domani, forse chiamerò Acharya. Potrebbe avere fonti lassù come le ha qui.» Continuò, mentre lui aggrottava le sopracciglia. «Non abbiamo molto sul nostro rapitore se non che è una bruna notevolmente media, e ognuna delle nostre possibili sospette soddisfa questo criterio.»

«Sì». Petrosky ingoiò la sua ultima patatina, il cibo che gli si bloccava nella gola improvvisamente secca. «Di' ad Acharya di stare attento, però. Al minimo sospetto che l'abbiamo scoperta, andrà nel panico». Se aveva ucciso Corey quando aveva mostrato instabilità, quanto sarebbe durato Kingsley quando la sua sola presenza avrebbe provato la sua colpevolezza? Se fosse stata messa alle strette, avrebbe voluto che il ragazzo vivesse senza di lei? Avrebbe voluto vivere senza di lui? Era ovviamente una squilibrata, e lui non aveva intenzione di rischiare. Improvvisamente lo sentì nelle viscere, il peso dell'imminente sventura - sempre più vicina, più vicina. Fu tentato di chiamare Acharya lui stesso. Allungò invece la mano verso il portafoglio.

Jackson gli allontanò la mano. «Offro io oggi, hai pagato tu l'ultima volta». Gettò trenta sul tavolo.

Lui annuì ma sfilò altri cinquanta dal portafoglio, poi la sua carta. Jackson lo squadrò. «La porterai a casa tua? La farai vivere nella tua scuderia di donne?»

«È solo una casa». Scarabocchiò una nota sul retro della sua carta, insieme al suo numero di cellulare. «Ma se ne ha bisogno...» Scrollò le spalle e allungò la mano verso la pila di cartelle. «Andiamocene prima che torni».

«Hai paura di Marilyn Monroe?»

Petrosky scrollò le spalle. «E chi non ne ha?»

CAPITOLO 29

«Maledetti canadesi». Sbatté il telefono sulla base. Ore di ricerche, quello che sembrava ore di telefonate. La testa gli pulsava. Fuori dalle finestre della stazione di polizia, il sole era per metà nascosto dall'orizzonte; le nuvole arancioni e rosse e del viola malsano di un livido. Un altro giorno finito, il vuoto desolato dell'oscurità si avvicinava sempre di più: tutto sembrava più pesante di notte. «L'agente, la guardia a cavallo, o come diavolo si chiamano, mi richiamerà, ed era così dannatamente dolce che mi ha fatto venire il mal di denti».

Jackson posò una brioches a forma di artiglio d'orso avvolta in un tovagliolo sulla sua scrivania e si sedette accanto a lui. «Te l'ho presa come spuntino di mezzanotte, ma se hai problemi ai denti...»

Petrosky afferrò il dolce e ne prese un morso per dimostrare il contrario: una dolce, zuccherosa perfezione. «Lascia perdere, Jackson», disse con la bocca piena. Poi: «Tutto quello che avevano nel fascicolo era ciò che ci avevano già mandato. Niente sulla scuola, niente sugli ultimi giorni di Corey lassù, nessuna donna adulta che si aggirasse, inclusa sua madre. Corey aveva diciotto anni, quindi la sua scomparsa non è stata davvero investigata. Anche il preside non sapeva nulla, anche se ci ha tenuto a dire che Corey era un solitario, non aveva amici che si sapesse, uno dei motivi per cui si preoccupava per il ragazzo. Lo ha fatto sembrare il tipo di ragazzo che potrebbe suicidarsi». *Che potrebbe essere il motivo per cui il rapitore lo ha scelto.* Se solo avessero un identikit di questa donna: il preside stava esaminando i fascicoli dei dipendenti della scuola, avrebbe inviato liste di insegnanti, descrizioni e simili, ma probabilmente non sarebbe servito a nulla. Lei si era dimostrata abile nel passare inosservata. Avrebbero dovuto andare lassù mentre Kingsley si avvicinava pericolosamente a diventare fertilizzante. Come Gregory. Si ficcò in bocca un altro boccone, lo zucchero cristallizzato piovve sulla sua camicia. Quindi stavano avendo a che fare con un rapitore canadese o americano? Doveva ancora essere qualcuno che i ragazzi conoscevano, qualcuno con accesso per manipolarli e farli scappare... ma forse si sbagliavano anche su questo. Forse il loro rapitore sapeva solo che i ragazzi avevano vite familiari difficili. Forse la fuga era una coincidenza, una reazione prevedibile a una famiglia di merda.

Ma non gli piacevano le coincidenze. E la berlina blu, la casa. Anche se il rapitore avesse iniziato in Canada, aveva sicuramente vissuto qui per un po'. Era tornata a nord, aveva portato i ragazzi? Se fosse così, come diavolo li avrebbero mai trovati? Quel posto era enorme, e l'intera famiglia poteva semplicemente nascondersi dietro un alce o qualcosa del genere.

«Se è tornata oltre il confine, i ragazzi hanno i passaporti; non si può aggirare questo ostacolo di questi tempi», disse. Avrebbero potuto esaminare le scansioni dei passaporti dei ragazzi che attraversavano il confine, ma era improbabile che lei usasse i loro veri nomi, e non erano sicuri di quando fossero passati. Troppo traffico da esaminare, soprattutto con tempi così stretti.

«Il modo più semplice per ottenere i passaporti è con un certificato di nascita», disse Jackson, con lo sguardo rivolto alla finestra che si oscurava. «Due in questo caso: gemelli, giusto? Penso che sia la nostra migliore scommessa».

Annuì, lo zucchero gli ribolliva nello stomaco: oleoso, ma soddisfacente. Avevano già controllato i loro ventidue sospetti; la maggior parte di loro non aveva affatto un passaporto, ma questo non significava che non stessero usando un nome diverso dal proprio.

«Farò alcune telefonate» stava dicendo Jackson. «Dobbiamo vedere quante nascite gemellari, e più specificamente, morti ci sono state in Canada e nell'area metropolitana di Detroit nei pochi anni prima che Kingsley fosse rapito. Ha senso che la perdita di un figlio sia stata un fattore scatenante, dato che la motivazione sembra più materna, oltre a quella cosa dei gemelli. Agire come se fossero imparentati. Forse sta cercando di dimenticare di aver perso un figlio.»

«Sì.» Petrosky posò la metà rimanente della ciambella sulla sua scrivania, con lo stomaco acido. *Cazzo*. Avrebbe dovuto mangiare cinque ciambelle al giorno finché non avesse riacquistato la sua tolleranza. «Speriamo che il rapitore non avesse problemi di infertilità.» Se non avesse mai avuto un figlio suo, o se avesse voluto che il suo figlio biologico avesse un amico con cui vivere, sarebbe stato più difficile da rintracciare.

«Speriamo. In ogni caso, deve esserci una ragione per cui quei ragazzi vengono cresciuti come gemelli. Non credo che le piacciano solo i dolcevita abbinati.» Sorseggiò il suo caffè - aspetta, gliene aveva portato?

No, niente caffè per sciacquarsi lo zucchero dalla bocca - nemmeno acqua. Il suo stomaco si agitò; deglutì a fatica e allungò la mano verso il telefono. «Immagino che richiamerò quei simpatici stronzi, vediamo cosa possono trovare.»

Jackson scosse la testa. «Me ne occupo io. Tu vai a casa, Petrosky. Non c'è altro che possiamo fare qui stasera, e io sono più brava con le persone di te. Se qualcuno potesse far arrabbiare un canadese...» Lo guardò con aria eloquente.

Si ficcò in bocca il resto del dolce, poi si alzò in piedi. «Fai pure, Jackson.» Il solo pensiero di parlare di nuovo con i canadesi fece pulsare di nuovo il dolore nella sua testa.

Lei inclinò la testa. «Dove vai?»

«A casa, l'hai appena detto-»

«Dovresti andare a trovare Linda.»

No. Cercò di deglutire, ma la sua lingua si era seccata. «Le ho già mandato un'email sui Stinton così che possa seguire la cosa, mettere Roman in una situazione più sicura.»

«Beh, magari potresti portarle la cena, ringraziarla per il disturbo.» I suoi occhi erano sul fascicolo davanti a lei, ma lui distolse comunque lo sguardo come se lei potesse vedere qualcosa con la visione periferica che lui voleva nascondere.

«Quello è il suo lavoro, Jackson, come questo è il nostro. Inoltre, sono sicuro che sia occupata.»

Il silenzio gli riempì le orecchie. Poi: «Ma non è-»

«Non è cosa?» sbottò. Un buco si era aperto nel suo petto, un abisso pulsante e frastagliato. La bile gli salì in gola. *Jackson e tutte queste stronzate d'impicciarsi.* Non aveva bisogno di essere da nessuna parte se non a casa, non aveva bisogno di gravare su nessun altro con questo, specialmente non su Linda - lei aveva già sopportato abbastanza per lui.

«Niente.» Jackson si alzò improvvisamente e si diresse verso la sua scrivania, ma guardò oltre la spalla a metà strada verso il suo posto. «Se ti annoi più tardi, Lance e io ordiniamo da asporto. Se hai bisogno di noi.»

Lui si voltò verso le scale, con le viscere rancide, le costole dolorosamente strette. *Non ne avrò bisogno.* Sarebbe andato a casa e avrebbe dimenticato.

Il sudore gli colava lungo la schiena, il cuore gli pulsava in gola, bruciante, acido. Il respiro felice di Duke gli sibilava contro la coscia. La sua cucina sapeva di liquore nonostante avesse strofinato il lavandino, e la luce notturna di Julie ronzava, ronzava, ronzava, ronzava, così forte e insistente che era quasi certo fosse stata in qualche modo invasa da sciami di insetti, anche se nessun'ape strisciava fuori dal vetro o si aggrappava all'interruttore sottostante. La luce notturna era spenta, ne era certo, ma ne sentiva la presenza come una corrente elettrica che gli scorreva nelle vene.

Così era scappato. Aveva preso Duke ed era partito.

Il suo cellulare vibrava, di nuovo, e rallentò abbastanza da prenderlo, con Duke che si adeguava al suo passo. Tre messaggi di Linda lo fissavano... e la data.

15 agosto. 15 agosto. 15 agosto.

McCallum diceva sempre che l'unico modo per superare tutte le stronzate, tutto il dolore, era affrontarle di petto. Linda lo stava facendo stasera.

No, sta celebrando la morte di Julie.

Rimise il telefono in tasca e riprese a correre, più forte, più veloce, cercando di anestetizzare la rabbia che bruciava sopra la nausea nel suo stomaco. Era questo che voleva essere, chi voleva veramente diventare? Un uomo che non riusciva nemmeno a pensare alla sua bambina nel giorno del suo compleanno?

È morta, cazzo; non ha più compleanni.

La furia scemò, sostituita da un dolore tremante, quel vuoto eppure frastagliato buco che pulsava nel suo petto. Linda non stava celebrando la morte di Julie; lo sapeva. Voleva solo una scusa per odiarla. Questo è ciò che direbbe il Dr. McCallum. McCallum direbbe anche che Linda stava cercando di celebrare la vita di Julie, per non dimenticarla, per ricordare sempre la loro figlia, per poter immaginare per sempre la meravigliosa giovane donna che sarebbe potuta diventare.

Che tipo di padre era? La sua bocca si riempì di saliva, bramando il dolce bruciore del Jack Daniel's in gola. Sarebbe riuscito a superare la notte senza bere? Probabilmente no. Ma non poteva correre tutta la notte.

Sii un uomo. Smettila di far soffrire quella povera donna che ha avuto la sfortuna di sposare il tuo misero culo.

Corse più forte, il sudore gli colava negli occhi, bruciando, bruciando. Linda stava soffrendo di più senza di lui lì? Tenerle la mano per una notte, come avrebbe dovuto fare ogni notte dopo la morte di Julie... No, non poteva rimediare a quello.

Il ciambella gli gorgogliava nelle viscere. Non poteva rimediare all'essere stato uno stronzo. Ma poteva cercare di non far soffrire Linda di più. Il respiro gli sibilava nelle orecchie, un dolore pungente gli trafiggeva il fianco.

È questo che vuoi essere, papà?

Si fermò, ansimando, ansimando.

Duke guaì.

Che stupidaggine; cosa sto facendo?

La notte fuori dalla sua auto era cupa e buia, piena di cartelli stradali e altri veicoli che a malapena notava, il petto troppo oppresso per fare più che ansimare. Linda sarebbe stata triste, come lui, ma non avrebbe avuto liquori, non da nessuna parte dove lui avrebbe potuto trovarli. Si sarebbero seduti sul divano a guardare il vecchio orsacchiotto di Julie, o il suo annuario delle medie - lui aveva la sua luce notturna in camera da letto, quindi certamente avrebbe potuto guardare un orsacchiotto o qualsiasi altra cosa Linda avesse tirato fuori dalle scatole in soffitta. *Certo che posso farlo - certo.*

Avrebbero bevuto caffè. Avrebbero pianto. Lui sarebbe tornato a casa. Per una volta, non l'avrebbe delusa. Forse sarebbe rimasto persino sobrio. Forse le avrebbe chiesto di più sul caso - avrebbero potuto parlare anche di Roman Stinton.

No, non avrebbe dovuto tirare fuori quell'argomento.

Un pacchetto di biscotti al cioccolato era sul sedile del passeggero - i preferiti di Julie, qualcosa a cui non pensava mai, mai, ma gli era venuto in mente lungo la strada, un ricordo di lei al tavolo della cucina, che ne girava un lato, sorridendo, intingendolo. Avrebbe dovuto prendere il latte. Perché non aveva preso il latte?

La casa di Linda era buia all'interno, tranne per un sottile bagliore blu da qualche parte oltre le finestre frontali. TV? *Grazie a Dio.* Forse anche Linda aveva bisogno di un po' di distrazione, dopotutto, proprio come lui. Avrebbe iniziato con il caso - niente rompeva il ghiaccio come un rapimento.

Si strofinò lo sterno - il cuore gli faceva male.

Linda aprì la porta in jeans e una maglietta gialla, gli

occhi così gonfi da essere quasi sigillati. E oltre lei, nel soggiorno - risate.

Il suo stomaco si contrasse. Non solo risate - la risata di Julie.

Guardò oltre Linda nella stanza. Sullo schermo, uno striscione colorato con "Buon Compleanno" ondeggiava, appeso tra gli alberi; il loro cortile nella vecchia casa di Ash Park. E sotto lo striscione... Il petto gli si compresse, i polmoni caldi come se qualcuno li avesse colpiti con un lanciafiamme.

Julie.

Era seduta sotto lo striscione che ondeggiava lentamente accanto a una pila disordinata di regali avvolti in carta vivace, sorridendo alla telecamera. Linda disse qualcosa fuori campo, e Julie-

-rideva, rideva, rideva-

La bile gli salì in gola, e il viso gli bruciava, tutto così *caldo.*

L'aveva persa, quella festa. Stava lavorando a un caso. Non riusciva nemmeno a ricordare se avesse preso un pezzo secco di torta avanzata perché c'erano troppi compleanni mancati da distinguere.

Il pacchetto di biscotti colpì il portico con un plasticoso *toc.* «Devo andare.»

Linda fece un passo avanti, oltre la soglia, sul portico, la mano tesa, ma lui si stava già allontanando, inciampando giù per i gradini del portico. «Ed, per favore-»

«Non ce la faccio.»

«Ed, puoi farcela, sono-»

«Non importa; non importa un cazzo da quanto tempo è successo! Sarà sempre mia figlia.»

«È anche mia figlia! Non possiamo semplicemente fingere che non sia successo! Dobbiamo essere onesti con noi stessi, dobbiamo-»

«Vuoi l'onestà? Mi dispiace di averti deluso come marito, di aver fallito come padre, di aver fottutamente ucciso nostra figlia, ma non posso stare qui tutta la notte a pensare a come non la vedrò mai più!»

Scappò via.

Di nuovo.

Sentì a malapena Linda che lo chiamava nella notte.

————

Petrosky suonò il campanello, una melodia elaborata che ricordava il tintinnio di un furgoncino dei gelati. Nessun rumore dall'interno. Ma quel bagliore, quel bagliore della televisione... blu e sfocato. Forse anche loro erano dentro a guardare video di Julie, forse era tutto un complotto per farlo impazzire.

Questo è sbagliato; è una pessima idea, devo solo trovare un bar, smettere di lottare così dannatamente. Una notte, giusto? Solo una notte non gli avrebbe fatto male. Il suo petto - *cazzo* - il suo petto.

Alzò la mano e sbatté il pugno contro la porta d'ingresso finché le nocche non gli pulsarono dolorosamente quanto il cuore.

La porta si spalancò, Jackson scrutò nella notte come se fosse pronta a prendere qualcuno a pugni. Lui sollevò una busta. «Ho preso delle patatine al formaggio e il nuovo gioco Road Warriors. Lance è occupato?»

Lei lo esaminò, forse cercando di capire se fosse ubriaco, ma apparentemente superò l'esame perché si fece da parte e indicò il soggiorno. Sentì il ticchettio prima di entrare, l'incessante pressione dei pulsanti di un controller portatile. Il ragazzo era seduto sul divano, con le cuffie, davanti a uno schermo piatto che probabilmente costava più di tutti gli apparecchi elettronici che Petrosky avesse mai posseduto. Anche nel lussuoso SUV di Jackson, era facile dimenticare che fosse stata un pezzo grosso di Wall Street prima che il figlio maggiore morisse, prima che entrasse all'accademia. Non potevi dimenticarlo qui, in questa casa, anche se i cuscini di iuta e il divano in pelle scamosciata la rendevano accogliente.

Lance non alzò lo sguardo quando Petrosky entrò - *tactactactactac* - non guardò nemmeno quando Petrosky si sedette all'altro capo del divano. Petrosky tenne gli occhi sulle ginocchia e sollevò il gioco, a metà strada tra loro. Il ticchettio del controller si fermò.

Lance si mosse. Il gioco svanì dalle dita di Petrosky e finì nella console. Lance spinse un controller nella mano di Petrosky.

Il ragazzo tenne gli occhi sullo schermo. *Tactactactactac.*

Petrosky tenne gli occhi sullo schermo. *Tactactactactac.*

Il dolore nel petto si attenuò. Aprì le patatine al formaggio e le mise sul divano tra loro, sperando che Jackson non entrasse per dire che non era permesso mangiare.

A volte le mamme non capiscono.

CAPITOLO 30

Jackson si lasciò cadere sulla sedia alla sua scrivania, estraendo un fascio di carte da sotto il braccio. «Tutto bene?»

«Il tuo divano fa schifo.» Petrosky si massaggiò i muscoli del collo, ma almeno il petto stava meglio: dolorante ma non dolente.

Lei abbassò lo sguardo e sfogliò il suo mucchio di carte. «Sì, sì. Sono sicura che sia stato il divano e non la busta famiglia di patatine al formaggio che hai divorato con mio figlio ieri sera.»

Lui aggrottò le sopracciglia. «Anche Lance ha mal di schiena per gli snack?»

Lei smise di frugare tra le carte, con qualcosa di simile a un sorriso che le sfiorava le labbra: soddisfazione? Sollievo? Era passato così tanto tempo dall'ultima volta che lui aveva provato una di queste sensazioni. Forse non era più in grado di riconoscerle.

«In realtà... Lance sembrava piuttosto felice questa mattina.»

«Bene. È il mio preferito.» Il ragazzo sapeva come rilassarsi nel momento. Come non dover chiacchierare di ogni dannata cosa. Petrosky non era mai stato un grande appassionato di videogiochi, ma non gli dispiaceva tanto quanto aveva sempre immaginato. Nel gioco, c'eri solo tu e la tua auto, tu e la tua arma: nessun tempo per pensare.

«Il sentimento è reciproco.» Jackson lo osservò in silenzio per un momento, ma Petrosky tenne gli occhi fissi sul fascicolo davanti a sé finché lei non posò i suoi fogli sulla scrivania. *Non pensare, lavora e basta.* «Abbiamo ricevuto un'e-mail dai canadesi», disse infine. «Stanno indagando sul personale scolastico per noi: il preside ha inviato le informazioni lì invece che qui per questioni di giurisdizione. E hanno già intervistato i vicini di Corey e Rosalie, cercando donne sospette che potrebbero essere andate nell'appartamento, chiunque corrispondesse alla descrizione della nostra sospettata, ma niente: non è un bel quartiere, quindi le persone potrebbero essere più propense a farsi gli affari propri.»

«Dovremo andare lassù, rinfrescare loro la memoria.»

Lei gemette. «Sì, dovremo fare il viaggio.» La loro sospettata non era perfetta: qualcuno, da qualche parte, doveva averla vista.

«Ancora niente sui certificati di nascita o di morte di gemelli canadesi», continuò Jackson, «ma senza sapere esattamente in quale zona cercare...» Scrollò le spalle. «Ci faranno sapere se trovano gemelli deceduti o casi in cui solo uno dei gemelli è sopravvissuto.»

Vicoli ciechi. Tutti vicoli ciechi. Si appoggiò allo schienale della sedia. «Ho escluso un'altra dalla nostra lista di ventidue: un'insegnante supplente che pesa solo quarantasette chili; un'amica la prendeva in giro online perché porta il 35 di scarpe.» La sua gamba sinistra pesava più di lei.

Cosa più importante, i suoi piedi non sarebbero entrati nelle scarpe che avevano lasciato le impronte a casa dei Boyle.

«A che punto sei con i gemelli?» chiese Jackson. «O i fratelli di età vicina?»

Joey e James, entrambi di dieci anni, erano stati elencati nel contratto d'affitto di Relenski Rentals. Sapevano che uno di loro era Kingsley, ma restava da vedere se l'altro fosse il vero figlio del rapitore. Ma Wes aveva detto che gli avevano riferito di essere gemelli. Nessuno decideva semplicemente di essere gemelli. Annuì. «È su questo che ho lavorato tutta la maledetta mattina». Nei cinque anni precedenti al rapimento di Kingsley, c'erano stati troppi casi - troppi bambini morti - ma restringere il campo alle nascite gemellari caucasiche che avrebbero avuto la stessa età dei loro ragazzi aiutava un po'. «Mi sono limitato a Detroit e all'area metropolitana di Ash Park, ma non c'è modo di sapere da dove venisse il rapitore; potrebbe essersi trasferita qui letteralmente da qualsiasi posto». Si passò una mano sul viso - ispido. Di nuovo. Almeno era passato a casa a prendere una giacca. «Volevo restringere ulteriormente il campo ai ragazzi con i capelli scuri per via del profilo fisico simile, ma non è così facile - l'informazione non è elencata sul certificato di morte. Ed è complicato perché non sappiamo se ha perso due figli o solo uno - il ragazzo con Kingsley potrebbe essere stato suo figlio biologico. Tutti questi incroci di dati... sono una scocciatura».

«Posso aiutarti con quello. Quanti ce ne sono?»

«Trenta coppie di gemelli in cui uno o entrambi sono morti, o alla nascita o prima dei sei anni. Non sono nemmeno arrivato ai fratelli con poca differenza d'età, i cosiddetti "gemelli irlandesi" - ho la sensazione che ce ne saranno troppi da contare, o da investigare correttamen-»

«Merda!» Voce profonda, rimbombante.

Petrosky e Jackson alzarono entrambi lo sguardo per vedere Sloan alla sua scrivania dall'altra parte dell'ufficio. Il partner molto irlandese e molto robusto di Decantor si era ficcato il pollice in bocca.

Petrosky si raddrizzò. «Ti succhi il pollice, Sloan? Potrei avere un pannolino di scorta se ne hai bisogno».

«Ce l'avresti», mormorò Jackson.

La voce roca dell'uomo rispose: «Che ne dici di un cerotto? Ho una vite sporgente sul lato del cassetto, piccola bastarda».

«Se è così profonda, vai a farti un'iniezione antitetanica», disse Jackson. «Altrimenti, sopportalo». Jackson scivolò giù dalla sedia, ma Petrosky non riusciva a distogliere lo sguardo da Sloan. Il pollice ora era avvolto in un tovagliolo - e rideva mentre Jackson lanciava una scatola di cerotti attraverso la stanza, colpendo Sloan sul lato della testa. Rideva. Non aveva dolore. E non aveva paura.

Non aveva paura.

Il mondo pulsava intorno a Petrosky al ritmo del suo cuore, le parole echeggiavano nel suo cervello, troppe per districarle, un groviglio di fili quando sai che il colore giusto è lì da qualche parte - un nodo allentato, e si sarebbe tutto srotolato.

«Petrosky?»

Jackson era tornata. Si voltò lentamente. «Corey... Corey è scomparso dall'ospedale la notte in cui è morta sua madre, giusto?»

«Sì, questa è una vecchia notizia. Perché?»

La sua testa girava, un fatto dopo l'altro si scontrava contro i lati del suo cranio. «Non aveva paura degli aghi».

«Cosa?»

«Gregory Boyle aveva paura degli aghi. Ma Corey no».

«Beh, sì, ma Corey sapeva che Gregory era spaventato

perché qualcuno gli stava passando informazioni. Quindi ha finto.»

Fingere andava bene, ma la cosa dell'ago non era apparsa sui giornali. Petrosky l'aveva sentita per la prima volta da Holloway quando aveva detto che il finto Greg aveva reagito violentemente. «Quante persone l'avrebbero saputo per poterlo riferire? Della fobia di Gregory?»

Lei alzò le spalle. «Genitori, medici... ma Kingsley e Gregory non avevano personale medico in comune, l'abbiamo verificato. E il rapitore l'avrebbe saputo: era la migliore amica di Gregory al mondo, giusto?»

Giusto. Il rapitore conosceva Gregory di persona. Il suo petto si sgonfiò. «Corey ha reagito così fortemente, però, troppo fortemente per qualcuno che cerca di mantenere un basso profilo.»

«Era un impostore. Doveva assicurarsi di non essere punto con un ago.»

Ma... l'infermiera. Non stava testando il suo sangue, non gli aveva nemmeno tamponato il braccio. E chi meglio di lei poteva incontrare Corey all'ospedale dove era scomparso... «L'infermiera lavorava in entrambe le scuole, quella di Kingsley e quella di Gregory.» E per questo si era beccata un pugno in faccia proprio l'anno scorso quando Corey aveva iniziato a comportarsi male, presa a pugni da un ragazzo che non aveva problemi con gli aghi. Corey era davvero così bravo a recitare, o l'aveva colpita per un altro motivo?

Jackson scosse la testa. «L'infermiera Ogden non è nemmeno sulla nostra lista. Harris l'ha esaminata, e anche noi l'abbiamo fatto: non corrisponde al profilo fisico.»

«Perché è bionda? I capelli sono facili da cambiare.»

«È anche piuttosto alta, almeno un metro e sessantotto. E non c'è prova che la Ogden abbia mai incontrato Kingsley. Tutto quello che ha detto sul trasferimento alla scuola media dopo il pensionamento di qualcun altro è stato verificato.» Jackson si affrettò alla sua scrivania per prendere un fascicolo e tornò, strizzando gli occhi sul minuscolo carattere. «Il suo numero di licenza infermieristica è valido, così come il suo numero di previdenza sociale... nessun collegamento con il Canada. E non ha figli, vivi o morti. E siamo stati nel suo appartamento: nessun segno di bambini lì.»

«Possiede altre proprietà?»

Jackson strizzò gli occhi. «No. E guida» - girò una pagina - «una Civic color sabbia. Non una Tercel blu.»

Ma questo non significava molto per una donna con una predilezione per i nomi falsi; il nome di una donna morta era quello elencato sulla casa di Relenski Rentals. «E se... è possibile che abbia lavorato in quell'ospedale in Canada? È l'ultimo posto in cui Corey è stato visto prima di apparire qui.» Ma come poteva lavorare qui negli Stati Uniti e lassù allo stesso tempo? E monitorare due bambini?

Jackson sembrava scettica quanto lui, ma Kingsley era stato con il suo rapitore per nove anni, se era ancora vivo. I ragazzi potevano essere abbastanza plagiati da potersi fidare che non scappassero. O aveva delle gabbie. E dei lucchetti. Probabilmente la seconda.

Jackson stava ancora aggrottando le sopracciglia. «Quindi pensi che abbia semplicemente incontrato Corey all'ospedale e gli abbia detto "Ehi, vuoi entrare in una nuova famiglia?"»

«Forse? Facciamo per un attimo l'avvocato del diavolo idiota. Magari lavorava per il distretto scolastico mentre faceva il doppio lavoro all'ospedale di Windsor. Una volta resasi conto che l'investigatore privato stava ancora indagando, parlando con la gente della scuola, ha deciso che le serviva una via d'uscita. Potrebbe essere stata una coincidenza fortunata che abbia visto questo ragazzo maltrattato perdere sua madre. E Corey era un cliente abituale del Fountainview, come la madre. Probabilmente erano ben noti al personale.»

Jackson tamburellò con le dita sulla scrivania. «Il nostro rapitore era sicuramente disperato che l'investigatore privato smettesse di cercare Gregory, e Mancebo non avrebbe avuto motivo di continuare a indagare se il ragazzo fosse tornato a casa. Ma non sapeva che aveva trovato lo zaino e la maglietta, che sapeva che Gregory era morto. O che Adrian sapeva che Corey era un impostore.»

Petrosky annuì. «Esatto. E le cose sembravano andare bene, per un po' - Corey sembrava essersi integrato, e né l'investigatore privato né i genitori avevano espresso sospetti. Poi tutto è crollato. Forse si è innervosita perché Roux ricattava Corey, o forse lo stress della pubblicità del libro l'ha sopraffatta. O potrebbe essere stato dalla parte di Corey - forse voleva uscirne. Potrebbe essere stata la tensione con Adrian Boyle che non l'ha mai veramente accettato come suo, o semplicemente la depressione e il dolore per la morte di sua madre, il suo grave passato traumatico. Qualunque cosa fosse, ha perso la testa, ha minacciato di raccontare tutto, è scoppiata una lite...»

«E lui l'ha colpita in faccia.» La voce di Jackson era vuota. «Ma se è vero... ha hackerato il sistema, cambiato il suo numero di previdenza sociale sui documenti di licenza statale? È quasi impossibile.»

«Forse non ha dovuto farlo. Potrebbe aver usato il numero di licenza infermieristica di qualcun altro, rubato la loro identità.» E lavorando in ospedale... «Quanto è difficile cancellare un certificato di morte?»

«Qualcuno avrebbe dovuto venire a prenderlo prima o poi - per il corpo.»

«A meno che non avessero famiglia.» Come Dakota Hodgson, la loro cavallerizza con il cranio fratturato il cui nome era sulla casa in affitto, una donna morta a... Londra? «Dakota... è morta a Londra, in Inghilterra, o a London, in Canada?»

«Io... Canada.» Jackson incrociò il suo sguardo, scuotendo la testa. «Cazzo. E non è nemmeno morta a London - era solo dove stava trascorrendo le vacanze al momento della sua morte, ecco perché l'hanno indicato nei rapporti. Stava tornando negli Stati Uniti, si è fermata in un bed and breakfast a LaSalle, ed è finita sotto un cavallo invece che sopra.»

LaSalle era abbastanza vicino a Windsor che potrebbe essere stata portata al Fountainview per le cure, l'ospedale dove Corey è stato visto l'ultima volta. Il certificato di morte era irrilevante se non c'era nessuno che sentisse la loro mancanza - che li cercasse. Il corpo di Dakota Hodgson era ancora in obitorio mentre il loro rapitore stava firmando quel contratto d'affitto, e la società di noleggio non avrebbe indagato troppo a fondo sul suo passato, sicuramente non si sarebbe preoccupata di ricontrollare un certificato di morte - se era stato anche solo compilato. E Ogden lavorava a scuola. Abbastanza facile portare a casa un paio di quelle scarpe da skater durante quella campagna di marketing di cui parlava Scott.

«Continuo a pensare alla sua casa», disse Jackson. «Era così *ordinata*, ma lei sapeva che saremmo arrivati. E non abbiamo perquisito la casa, siamo rimasti in soggiorno. In cucina».

Petrosky aggrottò la fronte guardando le pagine, la foto della patente di Ogden. I capelli biondi le arrivavano appena sotto il mento. Quel dolce sorriso. «L'ospedale canadese è raggiungibile in auto?» chiese.

«È a un'ora, forse un'ora e mezza di distanza. Se lavorava lì part-time, magari facendo solo uno o due turni nei fine settimana al mese...» Si alzò in piedi. «Dammi venti minuti. Chiamerò l'ospedale, vedrò a chi posso indirizzare l'email, mi assicurerò che arrivi nelle mani giuste. Invierò la foto di Ogden e controlleremo se c'è un certificato di morte con lo stesso nome. Poi andremo all'appartamento di Ogden. Solo per essere sicuri».

E questa volta non avrebbe saputo del loro arrivo.

CAPITOLO 31

«**B**rutte notizie». Jackson spense il cellulare. «E buone notizie. Cavolo, non lo so».

Avevano bisogno di buone notizie: l'infermiera Ogden non si era presentata al lavoro oggi, il che sembrava un segno inquietante. Lui strinse gli occhi guardando attraverso il parabrezza della Caprice, la foschia del vecchio tabacco che incombeva nella luce del pomeriggio. «Fuori tutto, Jackson».

«Prima di tutto, ha chiamato Scott. Abbiamo ricevuto i risultati del DNA del nostro scheletro: non è Gregory Boyle. Le informazioni di questo ragazzo non sono nel database da nessuna parte, e nemmeno quelle di parenti stretti».

Merda. Quante vittime c'erano? Forse il corpo di Gregory era ancora nella discarica dopotutto - lo avrebbero scoperto tra una settimana circa, una volta che i cani cadavere fossero arrivati lì. *Su cosa scommetti, vecchio mio? Pensi che dissotterreranno le ossa di un bambino da sotto anni di rifiuti di cucina?* Le sue dita si strinsero sul volante. «Qual è la buona notizia?»

«Era l'amministratore dell'ospedale - ora sappiamo uffi-cialmente chi è il rapitore». Si spostò sul sedile, gli occhi socchiusi sullo schermo del cellulare. «La signora Janna Ogden, un'infermiera nata in America, è morta al Foun-tainview Hospital più di dieci anni fa - proprio prima che la nostra sospettata venisse a lavorare negli Stati Uniti. Sembra che la vera Janna Ogden sia rimasta con un'amica a Windsor dopo la diagnosi di cancro, quindi nessuna traccia cartacea che ci avrebbe messo in allerta. Il vero nome della nostra Falsa Ogden, almeno il nome che usava quando lavorava al Fountainview, è Phoebe Tozer, secondo i loro registri - un'altra infermiera. Ma anche se l'ammini-stratore dell'ospedale è sicuro che la vera Janna Ogden sia morta perché la conosceva personalmente, non c'è alcun certificato di morte registrato da nessuna parte». Scorse il resto di quello che stava leggendo, battendo il piede sul pavimento. «E... sì, Tozer era di turno la notte in cui è morta la madre di Corey - la notte in cui è scomparso. Faceva solo due turni di mezzanotte al mese, al massimo; la chiamavano solo quando avevano bisogno di lei. Ma si è dimessa ufficialmente due settimane dopo che Corey ha smesso di presentarsi a scuola. Ora, Corey non si è presen-tato al cimitero dicendo di essere Gregory per un altro paio di mesi, ma scommetto che lei lo ha portato a casa con sé il giorno in cui sua madre è morta e ha passato il mese successivo a prepararlo».

«Dubito che abbia dovuto sforzarsi molto per convin-cerlo». Corey era un adulto appena diventato tale che non aveva mai avuto una vera infanzia o una buona istruzione, e non aveva nessun altro posto dove andare, nessun'altra famiglia al di fuori del suo patrigno di merda e abusivo. Non avrebbe dovuto essere ingannato; doveva solo essere un opportunista.

«Sì». Jackson guardò fuori dal finestrino della sua Caprice, poi di nuovo il telefono che aveva in mano, con il naso arricciato per il disgusto. «Perché diavolo siamo di nuovo nella tua macchina? Puzza come se una fattoria di tabacco stantio avesse fatto sesso con un sacco di pretzel ammuffiti».

«Perché conosce la tua macchina, spiritoso.» Petrosky premette l'acceleratore. Se Tozer avesse visto l'auto dall'appartamento al secondo piano, sarebbe scappata? Avrebbe fatto del male ai bambini alla prima occasione? Li aveva già feriti? O erano scomparsi, come era successo dopo che Wes aveva sorpreso i ragazzi nel cortile? Cercò di inspirare profondamente, ma le costole erano troppo rigide per permetterglielo. Tossì invece. Il suo sorriso triste. Le lacrime - lacrime vere - per la morte di Corey. Per Gregory. E Corey l'aveva aggredita, colpendola in faccia. «Come abbiamo potuto non accorgercene, come diavolo-»

«Zitto e guida. Ma non come hai fatto in quel gioco ieri sera.» Gli diede una gomitata nelle costole doloranti. «Lance dice che sei terribile.»

L'edificio dell'appartamento si stagliava davanti a loro. Jackson guardò in alto attraverso il parabrezza, e lui seguì il suo sguardo - la finestra. L'infermiera Ogden, Phoebe Tozer, qualunque fosse il suo nome... le sue tende erano tirate. Ovviamente. Presero l'entrata laterale e le scale invece dell'ascensore.

Stava ansimando quando raggiunsero la sua porta, ma ciò non impedì a Petrosky di estrarre il suo coltellino svizzero dalla tasca posteriore. «Senti delle urla?»

«Non hai nemmeno bussato, Petrosky.» Jackson gli passò accanto, avvicinandosi alla porta. Si fermò con il pugno sospeso sopra il legno.

Lui si raddrizzò, stringendo lo strumento così forte che

il metallo gli si conficcò nel palmo. «Cosa stai facendo, Jackson?» sibilò. «Non è andata al lavoro. È nervosa, deve sapere che stiamo ancora cercando... e se è amica di Holloway, se la consulente le ha detto che eravamo lì...» Aveva già ucciso almeno tre persone cercando di mantenere il suo segreto al sicuro - Corey, Gregory dalla maglietta insanguinata, e il bambino John Doe sepolto nel suo vecchio cortile. Non potevano rischiare che li anticipasse - non potevano rischiare che si chiudesse a chiave in bagno con quei ragazzi, facendosi saltare le cervella mentre lui e Jackson erano ancora qui fuori a bussare. L'elemento sorpresa contava qualcosa. A volte era la differenza tra la vita e la morte.

Jackson abbassò il pugno.

Lui infilò la lama nello spazio tra la porta e lo stipite e la mosse. «Non si preoccupi, signora!» disse, troppo piano perché chiunque dall'altra parte potesse sentire. «Sto arrivando!»

«Non importa cosa dici, nessuno crederà che hai sentito-»

«Non dirmi cosa ho sentito, Jackson.»

La serratura scattò con un *clunk* vuoto.

Petrosky estrasse la pistola e la tenne pronta, aprendo lentamente la porta con la punta del piede. In ascolto. Il fischio del condizionatore ronzava nelle sue orecchie. Nient'altro tranne il battito del suo cuore e il tentativo di camminare silenziosamente mentre si infilavano nel soggiorno - la stessa stanza dove avevano intervistato Tozer. Era passato solo otto giorni dall'inizio di questo caso? Sembrava un'eternità fa.

La stanza era esattamente come la ricordava, ordinata e pulita, con i libri tascabili impilati nella libreria leggermente storta, senza un solo oggetto fuori posto. Attraversarono in fretta il soggiorno fino al corridoio: pareti color beige chiaro adornate da un unico paesaggio in una cornice dorata. Nessuna foto di famiglia, nessuna palla da baseball vagante, nessuno zaino lasciato distrattamente sul pavimento.

Il bagno era bianco, sterile - nessuna sorpresa - e la camera degli ospiti era vuota, anch'essa, con un singolo letto singolo con una coperta blu navy al centro, affiancato da un comodino di pino economico da un lato e una sedia a dondolo dall'altro. Porta dell'armadio aperta: vuoto. Nemmeno un appendiabiti.

Jackson era già nella seconda camera da letto quando lui entrò, con la pistola al fianco, scrutando nell'armadio dall'altro lato del letto matrimoniale. Un tavolino identico a quello nella prima stanza si trovava dal suo lato del letto, con un vaso di girasoli finti sopra.

Jackson guardò oltre la sua spalla. «L'armadio è vuoto. Sembra che se ne siano già andati.»

Lui aprì il cassetto superiore del comò. Niente. Quanto vantaggio aveva lei? Era stata a scuola solo ieri, l'avevano controllato. Ma non oggi. Non si era nemmeno preoccupata di chiamare.

Tornarono nel corridoio verso il soggiorno, ma Petrosky si fermò all'ingresso della cucina, con gli occhi socchiusi verso i banconi, poi verso il tavolo da bistrot. Pulito, tutto era ordinato e al suo posto, ma era quello... Passò una mano sul bancone e si strofinò le dita: polvere. Le sue dita lasciarono piccole scie sul linoleum. *Mhm.* Una cosa era avere polvere su una libreria, persino sul tavolino da caffè, ma sul bancone? Sicuramente aveva mangiato nell'ultima settimana, e la quantità di polvere qui era da molto più tempo di così. Non aveva *lasciato* questo appartamento - non *viveva* qui. Li aveva incontrati qui perché questa era la sua copertura, ed era troppo intelligente per tenere un solo posto o un solo nome. Ovunque fossero quei ragazzi, era in un posto dove nessuno li avrebbe conosciuti. Dove nessuno li avrebbe visti.

Ma aveva saltato il lavoro - doveva sentire la pressione. E le persone sotto pressione facevano cose folli in nome della sopravvivenza.

Dovevano trovare quei ragazzi prima che lo facesse lei.

CAPITOLO 32

«Ho indagato sul suo passato, ma non c'è molto che possa aiutarci a trovarla», disse Petrosky mentre Jackson tornava alla sua scrivania con due caffè e un'altra cartellina. Era passata un'ora da quando avevano lasciato l'appartamento di Tozer, e ogni minuto era sembrato un'eternità. Dove cazzo era Tozer? Finora, non aveva trovato un cazzo che potesse condurli a lei, anche se era riuscito a scavare nel suo passato. «Nata in Canada, buoni voti, è venuta qui per frequentare l'Università del Michigan per la scuola infermieristica. Nessuna storia di problemi di salute mentale o ricoveri ospedalieri che i suoi colleghi conoscessero. Genitori deceduti. Nessun matrimonio, nessun padre elencato sul certificato di nascita dei suoi gemelli - un figlio deceduto». Si stiracchiò le braccia sopra la testa, cercando di ignorare il modo in cui la camicia gli tirava sulla pancia. «Almeno è davvero un'infermiera. Odio pensare che abbia passato tutti quegli anni a curare bambini senza una formazione medica». Come se fosse la cosa peggiore che avesse fatto questa settimana. I suoi polmoni si strinsero. «E l'indirizzo che ha dato all'ospedale per i moduli fiscali era un buco nell'acqua - l'edificio è stato demolito sei mesi fa, ma forse lei non lo sa».

«Sono sicura che non sa nemmeno che abbiamo questo». Jackson posò le tazze e lasciò cadere un foglio sulla sua scrivania. Una pagina. Un articolo di giornale fotocopiato da un giornale stampato - vecchia scuola. «Da Acharya. Meglio tardi che mai, immagino».

Entrambi esaminarono il ritaglio.

Un morto in un incidente a Toronto

Figli gemelli, di quattro anni, entrambi feriti - uno morto all'arrivo l'anno prima che rapisse Kingsley. *Se solo Acharya fosse tornato con questo una settimana fa.* L'Oldsmobile di Tozer era stata colpita a T da un furgone appartenente a un'altra madre il cui tasso alcolemico era ben oltre il limite legale. L'articolo non riportava nomi, ma la foto era sufficiente: una Tozer bruna che urlava accanto all'auto distrutta come se stesse cercando di richiamare in vita suo figlio, e lui sentì il bruciore in gola, il dolore nei polmoni come se fosse lui accanto a quell'auto. Nei giorni e nei mesi successivi alla morte di Julie, aveva fatto la sua parte di urla - nella stanza di Julie, alla sua luce notturna, al soffitto, a se stesso, a Linda - e non era servito a nulla. Non avrebbe mai potuto urlare abbastanza forte perché la sua bambina lo sentisse. Aveva fatto tutte le urla troppo tardi.

«Quindi un ragazzo morto e uno ce l'ha fatta», disse Jackson. «L'altro ragazzo che Wes ha visto dev'essere il figlio sopravvissuto, Sterling. E lei ha rapito Kingsley, poi Gregory, e chissà quanti altri cercando di sostituire quello che ha perso».

«Esatto». Ma perché prendere così tanti bambini per sostituirne uno solo? Aveva già Kingsley quando ha preso Gregory. D'altra parte, nulla poteva mai colmare il vuoto di un figlio o una figlia morti. Forse sentiva ancora quel vuoto doloroso della perdita e pensava che se avesse preso un altro, il bambino "giusto" questa volta, il dolore si sarebbe finalmente attenuato.

Jackson aggrottò la fronte mentre continuava: «In un caso come questo, con il bambino rapito che funge da sostituto, il suo vero figlio potrebbe essere in grado di vivere una vita normale, persino andare a scuola, mentre il bambino o i bambini rapiti restano a casa per colmare qualche vuoto malato e delirante. Ma-» Scosse la testa. «Nessun bambino con quel nome - Sterling Tozer - è registrato in alcuna scuola dello stato». E la madre difficilmente lo lascerebbe uscire quando una sola parola sbagliata sul suo "fratello" porterebbe la polizia alla sua porta.

Jackson sospirò. «Abbiamo il perché e il chi. Ci manca solo il dove». La stessa domanda ancora e ancora, l'unica domanda a cui sembravano non riuscire a rispondere.

Il telefono di Petrosky vibrò - un messaggio. Lo tirò fuori dalla tasca, con la bocca tesa. «Dannazione».

Lei inarcò un sopracciglio. «Che c'è?»

«Avevo chiesto a Scott di controllare le carte di credito della Ogden, sperando che facesse la spesa o comprasse cose di prima necessità più vicino a dove tiene i ragazzi, ma sembra che abbia fatto acquisti persino intorno alla scuola - ha fatto benzina qui, ha fatto la spesa vicino alla Anderson Middle o al suo finto appartamento». Si portò le dita alle tempie improvvisamente pulsanti. «È intelligente. E molto attenta». Di gran lunga il suo tipo di criminale meno preferito - e il più pericoloso.

Jackson si era zittita, con un'espressione pensierosa.

Lui abbassò le mani. «Che c'è?»

«Solo perché tu lo sappia...» Finalmente incontrò il suo sguardo. «Ho detto ad Acharya di procedere con il suo articolo - con le foto dei ragazzi e della nostra sospettata».

La mascella di Petrosky cadde. «Che diav-»

Lei alzò una mano. «Ordini del capo. Questa donna scapperà, forse fuggirà dal paese, e allora non troveremo mai quei ragazzi - sempre che siano ancora con lei. Questa è la nostra migliore possibilità di fermarla. Non sappiamo da dove iniziare a cercare». Jackson fece una smorfia guardando il desktop. «Acharya ha detto che sta lavorando all'articolo adesso, ha già le foto di Kingsley invecchiato digitalmente e le foto di Phoebe Tozer - dovrebbe diffonderlo al pubblico entro poche ore».

L'ufficio sembrò improvvisamente più piccolo, soffocante. Un nodo si formò nella gola di Petrosky. *Maledetto Acharya.* Il loro tempo si era appena ridotto. Si sforzò di dire: «Il suo posto *deve* essere da qualche parte nelle vicinanze, abbastanza vicino da poter fare il pendolare per il suo lavoro a scuola - la casa dei Relenski avrebbe richiesto meno di venti minuti».

Jackson annuì, ancora osservandolo, forse aspettando che perdesse la calma per Acharya, ma non avevano tempo per questo, non ora. «Per fare il pendolare, deve trovarsi al massimo a due ore da Anderson, ma probabilmente meno di un'ora».

E con lei fuori tutto il giorno... c'era qualche possibilità che mandasse i ragazzi a scuola? Molto improbabile, ma quale bambino legge un libro di fisica di sua spontanea volontà? «Dovremmo controllare gli studenti che fanno homeschooling. C'è un database o qualcosa del genere?» Alla loro sospettata piaceva che tutto sembrasse a posto sulla carta - potrebbe usare nomi diversi, ma avrebbe lasciato una traccia cartacea se qualcuno avesse mai fatto domande.

Jackson scosse la testa. «Questa sarà difficile. Ho indagato per Lance, prima di rendermi conto di quanto avesse bisogno di un ambiente strutturato. Non si deve notificare al distretto scolastico l'intenzione di fare homeschooling, non si devono ritirare i figli dalle lezioni, non si devono riportare voti o programmi. Non c'è modo di sapere quanti bambini facciano homeschooling in questo stato: non devono rendere conto a nessuno». Alzò le spalle. «Rende il nostro lavoro più difficile, ma è un loro diritto».

Sì, forse era un diritto dei genitori, e la maggior parte di loro aveva le migliori intenzioni. Ma lui non era preoccupato per i genitori: era preoccupato per i rapitori. Gli abusatori di minori. Non che fossero noti per seguire le regole. Si portò le dita alla testa, il dolore pulsava nel cervello ad ogni battito: *tum, tum, tum.* Con un po' di fortuna, le foto con la progressione dell'età dei ragazzi e della loro infermiera subdola avrebbero prodotto qualche risultato mentre c'erano ancora bambini vivi da trovare. Perché se lei avesse ceduto al panico... La lingua gonfia e violacea di Corey gli invase la mente. No, non si poteva prevedere fino a che punto si sarebbe spinta per sfuggire ai suoi peccati. E non poteva rischiare la vita di quei ragazzi sulla remota possibilità che lei ci tenesse troppo per fargli del male.

Amore o autoconservazione: non c'era scelta.

CAPITOLO 33

«Abbiamo un riscontro». Jackson corse praticamente alla sua scrivania, il caffè che traboccava dal bordo della tazza sulle sue scarpe di pelle.

«Dall'articolo di Acharya o dall'Amber Alert?» Sperabilmente, l'Amber Alert; odiava quando i giornalisti trovavano indizi che loro non potevano. Quei viscidi bastardi avevano più fortuna di quanta Petrosky ne avesse mai avuta. Spinse da parte l'enorme lista di cooperative di homeschooling a cui aveva passato le ultime tre ore a mandare email, sperando che almeno Sterling vedesse altri esseri umani di tanto in tanto. Dopotutto, si era fidata di Corey in pubblico con il suo segreto. Finché non l'aveva fatto più.

«Da Acharya». Jackson buttò giù il caffè rimasto e gettò la tazza nel cestino di lui. «Qualcuno li ha riconosciuti da una scuola a Rock Creek». Sbatté una foto di patente sulla scrivania, il viso luminoso di eccitazione... o disperazione. Il cuore di lui palpitò selvaggiamente - *per favore, fa' che sia questa.* «La madre è Andi Harper, eccola qui», disse Jackson. «Gemelli fraterni, Johnathan e Joe, quattordici anni, secondo i registri scolastici - abbastanza vicino a Joey e James, i nomi che ha messo sul contratto d'affitto Relenski. E si sono trasferiti nel distretto l'anno dopo che Tozer ha lasciato il suo affitto Relenski».

Dopo che aveva sorpreso Wes Bishop appeso alla recinzione, che parlava con i suoi figli. Almeno uno dei quali l'aveva rapito.

Petrosky fissò la foto. Capelli biondi, come Tozer, naso sottile, viso a forma di cuore. Ma questa donna indossava molto più trucco, come uno di quei video di makeover prima e dopo su internet. Il naso sottile poteva essere contouring. Anche le labbra sembravano diverse, più grandi, ma erano dipinte di un profondo color bordeaux che poteva o meno aver seguito il contorno delle sue vere labbra. Una delle cose che aveva sempre amato di Linda era che appariva uguale quando si svegliava a quando lo incontrava per cena - un po' di mascara non nascondeva il suo viso. Questo, ciò che questa donna indossava... sembrava disonesto. Ma come una barba, era il travestimento definitivo. La maggior parte delle persone non si rendeva conto di quanto significative potessero essere quelle differenze. Quanto contassero le sopracciglia.

E Shae McCartney, il tatuatore che aveva tatuato il neo sulla coscia di Corey, aveva visto una donna fuori... e aveva detto che indossava molto trucco pesante. E un cappello.

«E ascolta questa», stava dicendo Jackson. «Lavora al Riverside».

«L'ospedale?»

«È nell'amministrazione, non nell'assistenza infermieristica, ma non è difficile pensare che possa aver mantenuto un'occupazione simile. Se aveva esperienza nell'assistenza infermieristica, ottenere un lavoro nel dipartimento delle risorse umane dell'ospedale sarebbe stato facile».

«Ma... lavora nelle scuole, o lo ha fatto fino a ieri. Come diavolo potrebbe avere due lavori?»

«Molte persone hanno due lavori, Petrosky. Controlla il tuo privilegio».

«Non è privilegio - è logistica. Non può lavorare in due posti contemporaneamente durante le stesse ore».

Jackson si alzò. «Prendi la giacca. Voglio trovare un giudice che ci permetta di prelevare il loro DNA prima che escano da scuola. Potrebbe lasciare la città senza i bambini se sa che siamo lì con un mandato, ma non voglio entrare in quella scuola senza niente, o potrebbe semplicemente mandare un delegato a prenderli ed essere perfettamente nei suoi diritti legali. Almeno se abbiamo già il DNA, lo sapremo con certezza tra un giorno o due, e possiamo seguire i bambini fino ad allora».

Lui alzò lo sguardo. «Sono a scuola?» Ma Ogden-Tozer non si era presentata al lavoro oggi - probabilmente era pronta a partire nel momento in cui i ragazzi fossero tornati a casa. Se si fosse resa conto di ciò che stavano facendo, o sarebbe corsa a scuola per prendere i bambini, e l'avrebbero portata via in manette, o se ne sarebbe andata senza di loro come aveva detto Jackson - e i ragazzi sarebbero finalmente stati al sicuro. «Me ne occupo io, Jackson. Ho anch'io un giudice in tasca».

Lei ridacchiò. «Ah, davvero?»

Petrosky sbuffò, e il suo sorriso svanì. «Sì. Ce l'ho». Il bastardo semplicemente non lo sapeva ancora.

Roger McFadden, lo stronzo dell'ex marito di Shannon, in qualche modo era finito sulla panchina - d'altronde, forse squali come lui erano destinati a posizioni di potere. Era il sogno di ogni narcisista poter sedere dietro una scrivania più alta di tutti gli altri nella stanza e giudicare. Sapere che questo bastardo teneva le carte in mano faceva venir voglia a Petrosky di prenderlo a pugni, e se non fosse stato abbastanza, il fisico da bambolotto di Roger avrebbe fatto il resto.

Petrosky fece un cenno alla segretaria dell'uomo, bussò e aprì la porta senza aspettare di essere ammesso.

«Guarda un po' chi è strisciato fuori dal fosso». Roger sedeva dietro un'enorme scrivania di mogano con una facciata intagliata, abbastanza grandiosa da appartenere allo Studio Ovale. Pelle marrone sui braccioli altrettanto pretenziosi. Librerie piene di testi giuridici rilegati in pelle che Petrosky avrebbe scommesso un testicolo che Roger non aveva mai letto.

Stronzo di un Barbie-avvocato.

Roger raddrizzò la sua cravatta già dritta, con un accenno di sorriso che gli giocava agli angoli della bocca. Non più rughe dell'ultima volta che Petrosky era stato lì - lo stronzo probabilmente faceva il Botox. «Come sta Shannon?»

Mi ha chiamato otto volte negli ultimi cinque giorni, quindi probabilmente è in arrivo qui per prendermi a pugni nei reni. «Shannon sta bene».

Le narici di Roger si dilatarono. «Ho sentito che è in Georgia».

«Sì, è così». *Bastardo possessivo.* Ma l'uomo l'aveva amata, stronzo o no.

«Sta frequentando qualcuno? Dovrei chiamarla». Roger sorrise, compiaciuto, e la furia salì, calda e selvaggia nella gola di Petrosky. Il suo partner surfista, Morrison, il defunto marito di Shannon, non aveva odiato nessuno, non veramente - tranne Roger. E ora Morrison non c'era più, e Petrosky doveva odiare Roger abbastanza per entrambi. Non che fosse difficile.

Inghiottì una risposta sarcastica e disse: «Non ne sono sicuro, ma posso chiederglielo se mi fai un favore».

Roger incrociò le braccia. «Non ho bisogno che tu le chieda se sta frequentando qualcuno. Posso scoprirlo da solo».

«Ma hai bisogno di me, Roger». Ora Petrosky sorrise, mostrando tutti i denti che poteva. «Come sta la tua nuova moglie?»

Roger socchiuse gli occhi. «Lindsay sta bene, grazie per aver chiesto».

«Bene». Petrosky si sporse sulla scrivania. «Come sta Annice?»

Il sorriso arrogante di Roger svanì. «Mi stai seguendo?»

Petrosky scrollò le spalle. Aveva visto l'assistente legale lasciare un biglietto di San Valentino sotto il tergicristallo di Roger sei mesi prima, e forse era passato all'hotel preferito di Roger un paio di settimane fa, facendo alcune domande mirate. «È sempre bene avere un po' di olio per gli ingranaggi in tasca, Roger».

«Cavolo, una volta pensavo fosse l'alcol, ma...» Gli occhi di Roger si strinsero. «Non sei cambiato per niente, vero?»

Petrosky sostenne il suo sguardo. «Non ancora».

CAPITOLO 34

«Avresti dovuto vederlo, Jackson. È stata una cosa meravigliosa». Roger e il suo pomposo posteriore. Probabilmente avrebbero potuto ottenere un mandato comunque - forse - ma Petrosky non aveva voluto aspettare. E aveva voluto vedere la faccia di Roger.

Jackson inarcò un sopracciglio ma mantenne lo sguardo sul parabrezza - questa volta la sua Escalade. Aveva fatto finta di infilarsi un dito in gola quando lui si era offerto di guidare di nuovo. Si erano già fermati alla casa indicata sulla patente di Andi Harper - nessuno presente. Ma il preside di Rock Creek era certo che la foto che aveva visto nell'articolo di Acharya, inviato via email a tutti i presidi della zona, fosse della donna che stavano cercando.

«Non mi guardare storto così, Jackson. Ho ben poche gioie nella vita. Non mi toglierai anche questa». E il mondo sembrava un po' più leggero oggi, no? Forse era la pista, ma il suo petto non faceva male neanche lontanamente quanto nell'ultima settimana.

Il preside della Rock Creek High li incontrò nel corridoio, un uomo dai capelli scuri di razza indefinita in un completo blu e una cravatta viola. Li accompagnò lungo il corridoio fino a una porta con la scritta "Infermeria". La pelle tra le scapole di Petrosky formicolò a disagio.

I cardini cigolarono.

All'interno, due ragazzi sedevano vicino alla parete in fondo, chini su uno smartphone. Quello a destra alzò lo sguardo quando Petrosky entrò - gli mancò il respiro. Kingsley? La progressione non era perfetta, ma il naso sottile, le lentiggini sul ponte, il bordo interno del sopracciglio rivolto verso l'alto... Kingsley Stinton. *Vivo*. E proprio in fondo alla strada da dove era stato preso. La sua gabbia toracica si allentò - non si era nemmeno reso conto che fosse tesa senza il dolore che era stato il suo costante compagno negli ultimi giorni. Petrosky diede un'occhiata alla testa dell'altro bambino, ancora china sul telefono - capelli scuri, nessun'altra caratteristica distinguibile da questa angolazione. Era questo il figlio biologico di Tozer, Sterling?

I cardini cigolarono di nuovo. La donna esile che entrò dietro di loro indossava un camice lilla e occhiali abbinati. La sua bocca truccata si contrasse all'angolo mentre il suo sguardo passava da loro al preside, ai ragazzi. Il cartellino sul taschino del petto recitava: "Adelia King, Infermiera".

«È stata contattata la loro madre?» chiese Jackson.

Madre. La parola suonava aspra alle sue orecchie.

«Sta arrivando», disse il preside, con il viso teso. «Le ho detto che stavamo avendo un problema con i ragazzi».

«Non abbiamo fatto niente di male».

Petrosky si voltò. Il secondo ragazzo - non Kingsley - aveva alzato la testa, il cellulare dimenticato sul ginocchio. Occhi azzurri grandi, naso dritto romano, gli zigomi alti di un membro di una boy band. «Sei tu, Joe?»

«No, io sono Johnathan». Indicò con il pollice il

ragazzo accanto a lui. «Lui è Joe». La sua voce aveva un tono tagliente, quello strano mix di sfida e perpetua confusione che solo un adolescente irritabile poteva tirar fuori.

«Pensavo si chiamasse Kingsley».

Joe-Kingsley inclinò la testa e sorrise. «Un caso di scambio d'identità». Rise, e suo fratello si unì a lui.

«Almeno siamo usciti da lezione». Boy Band Johnathan - Sterling, doveva essere - allargò il sorriso mostrando i denti bianchi e dritti. «Se lui finge di essere Kingsley, possiamo restare fino a fisica?»

Fisica. Il libro che il ragazzo stava leggendo. Era fin troppo perfetto. Ma la schiena di Petrosky era ancora tesa, e ci mise un momento a capire perché. Kingsley... il suo orecchio era intatto. Non spaccato. Era stato riparato? Ma non poteva dirlo; la chirurgia plastica oggigiorno era piuttosto avanzata, e se lei era preoccupata che Kingsley venisse identificato, riparare la ferita sarebbe stata una procedura semplice. Cazzo - avrebbe dovuto indagare su questo. Un chirurgo plastico avrebbe potuto avere un indirizzo.

«Come sta il tuo orecchio?»

Boy Band Sterling si toccò l'orecchio, nemmeno quello giusto. Kingsley si limitò ad alzare un sopracciglio. *Hmm.*

Jackson si fece avanti, i kit per il test del DNA in mano. «Tutto ciò che ci serve da voi è un rapido tampone della guancia».

L'infermiera aggrottò la fronte. «Avete l'autorizzazione per-»

«Questa è un'indagine su un omicidio e un rapimento, e stiamo lavorando contro il tempo», sbottò Petrosky.

«Inoltre, sì». Jackson tirò fuori il mandato e lo passò al preside, che lo guardò appena prima di infilarselo nella giacca. Jackson lanciò a Petrosky un breve sguardo di rimprovero che diceva: *perché devi rendere tutto più difficile del necessario?*

Ed era una domanda valida. Solo che non aveva voglia di rispondere.

Jackson si inginocchiò davanti al ragazzo che sembrava Kingsley e svitò il cotton fioc dalla piccola fiala di vetro. «Apri la bocca».

Il ragazzo guardò il preside, poi l'infermiera. Poi suo fratello.

«Ragazzo, prima lo fai, prima possiamo andarcene tutti a casa», disse Petrosky. Ma non stavano andando a casa, almeno non alla casa che conoscevano. Non se la loro madre era un'assassina rapitrice.

Il ragazzo aggrottò la fronte, ma aprì la bocca.

Screeeeee.

«Che diavolo sta succedendo qui?»

Una donna irruppe nella stanza. Di altezza media, capelli biondi lucenti, ancora più chiari del platino della sua patente. Lasciò cadere la sua borsa oversize sulla sedia vicino alla porta.

«Allontanatevi immediatamente dai miei figli.» Gli occhiali le nascondevano la parte superiore del viso: questa donna era un travestimento ingegnoso su un altro travestimento ingegnoso. E i suoi capelli erano più lunghi di quanto fossero stati all'inizio della settimana?

Jackson rimise il cotton fioc nella provetta e riavvitò il tappo mentre si girava, assumendo una postura difensiva davanti ai ragazzi. I bambini avevano messo da parte il telefono e ora sedevano rigidi sulle sedie. «Andi Harper?»

«Cosa sta facendo ai miei figli?» Il suo modo di camminare... non era giusto. Ogden era stata composta, rigida; questa donna aveva un'andatura trasandata, strascicata, il tipo che si ha da un'anca malconcia o da un infortunio al ginocchio.

«Abbiamo un mandato per il loro DNA,» stava dicendo Jackson, ma le sue parole erano ora meno sicure.

«E per quale diavolo di motivo?» La donna si strappò gli occhiali.

Occhi marroni, profonde rughe agli angoli. Ciglia enormi e dall'aspetto appiccicoso. Borse che nemmeno il trucco riusciva a nascondere.

Non avevano bisogno del test del DNA.

Questa donna non era Phoebe Tozer.

CAPITOLO 35

Era tutto. Nient'altro da nessun'altra scuola o cooperativa di istruzione domiciliare. Avevano chiamato, inviato foto, chiesto in giro di bambini che potessero corrispondere al profilo, fatto domande sulle madri, sulle infermiere scolastiche e sui genitori infermieri. E anche se c'erano state alcune coppie di fratelli che sembravano promettenti, un'indagine più approfondita - e le foto delle carte d'identità scolastiche - le aveva escluse.

Avevano trascorso un'altra ora alla Anderson Middle, la scuola che Corey aveva frequentato, parlando con i colleghi dell'infermiera Ogden, il preside, persino alcuni ragazzi che avevano trascorso un po' più tempo del solito nell'infermeria, ma nessuno aveva segnalato alcun comportamento scorretto da parte di Janna Ogden, alias Phoebe Tozer. Nessuno del personale era mai uscito con lei dopo il lavoro o sapeva dove vivesse - nessuno credeva che avesse figli. E i ragazzi dicevano che era gentile con loro ma non invadente; li lasciava riposare quando avevano mal di stomaco, ma non faceva domande sulla loro vita familiare, non dava loro dolcetti né cercava di farli sentire speciali.

Perché non stava cercando nessun altro da rapire - forse aveva completato la sua piccola famiglia rapita al momento in cui aveva mandato Corey Gagnon a vivere con i Boyle.

Quindi, dove si trovavano? I bambini vivi erano più difficili da nascondere di quelli morti. Avevano bisogno di cibo. Cure mediche. Istruzione. *Cazzo.*

Di solito Petrosky amava il silenzio, ma il viaggio di ritorno al distretto era immerso in una terribile quiete delusa.

Cosa avevano? Foto con l'invecchiamento progressivo? Le immagini non erano sufficienti - non avevano foto di Sterling, e mentre le foto di Kingsley e Tozer erano sui cellulari di tutto il paese come un Amber Alert, nessuno aveva chiamato con informazioni che sembrassero credibili.

Jackson aveva le sopracciglia aggrottate, la luce del pomeriggio catturava i piani affilati dei suoi zigomi attraverso il parabrezza.

Quei bambini erano soli. Soli, forse feriti. E ora c'era un Amber Alert per i ragazzi - per la loro assassina. Tozer l'aveva visto?

Quel teschio nel cortile. Le costole contuse e incrinate di Corey. L'orecchio strappato di Kingsley.

Il suo orecchio strappato. «Jackson, se vedessi un bambino con una ferita come quella di Kingsley... ti preoccuperesti?»

Lei strinse le labbra, il dito che tamburellava sul volante - lo stava maltrattando molto più del solito. Era solo ansiosa per il caso? «Se fosse guarita, forse no. Ma se fossi già sospettosa della famiglia...» Il tamburellare si fermò. «Stai pensando che qualcuno potrebbe averlo segnalato di recente? Sarà un inferno da rintracciare.»

Lo sarebbe stato. Ma che scelta avevano? Avrebbero

dovuto esaminare tutti i casi - chissà quali numeri di previdenza sociale o identità stesse usando ora. E non avrebbero trovato nulla a meno che lei non avesse permesso a qualcun altro di vedere i ragazzi dopo il suo errore con Wes Bishop. «È un colpo lungo», ammise. Ma lei aveva lasciato uscire i bambini prima di Wes. Avrebbe cambiato tattica, li avrebbe rinchiusi, deluso i suoi stessi figli, figli che sicuramente avevano bisogno di amarla? Dopotutto, questa merda di rapimento riguardava i suoi problemi emotivi - non i bambini. Potrebbe essere più suscettibile alla rabbia e al senso di colpa da parte loro.

«Dovremmo chiamare Linda», disse Jackson, entrando nella stazione. «Avrà più accesso a quei fascicoli». Aveva ragione: metà di quei casi non erano nel computer, lo sapeva per esperienza. Gli assistenti sociali erano notoriamente sovraccarichi di lavoro, e non tutti gli uffici avevano un sistema di archiviazione elettronica, solo due delle ragioni per cui i bambini a volte cadevano tra le crepe del sistema. Ma non voleva chiamare sua moglie. *Ex-moglie.*

Un ricordo emerse indesiderato: Julie, cinque o sei anni, il viso premuto contro il finestrino, lui che risaliva il vialetto tornando dal lavoro. Desiderosa di vederlo... o che qualcuno la facesse uscire. Quanto gli aveva fatto male il cuore allora.

Era disposto a lasciare che altri due bambini soffrissero perché non voleva utilizzare il mezzo più rapido per raggiungere uno scopo? Non voleva ammettere di aver bisogno di Linda? Non voleva doversi scusare per essere fuggito da casa sua la notte scorsa?

Petrosky tirò fuori il cellulare dalla tasca con mani tremanti e ascoltò lo squillo, ingoiando il suo orgoglio. Andò giù come lame di rasoio. «Linda». La sua voce si incrinò. Tossì per schiarirsi la gola. «Ho bisogno del tuo aiuto».

Linda trovò dodici possibilità che menzionavano specificamente le orecchie o più in generale "lacerazioni facciali", ma ne esclusero dieci in base agli indirizzi di inoltro e alle patenti di guida. Delle ultime due, una elencava quattro sorelle presenti. Nessuno aveva mai menzionato di aver visto delle ragazze. E l'altra...

Afferrò le prime tre pagine che Linda aveva inviato via fax. La chiamata era arrivata circa otto mesi prima; la vicina affermava di aver visto il ragazzo quando la famiglia si era trasferita ed era preoccupata per una ferita sul suo viso. Poiché era guarita, l'aveva lasciata perdere. Ma quando i bambini non erano usciti di casa per diversi mesi, aveva finalmente deciso di chiamare. L'assistente sociale non aveva trovato nulla che suggerisse negligenza o pericolo: le interviste mostravano «bambini educati, apparentemente ben equilibrati, senza prove di traumi, passati o presenti». La madre, Sydney McCain, aveva fornito prove di un'adeguata istruzione domiciliare, e l'operatrice aveva notato che i bambini sembravano essere al di sopra dei loro livelli scolastici. C'era un'ulteriore informazione che sembrava strana, ma Petrosky avrebbe indagato anche su quella.

Linda aveva fatto il possibile per lui, come sempre. Spinse il senso di colpa giù nel profondo delle sue viscere.

Aveva deluso lei, e aveva deluso sua figlia. E se stesso.

Petrosky spinse indietro la sedia così velocemente che traballò, ma la afferrò prima che cadesse, e la spostò sulla scrivania di Jackson. Lei lo guardò sorpresa.

«Ho trovato qualcosa... forse. La fotocopia della patente dal fascicolo dell'assistente sociale è sfocata, ma le caratteristiche generali sembrano corrispondere. Non riesco però a trovare la sua patente effettiva nel database, non come le altre: nessun record del tutto sotto il nome di Sydney McCain. Nessun certificato di nascita che corrisponda alla data di nascita sulla patente, ma nemmeno un certificato di morte che riesca a trovare». Le parole erano uscite come un vomito, un flusso pressurizzato che non si era fermato finché l'ultima parola non gli era caduta dalle labbra. Jackson si era immobilizzata, guardandolo con occhi spalancati. Aveva ragione? Avevano già sbagliato una volta oggi, e questa donna...

Sydney non era nemmeno un'infermiera. Secondo i suoi documenti di affitto, era una freelancer, qualunque cosa significasse. Stavano cercando una donna così attenta da essere stata in grado di nascondersi proprio davanti ai loro occhi negli ultimi nove anni, lavorando nelle stesse scuole da cui aveva adescato, rapito e ucciso le sue vittime. Pensavano davvero che fosse stata così negligente da far scattare una chiamata ai servizi sociali?

Posò il cellulare sulla scrivania di Jackson e premette il pulsante del vivavoce.

«Pronto?» La voce era acuta e dolcemente ottimista, come ci si aspetterebbe da un'anziana signora che risponde a una chiamata che potrebbe essere di un nipote.

«Signora Abagnale? Sono il detective Petrosky del dipartimento di polizia di Ash Park. Ho alcune domande da farLe riguardo alla Sua vicina, Sydney. E ai suoi ragazzi.»

Silenzio. Poi: «Sono persone meravigliose.»

Persone meravigliose? Lui e Jackson si scambiarono uno sguardo. «Non è Lei che ha chiamato i servizi di protezione dei minori per denunciarla?»

«Oh, quello.» La donna sbuffò. «È stato solo un errore. Non sapevo che esistesse una cosa come l'istruzione domiciliare. Ai miei tempi, si mandavano a scuola con un insegnante vero e proprio. Ma Sydney è una che sa il fatto suo.

Ha pensato di poterlo fare meglio da sola, anche se deve lavorare durante il giorno.»

«Sembra che abbia fatto un bel cambiamento di opinione, signora Abagnale.»

«Deve capire, non li conoscevo allora, non conoscevo lei. Ma dopo che l'indagine è finita, è venuta a presentarsi, ha portato dei biscotti. Mi ha presentato i ragazzi.»

Biscotti. Lo zucchero era la via per il cuore di chiunque.

«Uno di loro aveva anche una ferita, vero?» disse Petrosky lentamente. «Posso capire perché Lei possa aver chiamato.» Stava cercando di non guidarla, di assicurarsi che potesse identificare Kingsley dall'orecchio, ma era goffo, e lo sentiva.

«Oh, beh, non è per questo che ho chiamato: quando ci siamo conosciuti, era già guarita bene.» *Una ferita guarita: Kingsley, doveva essere lui.* «Un morso di cane proprio in faccia, ci può credere? Terribile. È fortunato ad esserne uscito.»

Aspetta, la faccia? Non l'orecchio? «Dove era esattamente la ferita?»

«Oh, intorno allo zigomo. La maggior parte del lato del viso, in realtà.»

Merda. «E l'orecchio?»

«Sì, probabilmente anche l'orecchio.» Fece una pausa, e quando parlò di nuovo, la sua voce era sospettosa. «Non lo sa già, essendo della polizia?»

Kingsley non aveva ferite al viso, solo all'orecchio. Forse Sterling? Anche se sapevano che Sterling era rimasto ferito in quell'incidente d'auto, i referti ospedalieri non erano ancora tornati. E l'orecchio era specifico: sarebbe stata una conferma. Il battito del cuore gli pulsava nel collo, la vena pulsava come un anaconda che si contorceva. Petrosky si schiarì la gola, cercando di non far trasparire la delusione nella voce. «Un'altra cosa nel fascicolo mi sembrava un po' strana: ha accusato questa donna di aver ucciso il Suo gatto?»

Jackson si tirò indietro e girò bruscamente il viso verso di lui, con gli occhi spalancati.

«No, certo che no,» sbottò la Abagnale.

«Ma Lei ha detto all'assistente sociale che è venuto che qualcuno aveva ucciso il Suo gatto, non è vero?» Questa era l'altra anomalia nel fascicolo, a parte il fatto che tutti fossero completamente innocenti. «Sembra un'accusa velata.»

«L'ho detto, sì, ma non intendevo dire che fossero *loro*. Volevo solo che qualcuno facesse qualcosa: la vicina dall'altro lato ha trovato il suo gatto fatto a pezzi solo la settimana prima, ma la polizia non ha fatto nulla. E quei ragazzi meritano di essere al sicuro. Nessuno vuole un maniaco in giro.»

Non c'è niente di più vero. Aveva pensato che forse Tozer stesse cercando di soffocare impulsi violenti facendo del male ad altri innocenti, ma ora non era nemmeno sicuro che questa Sydney fosse il loro rapitore. Qualcosa non quadrava; questa situazione non gli sembrava gius-

«Quando è stata l'ultima volta che ha visto Sydney o i suoi ragazzi?» interruppe Jackson.

«Dovevamo cenare insieme stasera, ma ha dovuto disdire. Ha detto che doveva andare via per qualche giorno.»

Ora *questo* era *decisamente* sospetto. Jackson si sporse in avanti sulla scrivania, i suoi occhi fissi sul cellulare come se contenesse la chiave della vita eterna, e forse avrebbe aiutato due ragazzi a vivere un po' più a lungo.

«Le ha detto perché doveva partire?»

«Sua madre è morta.» Ma la sua voce era meno sicura ora. «Sta guidando fino in Nebraska per il funerale.»

Ma Sydney non aveva la patente. Sydney non aveva un

numero di previdenza sociale americano, figuriamoci una madre che viveva negli Stati Uniti. Doveva essere lei. «Capisco. E a che ora L'ha chiamata, signora Abagnale?» Se avesse chiamato questa donna dal suo cellulare, forse Scott avrebbe potuto triangolare la sua posizione dalle torri. Morrison l'aveva fatto una volta, no?

«Oh... direi circa un'ora fa. Mi ha portato una bella bottiglia di merlot, però, come scusa. Il mio preferito.»

Il mondo smise di girare.

Jackson trovò per prima la voce. «Sta dicendo che era a casa un'ora fa?»

«Credo che sia a casa adesso,» disse la donna lentamente. «Posso andare a parlarle, chiedere-»

«No!» dissero insieme Petrosky e Jackson, così forte che Decantor si voltò dalla sua scrivania dall'altra parte dell'ufficio. «Rimanga dov'è,» disse Petrosky. «Potrebbe essere molto pericolosa, capisce?» Il silenzio si prolungò. «Signora?»

«È sicuro di questo, giovanotto?»

No. «Rimanga semplicemente dov'è, signora Abagnale. Per favore? Mi dispiacerebbe vederLa ferita.»

«Ah, dannazione. Lo sapevo.» Abagnale sospirò. «Lo sapevo.»

CAPITOLO 36

Jackson tenne spenta la sirena e il piede sull'acceleratore.

Petrosky si aggrappò alla maniglia della portiera così forte che le nocche gli facevano male. Questa Sydney McCain aveva fatto amicizia con la persona che l'aveva denunciata. Non aveva senso per nessuno fare una cosa del genere - persino parlare con la donna che aveva chiamato i servizi sociali - a meno che non stessero cercando di nascondere qualcosa di più sinistro del maltrattamento dei minori fingendo di essere la madre perfetta. «Se fossi accusato ingiustamente di negligenza nei confronti di un minore, la tua prima reazione sarebbe quella di organizzare una cena con la persona che ha chiamato i servizi sociali su di te? O le lanceresti occhiatacce per poi fare a pezzi il suo gatto?»

Jackson lo guardò di sbieco. «Sono queste le uniche opzioni?»

«Per me sì.»

«Tu quel gatto lo porteresti a casa, e lo sai.» Jackson svoltò a sinistra nel quartiere, strizzando gli occhi attraverso il parabrezza. «Non posso credere che sia ancora qui.»

Se è davvero lei. E la tensione nella voce di Jackson tradiva la sua preoccupazione che potessero sbagliarsi - di nuovo. Ma avevano un ragionevole sospetto per entrare nella casa basandosi sulla loro conversazione con Abagnale. E con l'Amber Alert e la probabilità che il loro sospettato sarebbe andato nel panico una volta visto, avevano tempi ristretti. Poi c'era Abagnale. Si sperava che la donna si facesse gli affari suoi per una volta e rimanesse a casa - si sperava che non avvertisse il loro sospettato.

«È ovviamente una squilibrata, forse una narcisista,» disse lui. «Pensa che se mostra a tutti che brava persona è, che brava madre, che brava infermiera, nessuno la sospetterà mai.»

Jackson annuì, le dita troppo strette sul volante per fare quel suo nervoso tamburellare. «E nessuno l'ha mai sospettata. Persino la vicina che ha chiamato i servizi sociali ha finito per credere di essersi sbagliata. Scommetto che prova una qualche soddisfazione perversa nel riuscire a ingannare le persone intorno a lei. Si eccita nel guardare i Boyle, nel vedere la polizia che si agita. Nel guardare Mancebo che la cerca anno dopo anno, sapendo che lei è seduta proprio davanti a lui.»

Tozer aveva ingannato tutti, manipolato le persone intorno a lei nello stesso modo in cui aveva adescato quei ragazzi.

E noi. Ha ingannato anche noi. Petrosky poteva quasi vedere il suo sorriso composto, i suoi occhi freddi e calmi - calmi come Ponce. «Siamo sulla strada giusta?»

«Sì. Cioè... credo di sì.»

I suoi occhi erano ancora tesi, l'incertezza le tirava leggermente gli angoli delle labbra verso il basso, ma la sua mascella era serrata. Erano quasi sicuri, ma l'unico modo per esserne certi era vederla. Sarebbero entrati in quella casa e avrebbero fatto uscire i ragazzi prima che quei bambini si facessero male. E se si fossero sbagliati... Se ne sarebbero preoccupati dopo.

Petrosky osservava la strada mentre Jackson svoltava nell'isolato prima della loro destinazione finale, più simile a un vicolo - erbacce e asfalto sbriciolato e abbastanza bottiglie rotte da dissuadere i bambini dal giocarci se volevano mantenere intatte le gomme delle loro biciclette. Probabilmente ottimo per un paio di bambini nascosti.

I ragazzi sarebbero stati lì quando sarebbero arrivati? Forse questa casa sarebbe stata polverosa e vuota come il suo appartamento.

Lei è qui; deve essere qui.

Jackson accostò il SUV al marciapiede vicino all'angolo e fece un cenno verso il retro della casa - un bungalow in mattoni a metà isolato, appena visibile da lì, ma Petrosky sarebbe stato in grado di individuarlo anche senza l'indirizzo. Il posto vantava un'alta recinzione di legno per la privacy mentre il resto delle case lungo il vicolo avevano economiche recinzioni a maglie.

«Mi intrufolo dal retro», mormorò Petrosky, scendendo dall'auto con cautela. Nessun cancello posteriore, ma la recinzione di legno sembrava essere alta circa un metro e ottanta, e le sigarette non avevano ancora divorato tutta la sua resistenza - per ora. «I rinforzi sono in arrivo?»

«Decantor è già davanti con Sloan - busseranno tra poco. Io andrò intorno alla recinzione posteriore dal lato opposto al tuo.»

Lui socchiuse gli occhi guardando su per la strada, cercando di vedere oltre la casa. La Charger di Decantor era parcheggiata più avanti davanti a una casa a un piano rivestita in alluminio, con il motore acceso.

L'erba del vicino gli sfiorava le scarpe; la recinzione a

maglie tintinnò sordamente sui suoi pali mentre apriva il cancello e si affrettava ad attraversare. Nessun cane da guardia nella porta accanto, grazie a Dio, e i vicini avevano un'altalena, con le sbarre delle scimmie abbastanza vicine al lato per permettergli di raggiungere la recinzione di legno - voleva solo dare un'occhiata. Quando si ha a che fare con un assassino, è sempre meglio guardare prima di precipitarsi dentro. O almeno così aveva sentito dire.

Petrosky si arrampicò, il cuore che martellava, il respiro troppo caldo nei polmoni. Le ginocchia gli facevano male per il salto nella mini-tomba dei Relenski l'altro giorno. Gli archi dei piedi gli bruciavano, ma era già a due pioli dalla cima - poi era lì.

Si bilanciò precariamente sul piolo superiore e sbirciò oltre la recinzione.

Un ragazzo sedeva a venti piedi da lui alla base di una betulla, chino sul libro in grembo. Capelli scuri. Longilineo. Poteva essere Kingsley, poteva essere Sterling, ma Petrosky non riusciva a vedere il suo orecchio... o il suo viso. Avrebbe avvisato il loro sospetto una volta visto Petrosky? Meglio avere l'elemento sorpresa.

Uno. Si appoggiò alla cima della recinzione, il legno che gli graffiava la pancia, una brezza fredda e sottile che gli scivolava lungo la schiena. *Due.* Strinse il legno più forte, i palmi delle mani in fiamme. Il ragazzo non alzò lo sguardo. *Tre.* Con un grugnito, si issò oltre la recinzione, i muscoli delle cosce che urlavano, la carne già scorticata sulla pancia che si graffiava contro lo steccato. Atterrò pesantemente su caviglie che sembravano particolarmente irritate per essere state costrette a reggere il suo culo grasso, ma si raddrizzò rapidamente e continuò a muoversi, affrettandosi verso il ragazzo.

Il bambino si voltò.

Il cuore di Petrosky smise di palpitare. I suoi polmoni

cessarono di funzionare. Persino la brezza contro il suo viso si fermò come se qualcuno avesse spento un interruttore.

Wes si era sbagliato: non aveva visto un bambino qualunque nel cortile con Kingsley. Ma anche Petrosky si era sbagliato. Questo bambino non era di Tozer, impossibile, e non stavano affrontando un caso come quello di Ponce, dove avrebbero trovato una dozzina di corpi nascosti sotto il portico.

Il bambino che lo guardava era Gregory Boyle.

CAPITOLO 37

l ragazzo si alzò in piedi di scatto, lo sguardo che scattava oltre Petrosky mentre Jackson atterrava all'interno della recinzione sul lato opposto del cortile.

«Chi siete?» Ma le parole furono pronunciate con un leggero lischio - confuse. *Merda.* La faccia del ragazzo. «Andate via!»

Petrosky si portò un dito alle labbra, ma la sua mano tremava - la bocca del ragazzo era spaccata di lato, piccoli rigonfiamenti simili a punti bianchi equidistanti visibili lungo il labbro superiore e inferiore, sebbene la ferita fosse guarita da tempo - i segni dell'ago di punti grossolani. Probabilmente lei stessa lo aveva ricucito, mentre lui si divincolava. Un altro taglio gli solcava la guancia, deviava verso un punto dietro la mandibola inferiore, poi zigzagava giù sul collo. *Cosa ti ha fatto, ragazzo?* Non c'era da stupirsi che Wes non avesse riconosciuto la loro foto, perché aveva detto: *Lo riconoscerei sicuramente se lo vedessi.* Perché Wes non aveva menzionato che il ragazzo era tutto tagliuzzato?

«Va tutto bene, siamo la polizia», disse Jackson, avvicinandosi rapidamente e con molta più agilità di quanto

Petrosky si sentisse - le sue membra erano pesanti, i muscoli troppo deboli per sostenere la sua mole.

Gli occhi del ragazzo si spalancarono. «No! Mamma!» Corse verso la porta scorrevole in vetro proprio mentre Petrosky allungava la mano verso la spalla di Gregory. Jackson era già al fianco del ragazzo. «Ehi, piccolo, va tutto bene», disse, «Siamo qui per-»

Gregory le diede una gomitata che colpì Jackson dritto sul naso; Petrosky sentì l'osso e la cartilagine scricchiolare da dove si trovava, vide l'esplosione di sangue al centro del suo viso.

Lei sbatté le palpebre per scacciare le lacrime e afferrò la manica della camicia del ragazzo.

Petrosky alzò i palmi, mostrando a Gregory le sue mani. «Va tutto bene; siamo poliziotti. Siamo qui per aiutare».

Gregory si liberò dalla presa di Jackson e barcollò indietro verso la porta. Tre passi dal vetro. *Dai, ragazzo, non costringermi a lottare con te.*

«No!» urlò Gregory, gli occhi spalancati dal terrore. «Niente polizia, andate via, fuori di qui!»

Completamente plagiato. Se lo aspettavano, ma dannazione. Cosa gli aveva detto per renderlo così terrorizzato?

Gregory fece un altro passo indietro, a un passo dalla porta. Petrosky si lanciò. Il ragazzo cadde verso il vetro - *oh dio, sta per cadere attraverso, dovremo dire ai genitori di Greg che l'abbiamo trovato e che è morto dissanguato sul pavimento del soggiorno -* ma Jackson gli afferrò il braccio, Petrosky prese l'altro, e tirarono entrambi contemporaneamente. Gregory barcollò in avanti, ansimando, sulla pancia, e Jackson gli saltò sulla schiena, il sangue che le colava dal naso, il mento imbrattato di rosso.

«Vai!» gli intimò bruscamente. «Vai!»

Spalancò la porta scorrevole, estraendo silenziosamente l'arma. Le sue sneakers emettevano un sottile *squit, squit* contro il linoleum del soggiorno. Divani, librerie, un tavolino, tutto quello che si sarebbe aspettato, ma qualcosa non andava... Niente televisione. Era strano, no? D'altra parte, se volevi assicurarti che i tuoi protetti non diventassero coraggiosi o iniziassero a pensare che la polizia fosse dalla parte dei buoni, probabilmente dovevi assicurarti che avessero il minor contatto possibile con il mondo esterno.

Si affrettò in cucina, in ascolto, con la schiena contro il muro. Vernice bianca, le superfici pulite e ordinate come l'appartamento, ma qui c'erano segni di vita: i resti di un sandwich al burro di arachidi vicino al lavandino. Una tazza sul tavolo da pranzo. Una felpa verde gettata sullo schienale di una sedia.

Ma nessuna persona. Il piano terra era deserto.

Salì le scale due gradini alla volta, i suoi passi attutiti dal folto tappeto beige. Quando raggiunse la cima, svoltò a destra, premendo la schiena contro il muro del corridoio, ascoltando il silenzio. Due porte su questo lato. La prima era un bagno; tre spazzolini in un bicchiere, una tenda della doccia a fiori tirata indietro, che rivelava un panno umido sul rubinetto e due bottiglie di shampoo. Nessuna persona.

La seconda porta era chiusa. Provò la maniglia. Chiusa a chiave.

Il suo coltellino svizzero era più pesante del solito nella sua mano tremante, ma fece un rapido lavoro con la serratura, che cedette con un minuscolo *clunk*. Petrosky la aprì lentamente con la punta del piede. Meno di trenta secondi dall'ingresso: altri trenta sarebbero bastati per far uscire l'altro bambino?

Due letti singoli all'interno, una valigia chiusa su quello di sinistra, una pila di libri impilati sopra. Sul letto di destra, c'era un'altra valigia, aperta e vuota. E tra i letti stava in piedi un ragazzo dai capelli scuri.

Il ragazzo dava le spalle alla porta, gli occhi fissi sulla finestra lontana, un paio di calzini arrotolati in mano. Lanciò i calzini in aria e li riprese, li lanciò di nuovo. Petrosky si avvicinò furtivamente, con la pistola alzata: c'era qualcun altro qui dentro?

Il ragazzo si fermò come se solo ora si rendesse conto di essere osservato e si voltò lentamente. Kingsley, sicuramente Kingsley, la fessura nel suo orecchio scura come una bocca arrabbiata sotto il sottile velo di capelli che non erano stati catturati nel suo codino. Il ragazzo aggrottò le sopracciglia e disse: «Beh, cazzo». Una reazione bizzarra, quasi strana quanto quella di Gregory Boyle, ma non così bizzarra come la trasformazione del suo viso. Mentre Petrosky guardava, gli occhi del ragazzo si riempirono di lacrime. Il suo labbro tremò. «Per favore, non costringermi ad andare. Le ho detto che non mi trasferisco di nuovo».

Petrosky rimase in ascolto del corridoio per un momento, poi dei singhiozzi aspri del ragazzo, lo sguardo che vagava verso la finestra, poi le ante aperte dell'armadio a soffietto, l'arma pronta a colpire Tozer se fosse entrata nel suo campo visivo. Ma non sentì nessun altro. Non vide nessun altro. «Dov'è tua madre, figliolo?» *Madre*. La parola era amara. Con un po' di fortuna, non era qui affatto - sperava di poter portare fuori il ragazzo senza incidenti.

«Non so dove sia, ma ho paura, ho tanta paura.»

Come era giusto che fosse. Petrosky poteva quasi sentire il cranio dal cortile dei Relenski, freddo e pesante nelle sue mani. *Afferralo ora, corri con lui alla macchina, salvalo.* Avevano già perso troppi bambini - non ne avrebbe perso un altro. I peli sulla nuca di Petrosky si rizzarono, ma abbassò l'arma e tese una mano. «Va bene, ti porteremo fuori di qui, e-»

«No!» Kingsley indietreggiò, gli occhi spalancati. «Voglio dire, non voglio andarmene, lei ci tiene qui, e l'esterno sembra così spaventoso.»

Le parole avevano senso - quale bambino non sarebbe terrorizzato da un'improvvisa libertà dopo essere stato rinchiuso in una casa per nove anni - ma l'intonazione era sbagliata. Piatta. E il ragazzo non guardava più Petrosky. Kingsley guardava oltre lui.

Qualcosa scricchiolò alle sue spalle.

«Allontanati da mio figlio.»

Petrosky si voltò. Tozer, arma in pugno. La sua memoria poteva non essere perfetta, ma non c'era da sbagliarsi su quella linea delle sopracciglia, il naso sottile, la forma della mascella. Ma ora aveva un orecchino nella narice destra, e i suoi capelli erano diventati di una brillante tonalità arancione-rossa, come un tramonto insanguinato, e questo sembrava in qualche modo un presagio - intriso di finalità.

Armò la pistola e la puntò alla testa di Petrosky.

CAPITOLO 38

«Non vuoi farlo», disse Petrosky, indietreggiando nella stanza, contro la parete laterale da dove poteva vedere sia il ragazzo che la donna che si era autonominata sua madre. Teneva la pistola puntata sulla donna sulla soglia. Perché non aveva chiamato quando aveva trovato Kingsley? Avrebbe dovuto chiamare Decantor. Sloan. Jackson. *Qualcuno*. Erano passati solo pochi minuti da quando era entrato in casa - due al massimo. Gli altri erano già in casa?

«Come fai a sapere cosa voglio?» disse lei. Ma la pistola tremava e il suo respiro era troppo affannoso - ansimava.

«So che non vuoi che tuo figlio ti veda dissanguare sul pavimento della sua camera da letto».

Lei guardò Kingsley, poi di nuovo Petrosky, le narici dilatate, quella con l'orecchino gonfia - nuova. Un altro travestimento, pronta per ricominciare. «Non doveva andare così».

«Ne sono sicuro. Perché non mi dici come doveva andare, e lo valutiamo insieme?»

Il suo occhio ebbe un tic. «Sono una buona madre per questi ragazzi».

«Ne sono certo».

«Stanno meglio qui che da dove vengono».

Nel caso di Kingsley, era forse vero, ma non le dava il diritto di rapirlo.

La sua mano si stabilizzò, gli occhi si schiarirono - lo sguardo freddo e sincero. «Avevano bisogno di me. Hanno ancora bisogno di me». Un angolo della sua bocca si sollevò, più uno spasmo che un sorriso. «Lasciami solo prendermi cura di loro. Ti prometto che non mi vedrai mai più».

Manipolatrice - e ci credeva davvero. Credeva persino che avrebbe funzionato con Petrosky. «Scommetto che lo dici a tutti i ragazzi».

«Chiediglielo». Inclinò la testa verso Kingsley. «Chiedigli se sono una buona madre».

«Posso chiedere quanto voglio, ma non sei la loro madre». Dal piano di sotto - un *toc, toc, toc*. Il battente della porta?

Tozer sembrò non sentirlo. «Io *sono* la loro madre!» Le sue guance divennero di un marrone furioso. «Sono io che li ho nutriti, vestiti, educati. Sono io che sono rimasta sveglia tutta la notte accarezzando i loro capelli quando si ammalavano». Il bussare si ripeté. I suoi occhi sinceri erano diventati selvaggi. In preda al panico. La sua mano tremò di nuovo, il dito che fremeva sul grilletto. *Mi sparerà per sbaglio.*

Con la coda dell'occhio, Petrosky vide Kingsley che si avvicinava al materasso. «Non muoverti, ragazzo». Le parole gli bruciavano sulla lingua. I polmoni di Petrosky dolevano.

Kingsley salì sul materasso in ginocchio. A pochi passi da Tozer, dalla pistola. «Sto solo-»

«Zitto. E non muoverti, cazzo».

Kingsley lo ignorò, spostandosi ancora più vicino sulla coperta, più vicino a Tozer. Stava cercando di proteggerla? Ma certo che lo avrebbe fatto - ora era suo figlio. «Per favore, ci lasci andare, signor agente, non faccia del male-»

«Chiudi quella cazzo di bocca, ragazzo, Cristo santo». Nel silenzio che seguì, sentì uno schianto - la porta d'ingresso.

La donna mantenne lo sguardo su Petrosky, un'espressione dura fissa sul suo viso. Ma lo sguardo di Kingsley si spostò verso la porta. I suoi occhi brillarono, le spalle si raddrizzarono.

Non fare stupidaggini, ragazzo.

Kingsley si lanciò contro sua madre. I suoi occhi si spalancarono mentre cadeva di lato contro il muro, l'arma vacillò, ma nessuno dei due cadde.

Bang!

Un proiettile sfiorò l'orecchio di Petrosky - elettrico, sibilante, bruciandogli i capelli sulla tempia - e si conficcò nel muro in una pioggia di intonaco.

Bang! Il rumore rimbalzò nel cervello di Petrosky. Si gettò a terra dietro il letto, il fiato che gli usciva in un soffio che a malapena sentì sopra la vibrazione frenetica del suo cuore. La sua tempia era in fiamme. Il lato della testa era bagnato di sangue. *Dove diavolo è Jackson?*

Si alzò sulle mani e sulle ginocchia e sbirciò sotto i letti, controllando la posizione di Tozer, cercando di vedere Kingsley. Il ragazzo stava ancora lottando con sua madre, le loro scarpe una sfocatura di attività. *Perché la sta attaccando?* Aveva appena detto di avere paura dell'esterno. Ma forse la odiava; forse si sentiva come un prigioniero ed era pronto a spararle in faccia per averlo portato via.

Petrosky capiva. Ma la morte era troppo facile per un

rapitore, per una donna che aveva ucciso Corey, che aveva ucciso il bambino anonimo sepolto in quel cortile.

Petrosky strisciò più vicino ai piedi del letto, con le orecchie che fischiavano, e sbirciò intorno alla pediera. Erano ancora vicino alla porta, ansimando, entrambi con le mani sull'arma, e... le sue scarpe. Kingsley indossava un paio di scarpe da skater quasi identiche a quelle che Scott gli aveva mostrato. *Ma che--*

Bang!

Tozer emise un suono sottile e acuto, e cadde in ginocchio. Petrosky balzò in piedi, la pistola puntata. «Butta l'arma!»

La pistola rimase stretta nel pugno di Kingsley, puntata su Petrosky. Il braccio del ragazzo era spruzzato di sangue.

«Metti giù la pistola, ragazzo.»

«Sono un eroe, vero?» La sua guancia era macchiata di sangue, come lentiggini cremisi. Un sottile gorgoglio proveniva dal pavimento, ma Petrosky non poteva guardare. Osservava Kingsley, il viso che gli bruciava. Il ragazzo non abbassò la pistola.

Passi pesanti sulle scale - i rinforzi. *Oh, grazie a Dio.*

«Lei ci ha presi; ci ha fatto del male. Era terribile.» Gli occhi di Kingsley erano acquosi, ma c'era qualcosa nell'espressione della bocca del ragazzo che fece vibrare più furiosamente i peli sulla nuca di Petrosky. *Sta fingendo.* Petrosky ci avrebbe scommesso il braccio sinistro. *E le scarpe, indossa le scarpe...*

«So che hai passato molto. Metti giù la pistola così posso aiutarti.» Il gorgoglio continuava, il suono malato e disperato che si fa quando si sta perdendo la battaglia per riprendere fiato. Il rumore si fermò. Petrosky abbassò lo sguardo - un secondo, ma era tutto ciò di cui aveva bisogno. I suoi occhi erano spalancati verso il soffitto, un'aureola di sangue che inzuppava il tappeto intorno alla sua testa, le mani inerti vicino alle spalle. Kingsley aveva sparato a Tozer alla gola.

«Dovresti andartene,» disse Kingsley tranquillamente. «Voglio restare qui, da solo. Non voglio tornare indietro.»

Nessuno vorrebbe tornare dagli Stinton, e per Kingsley ricordare qualunque cosa avesse assistito più di nove anni fa, doveva essere stato orribile. Ma...

Petrosky sbatté le palpebre, cercando di cogliere la stanza con la visione periferica - la porta, la donna sul tappeto, il sangue schizzato lungo il battiscopa, lungo il muro. La sua gabbia toracica non si muoveva. E poi il volto di Roman lampeggiò nella sua mente, il fratello di Kingsley, la cicatrice frastagliata lungo la mascella. Non era la stessa della ferita di Gregory, ma era una coincidenza del diavolo. E se...

Petrosky incontrò gli occhi del ragazzo - freddi, morti - mentre le parole di Roman echeggiavano nella sua mente: *Voglio solo sapere dov'è.* La voce tremante di Roman. Non aveva affisso i volantini perché voleva che suo fratello tornasse a casa, ma per avere un avvertimento se il ragazzo fosse stato nei paraggi.

«Kingsley, mi assicurerò che tu non debba tornare a casa» disse Petrosky lentamente. «Non dovrai tornare da tuo padre. Basta che posi la pistola...»

«Roman è lì?»

«Se vuoi vedere tuo fratello, lo organizzerò. Ma devi mettere l'arma sul pavimento». La pistola di Petrosky era scivolosa contro i suoi palmi, bruciante come se il metallo stesse lentamente fondendo.

«Non ho bisogno di un fratello» sputò lui.

«È questo che è successo a Gregory?» *Domanda sbagliata* - lo capì nel momento stesso in cui gli uscì dalle labbra. Tozer aveva voluto un figlio, e aveva ottenuto un mostro.

Il viso di Kingsley s'indurì. «Non avrebbe dovuto

portarlo qui!» La sua voce si era alzata ad ogni parola, acuta e insistente, ma la pistola rimase puntata sul viso di Petrosky. «Io ero abbastanza!»

Passi. Nel corridoio, ora - vicini. Erano passati meno di cinque minuti da quando era entrato in casa, probabilmente meno di uno da quando Kingsley aveva premuto il grilletto per la prima volta, ma sembrava fossero passate ore.

Il ragazzo guardò la donna ai suoi piedi. Il sangue si era raccolto intorno alla sua testa, dipingendo il tappeto, incollando i suoi capelli. Kingsley sorrise, alzò lo sguardo su Petrosky e si riprese - il suo sorriso svanì. Il suo labbro tremò ancora una volta, ma la mano che impugnava la pistola rimase ferma, e il suo petto si alzava e abbassava così lentamente... Era calmo, più calmo persino di un poliziotto dopo il suo primo omicidio. Non indietreggiò, non sembrava importargli del sangue che impregnava le sue scarpe da skater blu navy. Petrosky aveva visto alcune reazioni bizzarre al dolore, ma questa cosa del labbro, il sorriso, non era dolore e nemmeno shock. Kingsley era stato uno psicopatico come suo padre quando era stato preso, e ora era uno psicopatico a sangue freddo.

«Per favore, agente, sono solo una vittima qui. Lei ci teneva qui, non ci lasciava andare...»

«Come sei uscito la settimana scorsa?» *Per uccidere Corey?*

Le sue lacrime si asciugarono in un istante. La canna della pistola era un buco nero pronto a risucchiare la vita di Petrosky, ma non era nemmeno lontanamente vuoto quanto lo sguardo di Kingsley.

Passi di nuovo.

Il viso di Jackson apparve fuori dalla porta, appena oltre lo stipite. La sua schiena contro il muro tra la stanza e il corridoio - un colpo attraverso quel gesso, e sarebbe morta.

Petrosky riportò gli occhi su Kingsley, cercando di non allertarlo della presenza di Jackson, ma era troppo tardi. Il ragazzo sorrise. Kingsley sollevò bruscamente l'arma, allontanandola da Petrosky, mirando al muro, mirando dritto alla cazzo di testa di Jackson-

Bang!

Bang!

Bang!

Kingsley cadde in ginocchio, la bocca spalancata per lo shock. Rosso sulle sue labbra.

Il sangue sbocciò sulla sua maglietta.

Nel corridoio, Jackson cadde sulle ginocchia, strisciò verso la porta, con la pistola estratta, ma si bloccò quando vide il ragazzo insanguinato sul pavimento. «Cosa hai fatto, Petrosky?» Si lanciò verso Kingsley, urlando, ma lui poteva a malapena sentire la voce di Jackson sopra il battito del suo cuore. «Che cazzo hai fatto?»

CAPITOLO 39

Bang! Bang! Bang!

Qualcuno gli stava sparando. Petrosky si coprì la testa e rotolò, atterrando pesantemente su un fianco, e il suo viso... era bagnato. Perché aveva il viso bagnato?

Duke guaì.

Petrosky aprì gli occhi annebbiati: l'enorme lingua del cane gli bagnò di nuovo la guancia, mancando la benda dove gli avevano ricucito la pelle graffiata. Due persone morte, una delle quali un bambino, e lui se l'era cavata con poco più di un piercing andato storto.

Sbatté le palpebre guardando... il pavimento. Era nel suo soggiorno?

Sì. Come era stato per l'ultima settimana.

La morte di Kingsley Stinton aveva scosso la comunità di Ash Park. I bambini morti facevano notizia, e il fatto che fosse un bambino scomparso, che Kingsley Stinton, un ragazzino così simile al piccolo Greggie Boyle, fosse stato ucciso a colpi di arma da fuoco, era un ottimo materiale per i media. A nessuno importava che il ragazzo avesse una pistola. Che il ragazzo fosse un assassino. Almeno Acharya aveva effettivamente preso le parti di Petrosky, ma non la famiglia. Il padre di Kingsley, quel pazzo furioso, si era persino messo in mezzo. Aveva minacciato di fare causa.

Fallo pure, stronzo. Prenditi tutto.

Petrosky era in congedo finché non avessero chiarito la situazione. Non meritava di portare un distintivo. O di avere una pistola.

O di avere una vita.

Bang, bang, bang, bang, bang!

Non erano spari. Era la porta.

Si spinse sulle ginocchia, poi in piedi, i muscoli doloranti, la stanza che girava come se fosse nel mezzo di un tornado. Una scatola di ciambelle mezza vuota, l'unico cibo che aveva mangiato negli ultimi tre giorni, giaceva sul bancone della cucina, la carta cerata scura d'olio. I dolci rimasti erano probabilmente abbastanza duri da essere usati come proiettili. E...

Il Jack. Non aveva ancora aperto la bottiglia, ma era lì sul bancone della cucina, in attesa. Quella sarebbe stata la notte; lo sentiva.

La porta si aprì cigolando, e lui si appoggiò allo stipite.

Linda, con gli occhi socchiusi. Preoccupata. «Posso entrare?»

«Non è un buon momento.»

Il suo viso ebbe un fremito, ferita - *cosa si aspettava?* - ma annuì. «Va bene. Ti ho chiamato tutta la settimana».

Non volevo parlarti. «Il telefono è morto». Questa parte, almeno, era vera: l'aveva lasciato scaricare dopo aver ascoltato il messaggio vocale di Shannon il giorno prima. Anche lei sembrava preoccupata, e forse un po' arrabbiata con lui per aver ignorato le sue chiamate, ma tutto ciò che aveva detto era: «Evie sente la tua mancanza. Chiamaci, okay?» Il solo menzionare il nome di Evie gli trafisse il cuore. E non aveva bisogno della loro pietà. Non era un bene per nessuna delle due: doveva lasciarle andare.

«Jackson ha detto che ha parlato con te» disse ora Linda.

Perché è entrata in casa mia e ha buttato via tutto il mio alcol. Ma ne aveva preso altro un'ora dopo. Un'altra bottiglia da osservare.

Ce n'era sempre di più.

«Non me lo ricordo». Strinse più forte la porta, premendola contro la spalla in modo che lei non potesse vedere oltre - non si era nemmeno preoccupato di nascondere l'alcol. Duke sbuffò dalle piastrelle dietro il suo tallone. «Sono sicuro che Jackson abbia cose migliori da fare che parlare con me. Solo gli idioti sopportano gli stolti».

Linda accennò un sorriso, anche se sembrava forzato. «Che adulatore».

Si fissarono finché lei non disse: «Ho parlato con le... donne della porta accanto. Becky ha detto che hai rifiutato le lasagne. Questo non è l'Ed che conosco».

Immagino che allora non mi conosca. «Billie».

«Cosa?»

«Questo è il suo nome. Non Becky. Billie».

Il silenzio si protrasse. Da qualche parte nel giardino, un uccello stridette, poi di nuovo, più piano come se avesse preso il volo, e improvvisamente fu geloso di quella capacità, di poter semplicemente urlare e volare via - di cosa aveva da strillare un uccello comunque, quei fortunati bastardi? Lui avrebbe potuto urlare tutto il giorno e non sarebbe stato abbastanza.

«I Boyle sono di nuovo sulle notizie» disse Linda, riportandolo alla realtà. «Sembra che stiano andando davvero bene - Gregory si sta adattando bene. Anche Roman. L'ho visitato oggi nella sua nuova casa affidataria». Roman aveva ammesso che suo padre aveva tagliato l'orecchio di Kingsley come punizione per non averlo ascoltato - «Se non può ascoltare, perché avere orecchie?» Le ferite che Kingsley infliggeva agli altri sembravano essere in parte una vendetta per un'infanzia abusiva, e in parte il desiderio di avere la sua figura paterna tutta per sé.

«Hai salvato quei bambini, Ed».

«Tu hai aiutato Roman, non io».

«Sei tu quello che mi ha chiamato, quello che-»

«Non ho salvato nessuno. Gregory stava bene dov'era». E così Kingsley, finché non era entrato lì e gli aveva sparato. Se ne pentiva, ma non era ancora sicuro di quanto avrebbe dovuto, non dopo ciò che Gregory aveva raccontato loro - ciò che Gregory aveva visto e ciò che aveva sentito da Tozer come parte di un racconto ammonitore.

Kingsley era stato il primo bambino che aveva preso, un nuovo gemello per il suo figlio biologico, Sterling. Ma a Kingsley non piaceva essere uno dei due più di quanto gli piacesse a casa. Le difficoltà che lei aveva attribuito alle sue origini abusive erano costate la vita a Sterling. Li aveva trovati nella vasca da bagno quando avevano entrambi sette anni, il figlio biologico blu sotto l'acqua, le mani di Kingsley ancora intorno alla sua gola. Aveva seppellito suo figlio in giardino.

A quel punto, era troppo tardi per liberarsi di Kingsley - non poteva riportarlo indietro. E nonostante tutto, lo amava. Più di questo, forse, lui conosceva i suoi segreti.

Sembrava che lei inveisse contro altre madri - come la guidatrice ubriaca che aveva investito la loro auto - più del normale. Sembrava credere che i cattivi genitori non meritassero di avere figli e, cosa più critica, che Dio gliene avesse dati due - lei meritava di averne due. Aveva preso Gregory dopo la scuola in una strada a un isolato dal suo solito percorso, in modo piuttosto informale. Ma Kingsley lo aveva attaccato quasi immediatamente. Tozer aveva ricucito Gregory e gettato lo zaino nella spazzatura, probabilmente pensando che avrebbero supposto che fosse morto, poi aveva iniziato a chiudere Kingsley nella sua stanza quando usciva. E Gregory aveva iniziato a dormire nella sua camera. Se avesse permesso a Kingsley di uscire, Petrosky non aveva dubbi che anche Gregory sarebbe finito morto.

Poi c'era Corey Gagnon. Lo aveva incontrato all'ospedale in Canada come avevano pensato, durante uno dei suoi pochi turni di notte. Quando sua madre era morta, lo aveva portato a casa, con l'intenzione di prendersi cura di lui - forse pensava che Gregory e Corey sarebbero stati i suoi due ragazzi, e Kingsley solo un brutto errore. Ma un giorno, Corey era scomparso. Tozer era andata nel panico finché Kingsley non le aveva detto dov'era Corey, il ragazzo in un accesso di gelosia, secondo Gregory. Non era stata lei la donna al negozio di tatuaggi, dopo tutto. Corey aveva avuto l'idea da solo, o era stato Kingsley? Questo rimaneva poco chiaro, così come il modo in cui Kingsley era finalmente riuscito a sgattaiolare fuori la notte dell'omicidio di Corey - probabilmente aveva aspettato anni per quell'opportunità.

Una cosa era certa: Phoebe Tozer sapeva quanto Kingsley fosse fuori di testa, quanto fosse malato. Gregory aveva detto che spesso pregava prima di andare a letto, ripetendo tre parole più e più volte:

Dio salvami.

Perché il ragazzo era cattivo. Quante vite aveva salvato Petrosky sbarazzandosi di Kingsley? Era un eroe assassino di bambini? Forse lui, come Kingsley, non aveva un metro di giudizio per il bene e il male. Forse avrebbe sparato a un altro bambino se ne avesse avuto l'occasione.

Era un assassino.

Un killer di bambini.

Linda lo stava ancora fissando. Si era quasi dimenticato che fosse lì. «Ed, hai fatto tutto il possibile. Non è colpa tua».

Si schiarì la gola. *Stronzate*. Questo era il motivo principale per cui era qui, nascosto dal mondo. Era stanco di sentire tutti dire che non era colpa sua. *Lo è*. Un altro bambino morto, della stessa età di Julie quando era morta. Un altro bambino che aveva deluso, un altro bambino che aveva ucciso. «Sono stanco. Penso che tornerò a letto».

«Sono le due del pomeriggio».

«Appunto, *torno* a letto».

Lo scrutò. «Quando hai l'appuntamento con il dottor McCallum?»

Non ce l'ho. «Lo saprò domani».

«Perché non resto qui fino ad allora? Posso anche accompagnarti lì. Volevo comunque passare a salutarlo». Ma non fece nessun movimento verso la porta, forse poteva sentire l'agitazione che emanava da lui. Forse sapeva che era pericoloso. O forse sapeva che era meglio non provare, non provare davvero, forse non voleva affatto aiutarlo.

«Sto bene. Ho delle cose da fare. Ho molto da recuperare in casa».

«Come cosa?»

Fissare la bottiglia di Jack vicino al lavandino della cucina. «Solo piccole cose».

«Non ti credo».

«Non me ne frega un cazzo». La fissò.

Lei ricambiò lo sguardo, gli occhi infuocati. «Non puoi continuare a farti questo, Ed. Smettila di punirti per cose che non sono colpa tua».

«È stata colpa mia». Le parole erano calde e dense nella sua gola - quasi lo soffocarono.

«Neanche Julie è stata colpa tua».

Lo era stata. Ma non riusciva a far uscire le parole dalle sue labbra. Non riusciva a dire nulla - come se avesse una palla da tennis incastrata in gola. Deglutì a fatica e gracchiò: «Devo andare».

Chiuse la porta e appoggiò la testa contro il legno.

Duke guaì.

Girò il chiavistello.

Ti è piaciuto *Impostore*? Ci sono tanti altri thriller tra cui scegliere!

Per salvarsi, dovrà affrontare il serial killer più spietato del mondo. Lei lo chiama semplicemente «Papà».

«Un viaggio da brivido che ti terrà con il fiato sospeso. O'Flynn è un maestro narratore.» *(Autore bestseller di USA Today, Paul Austin Ardoin)* Quando Poppy Pratt parte per un viaggio nelle montagne del Tennessee con suo padre, un serial killer, è semplicemente felice di sfuggire alla loro farsa quotidiana. Ma, dopo una serie di sfortunate circostanze che li portano alla casa isolata di una coppia, scopre che sono molto più simili a suo padre di quanto avrebbe mai voluto… Perfetto per i fan di Gillian Flynn.

Filo Malvagio è il libro 1 della serie *Nato Cattivo*.

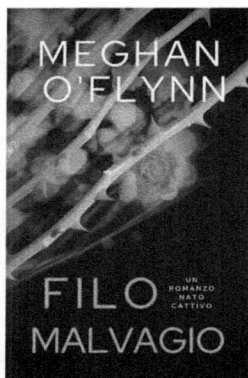

Filo Malvagio
CAPITOLO 1
POPPY, ADESSO

Ho un disegno che tengo nascosto in una vecchia casa per bambole - beh, una casa per fate. Mio padre ha sempre insistito sul fantasioso, anche se in piccole dosi. Sono piccole stranezze come questa che ti rendono reale per le persone. Che ti rendono sicuro. Tutti hanno qualcosa di strano a cui si aggrappano nei momenti di stress, che sia ascoltare una canzone preferita o rannicchiarsi in una coperta confortevole, o parlare al cielo come se potesse rispondere. Io avevo le fate.

E quella piccola casa delle fate, ora annerita dalla fuliggine e dalle fiamme, è un posto buono come un altro per conservare le cose che dovrebbero essere scomparse. Non ho guardato il disegno dal giorno in cui l'ho portato a casa, non riesco nemmeno a ricordare di averlo rubato, ma posso descrivere ogni linea frastagliata a memoria.

I rozzi tratti neri che formano le braccia dell'omino stilizzato, la pagina strappata dove le linee scarabocchiate si incontrano - lacerate dalla pressione della punta del pastello. La tristezza della figura più piccola. Il sorriso orribile e mostruoso del padre, al centro esatto della pagina.

Ripensandoci, avrebbe dovuto essere un avvertimento - avrei dovuto capire, avrei dovuto scappare. Il bambino che l'aveva disegnato non c'era più per raccontarmi cosa fosse successo quando sono inciampata in quella casa. Il ragazzo sapeva troppo; era ovvio dal disegno.

I bambini hanno un modo di sapere cose che gli adulti non sanno - un senso di autoconservazione accentuato che perdiamo lentamente nel tempo mentre ci convinciamo che il formicolio lungo la nuca non sia nulla di cui preoccuparsi. I bambini sono troppo vulnerabili per non essere governati dalle emozioni - sono programmati per identificare le minacce con precisione chirurgica. Sfortunatamente, hanno una capacità limitata di descrivere i pericoli che scoprono. Non possono spiegare perché il loro insegnante fa paura o cosa li spinge a rifugiarsi in casa se vedono il vicino che li spia da dietro le persiane. Piangono. Si bagnano i pantaloni.

Disegnano immagini di mostri sotto il letto per elaborare ciò che non riescono ad articolare.

Fortunatamente, la maggior parte dei bambini non scopre mai che i mostri sotto il loro letto sono reali.

Io non ho mai avuto questo lusso. Ma anche da bambina, mi confortava il fatto che mio padre fosse un mostro più grande e più forte di qualsiasi cosa all'esterno potesse mai essere. Mi avrebbe protetto. Lo sapevo come un fatto certo, come altre persone sanno che il cielo è blu o che lo zio Earl razzista rovinerà il Ringraziamento. Mostro o no, lui era il mio mondo. E lo adoravo nel modo in cui solo una figlia può fare.

So che è strano da dire - amare un uomo anche se vedi i terrori che si nascondono sotto. La mia terapeuta dice che è normale, ma lei tende a indorare la pillola. O forse è così brava nel pensiero positivo che è diventata cieca al vero male.

Non sono sicura di cosa direbbe del disegno nella casa delle fate. Non sono sicura di cosa penserebbe di me se le dicessi che capisco perché mio padre ha fatto quello che ha fatto, non perché pensassi che fosse giustificato, ma perché lo capivo. Sono un'esperta quando si tratta delle motivazioni delle creature sotto il letto.

Ed è per questo, suppongo, che vivo dove vivo, nascosta nella natura selvaggia del New Hampshire, come se potessi tenere ogni frammento del passato oltre il confine della proprietà, come se una recinzione potesse impedire all'oscurità in agguato di insinuarsi attraverso le crepe. E ci sono sempre crepe, non importa quanto duramente si cerchi di tapparle. L'umanità è una condizione perigliosa, piena di tormenti autoindotti e vulnerabilità psicologiche, i "cosa se" e i "forse" contenuti solo da una pelle sottile come la carta, ogni centimetro della quale è abbastanza morbido da perforare se la tua lama è affilata.

Lo sapevo già prima di trovare il disegno, ovviamente, ma qualcosa in quelle linee frastagliate di pastello lo ha confermato, o forse lo ha fatto penetrare un po' più a fondo. Qualcosa è cambiato quella settimana in montagna. Qualcosa di fondamentale, forse il primo barlume di certezza che un giorno avrei avuto bisogno di un piano di fuga. Ma sebbene mi piaccia pensare che stessi cercando di salvarmi fin dal primo giorno, è difficile dirlo attraverso la nebbia dei ricordi. Ci sono sempre buchi. Crepe.

Non passo molto tempo a rimuginare; non sono particolarmente nostalgica. Penso di aver perso per prima quella piccola parte di me stessa. Ma non dimenticherò mai il modo in cui il cielo ribolliva di elettricità, la sfumatura verdastra che si intrecciava tra le nuvole e sembrava scivolare giù per la mia gola e nei miei polmoni. Posso sentire la vibrazione nell'aria degli uccelli che si alzavano in volo con ali che battevano freneticamente. L'odore di terra umida e pino marcescente non mi lascerà mai.

Sì, fu la tempesta a renderlo memorabile; furono le montagne.

Fu la donna.

Fu il sangue.

Trova *Filo Malvagio* qui:
https://meghanoflynn.com

Quando un bambino viene trovato morto, sbranato nei boschi, il medico legale conclude che si tratta di un attacco di cane — ma il vice sceriffo William Shannahan crede che l'assassino sia umano. Per risolvere il caso, deve rivolgersi alla sua fidanzata, Cassie Parker, che sa più di quanto voglia ammettere... *Il Rifugio delle Ombre* è un thriller avvincente nello stile di Gillian Flynn, una sorprendente esplorazione dell'ossessione, della disperazione e di fin dove siamo disposti a spingerci per proteggere le persone che amiamo.

Il Rifugio delle Ombre
CAPITOLO 1

Per William Shannahan, le sei e trenta di martedì 3 agosto fu "il momento". La vita era piena di quei momenti, gli aveva sempre detto sua madre, esperienze che ti impedivano di tornare ad essere chi eri prima, piccole decisioni che ti cambiavano per sempre.

E quella mattina, il momento arrivò e passò, sebbene lui non lo riconobbe, né avrebbe mai desiderato ricordare quella mattina per il resto della sua vita. Ma da quel giorno in poi, non sarebbe mai stato in grado di dimenticarla.

Lasciò la sua casa colonica del Mississippi poco dopo le sei, vestito con pantaloncini da corsa e una vecchia maglietta ancora macchiata di vernice giallo sole, residuo della decorazione della stanza del bambino. *Il bambino.* William lo aveva chiamato Brett, ma non l'aveva mai detto a nessuno. Per tutti gli altri, il neonato era solo quella-cosa-di-cui-non-si-poteva-mai-parlare, soprattutto da quando William aveva anche perso sua moglie al Bartlett General.

Le sue Nike verdi battevano contro la ghiaia, un metronomo sordo mentre lasciava il portico e iniziava a correre lungo la strada parallela all'Ovale, come i paesani chiamavano i quasi cento chilometri quadrati di bosco che si erano trasformati in una palude quando la costruzione dell'autostrada aveva sbarrato i ruscelli a valle. Prima che William nascesse, quei cinquanta o giù di lì sfortunati proprietari di terreni all'interno dell'Ovale avevano ricevuto un risarcimento dai costruttori quando le loro case si erano allagate ed erano state dichiarate inabitabili. Ora quelle abitazioni facevano parte di una città fantasma, ben nascosta agli occhi indiscreti.

La madre di William l'aveva definita una vergogna. William pensava che potesse essere il prezzo del progresso, anche se non aveva mai osato dirglielo. Non le aveva nemmeno mai detto che il suo ricordo più caro dell'Ovale era quando il suo migliore amico Mike aveva riempito di botte Kevin Pultzer per avergli dato un pugno in un occhio. Questo accadeva prima che Mike diventasse lo sceriffo, quando erano tutti semplicemente "noi" o "loro", e William era sempre stato uno di "loro", tranne quando c'era Mike. Forse si sarebbe adattato altrove, in qualche altro posto dove vivevano gli altri secchioni imbranati, ma qui a Graybel, era solo un po'... strano. Pazienza. La gente in questa città spettegolava troppo per potersi fidare di loro come amici comunque.

William annusò l'aria paludosa, l'erba rasata che succhiava le sue scarpe da ginnastica mentre aumentava il ritmo. Da qualche parte vicino a lui, un uccello stridette, alto e acuto. Sussultò quando questo prese il volo sopra di lui con un altro grido esasperato.

Dritto davanti a lui, la strada carrabile che portava in città era immersa nell'alba filtrata, i primi raggi di sole dipingevano d'oro la ghiaia, anche se la strada era scivolosa per il muschio e l'umidità mattutina. Alla sua destra, ombre profonde lo attiravano dagli alberi; gli alti pini si accovacciavano vicini come se nascondessero un fagotto segreto nel loro sottobosco. Buio ma calmo, silenzioso-confortante. Con le gambe che pompavano, William si diresse fuori strada verso i pini.

Uno schiocco simile a quello di uno sparo attutito echeggiò nell'aria mattutina, da qualche parte nel profondo della quiete boscosa, e sebbene fosse sicuramente solo una volpe, o forse un procione, si fermò, correndo sul posto, mentre l'inquietudine si diffondeva in lui come i vermi di nebbia che solo ora uscivano strisciando da sotto gli alberi per essere bruciati dal sole al suo debutto. I poliziotti non avevano mai un momento di pausa, anche se in questa sonnolenta cittadina, il peggio che avrebbe visto oggi sarebbe stata una discussione sul bestiame. Guardò su per la strada. Socchiuse gli occhi. Doveva continuare sulla strada principale più luminosa o fuggire nelle ombre sotto gli alberi?

Quello fu il suo momento.

William corse verso il bosco.

Non appena mise piede oltre il limitare degli alberi, l'oscurità scese su di lui come una coperta, l'aria fresca gli sfiorò il viso mentre un altro falco strideva sopra la sua testa. William annuì come se l'animale avesse cercato la sua approvazione, poi si passò il braccio sulla fronte e schivò un ramo, facendosi strada lungo il sentiero con una corsa a ostacoli. Un ramo gli graffiò l'orecchio. Fece una smorfia. Un metro e novanta era ottimo per alcune cose, ma non per correre nel bosco. O forse Dio ce l'aveva con lui, il che non sarebbe stato sorprendente, anche se non aveva idea di cosa avesse fatto di sbagliato. Probabilmente per aver sogghignato ai ricordi di Kevin Pultzer con la maglietta strappata e il naso insanguinato.

Sorrise di nuovo, solo un piccolo sorriso questa volta.

Quando il sentiero si aprì, alzò lo sguardo sopra la chioma degli alberi. Aveva un'ora prima di dover essere al commissariato, ma il cielo plumbeo lo invitava a correre più velocemente prima che il caldo aumentasse. Era un buon giorno per compiere quarantadue anni, decise. Forse non era l'uomo più bello in circolazione, ma aveva la salute. E c'era una donna che adorava, anche se lei non era ancora sicura di lui.

William non la biasimava. Probabilmente non la meritava, ma avrebbe sicuramente cercato di convincerla che la meritava come aveva fatto con Marianna... anche se non pensava che strani giochi di carte avrebbero aiutato questa volta. Ma lo strano era ciò che aveva. Senza di esso, era solo un rumore di sottofondo, parte della tappezzeria di questa piccola città, e a quarantuno - *no, quarantadue, ora* - stava finendo il tempo per ricominciare da capo.

Stava riflettendo su questo quando girò l'angolo e vide i piedi. Piante pallide poco più grandi della sua mano, che spuntavano da dietro un masso color ruggine che si trovava a pochi passi dal bordo del sentiero. Si fermò, il cuore che pulsava con un ritmo irregolare nelle sue orecchie.

Per favore, fa' che sia una bambola. Ma vide le mosche

ronzare intorno alla cima del masso. Ronzavano. Ronzavano.

William avanzò furtivamente lungo il sentiero, cercando di raggiungere il fianco dove di solito teneva la pistola, ma toccò solo stoffa. La vernice gialla secca gli graffiò il pollice. Infilò la mano in tasca cercando la sua moneta portafortuna. Nessun quarto di dollaro. Solo il suo telefono.

William si avvicinò alla roccia, i bordi della sua visione scuri e sfocati come se stesse guardando attraverso un telescopio, ma nella terra intorno alla pietra, riusciva a distinguere profonde impronte di zampe. Probabilmente di un cane o di un coyote, anche se queste erano *enormi*-quasi delle dimensioni di un piatto da insalata, troppo grandi per qualsiasi animale che si aspettasse di trovare in questi boschi. Scrutò freneticamente il sottobosco, cercando di localizzare l'animale, ma vide solo un cardinale che lo valutava da un ramo vicino.

C'è qualcuno là dietro, qualcuno ha bisogno del mio aiuto.

Si avvicinò al masso. *Ti prego, fa che non sia quello che penso.* Altri due passi e sarebbe riuscito a vedere oltre la roccia, ma non riusciva a distogliere lo sguardo dagli alberi dove era certo che occhi canini lo stessero osservando. Eppure, non c'era nulla se non la corteccia ombreggiata dei boschi circostanti. Fece un altro passo - il freddo si infiltrò dalla terra fangosa nella sua scarpa e intorno alla caviglia sinistra come una mano dalla tomba. William inciampò, distogliendo lo sguardo dagli alberi giusto in tempo per vedere il masso precipitargli contro la testa, e poi si ritrovò sul fianco nel fango viscido alla destra del masso accanto a...

Oh dio, oh dio, oh dio.

William aveva visto la morte nei suoi vent'anni come vice sceriffo, ma di solito era il risultato di un incidente

335

dovuto all'ubriachezza, un incidente stradale, un vecchio trovato morto sul divano.

Questo non lo era. Il ragazzo non aveva più di sei anni, probabilmente meno. Giaceva su un tappeto di foglie marcescenti, un braccio appoggiato sul petto, le gambe spalancate disordinatamente come se anche lui fosse inciampato nel fango. Ma questo non era un incidente; la gola del ragazzo era lacerata, nastri frastagliati di carne scuoiata, pendenti su entrambi i lati della carne muscolare, la pelle indesiderata di un tacchino del Ringraziamento. Profondi solchi penetravano il petto e l'addome, tagli neri contro la carne verdastra e marmorizzata, le ferite oscurate dietro i vestiti strappati e pezzi di ramoscelli e foglie.

William indietreggiò strisciando, graffiando il terreno, la sua scarpa fangosa colpì il polpaccio rovinato del bambino, dove le timide ossa bianche del ragazzo facevano capolino sotto il tessuto nerastro che si coagulava. Le gambe sembravano... *rosicchiate.*

La sua mano scivolò nel fango. Il viso del bambino era rivolto verso di lui, la bocca aperta, la lingua nera penzolante come se stesse per implorare aiuto. *Non va bene, oh merda, non va bene.*

William finalmente riuscì a mettersi in piedi, estrasse il cellulare dalla tasca e premette un pulsante, registrando a malapena il latrato di risposta del suo amico. Una mosca si posò sul sopracciglio del ragazzo sopra un singolo fungo bianco che si arrampicava sul paesaggio della sua guancia, radicato nell'orbita vuota che una volta conteneva un occhio.

«Mike, sono William. Ho bisogno di un... Di' al Dottor Klinger di portare il carro.»

Fece un passo indietro, verso il sentiero, la scarpa che affondava di nuovo, il fango che cercava di trattenerlo lì, e strappò via il piede con un rumore di risucchio. Un altro passo indietro, e si ritrovò sul sentiero, poi un altro passo fuori dal sentiero, e un altro ancora, i piedi che si muovevano finché la sua schiena non sbatté contro una quercia nodosa dall'altro lato del percorso. Alzò di scatto la testa, strizzando gli occhi attraverso la tettoia di foglie, quasi convinto che l'aggressore del ragazzo fosse appollaiato lì, pronto a balzare dagli alberi e a trascinarlo nell'oblio con fauci laceranti. Ma non c'era nessun animale ripugnante. Il blu filtrava attraverso la foschia filtrata dell'alba.

William abbassò lo sguardo, la voce di Mike era un crepitio lontano che irritava i bordi del suo cervello senza penetrarlo - non riusciva a capire cosa stesse dicendo il suo amico. Smise di cercare di decifrarlo e disse: «Sono sui sentieri dietro casa mia, ho trovato un corpo. Di' loro di entrare dal sentiero sul lato di Winchester». Cercò di ascoltare il ricevitore ma sentì solo il ronzio delle mosche dall'altra parte del sentiero - erano state così rumorose un attimo prima? Il loro rumore cresceva, amplificato a volumi innaturali, riempiendo la sua testa finché ogni altro suono non svanì - Mike stava ancora parlando? Premette *Fine*, mise il telefono in tasca, e poi si appoggiò all'indietro e scivolò lungo il tronco dell'albero.

E William Shannahan, non riconoscendo l'evento su cui avrebbe ruotato il resto della sua vita, si sedette alla base di una quercia nodosa martedì 3 agosto, mise la testa tra le mani e pianse.

Trova altri libri di Meghan O'Flynn qui:
https://meghanoflynn.com

L'AUTORE

Con libri definiti «viscerali, inquietanti e completamente coinvolgenti» (New York Times Bestseller Andra Watkins), Meghan O'Flynn ha lasciato il suo segno nel genere thriller. Meghan è una terapeuta clinica che trae ispirazione per i suoi personaggi dalla sua conoscenza della psiche umana. È l'autrice bestseller di romanzi polizieschi crudi e thriller su serial killer, tutti i quali portano i lettori in un viaggio oscuro, coinvolgente e impossibile da mettere giù, per cui Meghan è famosa. Scopri di più su https://megha noflynn.com!

Vuoi sapere di più su Meghan?
https://meghanoflynn.com

9 798230 561033